百年如歌

著

台海出版社

图书在版编目（CIP）数据

若有光 / 百年如歌著 . — 北京：台海出版社，2022.4
ISBN 978-7-5168-3197-7

Ⅰ.①若… Ⅱ.①百… Ⅲ.①长篇小说－中国－当代 Ⅳ.① I247.5

中国版本图书馆 CIP 数据核字 (2022) 第 016752 号

若有光

著　　者：百年如歌	
出 版 人：蔡　旭	责任编辑：王　萍

出版发行：台海出版社
地　　址：北京市东城区景山东街 20 号　　邮政编码：100009
电　　话：010-64041652（发行、邮购）
传　　真：010-84045799（总编室）
网　　址：www.taimeng.org.cn/thcbs/default.htm
E－mail：thcbs@126.com

经　　销：全国各地新华书店
印　　刷：三河市金泰源印务有限公司
本书如有破损、缺页、装订错误，请与本社联系调换

开　　本：880 毫米 ×1230 毫米	1/32
字　　数：260 千字	印　　张：8.75
版　　次：2022 年 4 月第 1 版	印　　次：2022 年 4 月第 1 次印刷
书　　号：ISBN 978-7-5168-3197-7	

定　　价：48.00 元

版权所有　　翻印必究

引子

夏天快要过去的时候,我遇见了小瑕,彼时距我高中毕业已整整七年。

昔日的小丫头终于长大了,曾经竹竿般的身材发育得健康且有活力,灵动的眼睛里多了几分学生时期不曾有过的神采,个头倒是没什么变化,上学时她就比同龄人高出一头。没变的还有眉眼间的一抹青涩,若不是这抹熟悉的青涩,我几乎认不出她就是我高中班主任梁朴的女儿了。

准确地说,小瑕是梁朴领养的孩子,所以跟着姓了梁,之前她姓蒋,随母姓,这在当时并不是什么秘密。据说小瑕是梦生,这是我们这个地区的一种叫法,意思是婴儿出生前父亲就死了,也就是遗腹子。

梁朴是个极其认真的人,不善言辞,有时严肃起来近乎木讷,但却是我经历过的最负责任的老师。他不能容忍自己的学生因偷懒懈怠或是其他什么原因而荒废学业,于是我和班上几个调皮蛋都成了他的重点照顾对象。这也造成时至今日,我脑海中关于梁朴的大部分回忆都停留在当年补课时的情景:一盏孤灯,两张课桌,几个顽劣的半大孩子和一位尽心尽职的师者,构成一幅简单温暖的画面。

当然,小瑕也在。那时她正上小学,我高二那年她才升上初一,身子骨瘦弱,不爱笑,和梁朴一样,长了一双单眼皮。梁朴给我们补课时,她就一声不响地趴在旁边的桌子上写自己的作业。

后来逐渐熟了,我曾好奇地问起她的身世。她说自从记事起,妈妈就告诉她，她爸爸死了。每次她问起的时候，妈妈的表情都是恶狠狠的，甚至连爸爸的名字都不告诉她，并且警告她不许再提那个人。我这才知道小瑕并不是梦生，她的爸爸也没有死，只是她妈妈不愿提罢了，但当时的我并不能理解小瑕妈妈这样说时心中怀了怎样的恨意。

小瑕告诉我，她的妈妈是病死的，临终前把她托付给梁朴老师。这出乎我的意料，在我的想象中，梁朴是在福利院之类的地方从一大群孤儿里挑中了小瑕并带她回家的。至于小瑕妈妈是怎样认识梁朴的，以及为什么把女儿托付给对方，小瑕自己也说不清楚，毕竟当时她太小了。不过后来看，这个选择是对的，梁朴真的把小瑕当亲闺女看待，听说好几次其他老师想给梁朴介绍对象，都被他以自己带着孩子会耽误对方为由而拒绝。

如今梁朴也死了，这是不久前我参与调查一起海滩谋杀案时无意中获知的。那起案件中某个嫌疑人的大学同窗姜琳琳是梁朴的侄女，论起来小瑕应该叫她表姐。

算算时间，梁朴死于我毕业那年的夏秋之交，时年不到四十，仍是单身。由于那次与姜琳琳的会面过于仓促，我没来得及细问，也不知梁朴得的什么病。这次遇见小瑕本想问问清楚，但接下来的一个发现令我将这个问题完全忘在了脑后。正是这个小小的疏忽，令我在后面发生的一系列事件中彻底陷入被动。

在那间空气中弥漫着浓郁奶油香味的西点屋里，小瑕把一张提前写好的字条递给我："听说你们警察内部有网站，历年的失踪人口都有登记，我想请你帮忙查一下，看看有没有这个人的记录。"

"好，我明天就查，有了结果告诉你。"接过字条的瞬间，我无意中瞥见小瑕的项间挂着一个黄灿灿的吊坠，那是一枚打了孔的硬币。

我的手不由得僵在半空中……

陈律

01

从严鹏嘴里听到"九命猫"三个字,我下意识地以为他说的是那个幕后老板。

一个月前队里破获了一起特大毒品走私案,缴获毒品纯度之高、数量之巨,皆创下本市毒品交易之最。毒贩老猫交代,这批毒品中的致幻剂和大部分高纯度海洛因是一个叫张小海的人要的货。据老猫所知,张小海只是一名毒品掮客,在他背后藏着一个神秘的买家,但老猫从未见过对方,连对方的姓名都不知道,以往的每次交易都是由张小海出面完成。但这次不知什么原因,原本与老猫约好交货时间的张小海却没有出现。

为了挖出张小海和他背后的神秘买家,队长钟庆魁翻遍了历年的涉毒人员档案,却没有找到这个名字。钟队不信邪,亲自带人把辖区内有过涉毒前科的城狐社鼠统统带回来逐个分组审问,势要斩断这个毒瘤。当时我刚从持续了三个多小时的审讯间隔中抽空喘口气,出门就看见严鹏靠在走廊的窗前边抽烟边玩手机。

"你们那组撬了?"我问。

"还没,一会儿接着审。"

"那九命猫是?"

严鹏把手机屏幕转向我,原来他在看朋友圈里转发的视频。"真是命大！"他说着，向窗外吐了口烟，把手机递过来让我看。

视频由三段内容组成，都是事发地附近的监控探头拍到的，有好事者按时间先后顺序把它们剪辑成一个连贯的视频，并上传网络。

其一：某条逼仄拥挤的巷道，三三两两的行人在临街商铺前经过。突然一个黑影从天而降，落在地上摔得四分五裂，是个近人高的户外灯箱。一名恰好途经此处的女子吓得跌坐于地，碎裂的灯箱距她脚边仅一米之遥。

其二：某公交站点。一名年轻女子从到站的公交车上下来，自包里拿出手机，站在候车亭下打电话。稍后，收起手机离开候车亭，刚走出几步，斜刺里冲出一辆出租车，猛地撞在候车亭上，位置刚好是该女子方才站立的地方。

其三：阴雨天，某餐馆门口。一名中年男子情绪激动地与画面外的什么人说话，一名身穿白裙的女子从店内走出，站在中年男子身侧张望。猛然间，两人身后的餐馆发生了爆炸，火舌卷着浓烟，餐馆门窗俱碎，中年男子被掀翻在地，半天爬不起来。由于爆炸的冲击波被中年男子身体挡住，那名白裙女子趔趄了一下，并未受伤。

捧着手机，我半天说不出话。其实这里面的第一段视频不久前我在自己的朋友圈里看到过，但并未觉得特别惊讶。因为类似的记录了意外与死神擦肩而过的小视频网上很多，有的比这个还要惊险，印象中有个外国男子的遭遇与这个视频很像——一块巨大的玻璃几乎以垂直的姿态从高空坠落，将下面路过的一名男子的帽子削掉而本人毫发无伤，那才称得上是毫厘之差。相比之下，这条视频中的女子距落下的灯箱还有一米左右的距离，就显得不那么惊险了。

真正令我感到震惊的是，虽然这三段视频涉及的时间、地点、环境和人物着装截然不同，但细看之下会发现，这三名年轻女子的相貌完全相同。我花了足足十多秒钟才反应过来——她们是同一个人。

因为有了这个发现，我又看了一遍视频，这次看下来忽然有种细思极恐的感觉。灯箱下落的前一刻，原本正常向前行走的女子毫无征兆地顿住了脚步，正是这下停顿，使她逃过了灭顶之灾；在公交车站，这名女子如果多讲几句电话，那辆失控的出租车一定会将她撞成肉饼；最后，假如她顾忌外面正在下雨而没有及时走出餐馆，就不可能在那场突如其来的爆炸中死里逃生。幸运的是，每次无法预料的死亡威胁她都完美地避开了，仿佛天生拥有一种提前预知危险的超能力。

这条标题为《九命猫》的视频上传不到一周，点击量突破百万，上了本地热搜。我记得上次在朋友圈里看到第一段视频距今不到一个月，换句话说，这连续三次足以致命的意外事件全部发生在短短的一个月内，而且全部集中在同一个人身上，这就让人不寒而栗了。

不过当时我更多的只是感觉惊讶以及命运的神奇和不可思议，根本没有想到这条无意中看到的视频竟是后面一系列事件的开始。那些事件发生之迅猛，令当时的我完全措手不及，乃至事后每次想起都痛彻心扉。

它改变了我一直以来关于这个世界的美好憧憬和对大多数人所秉持的善意，它让我在得到与失去之间重新审视生命的意义。

02

被电话吵醒的时候，我的脑袋晕沉沉的。最近睡眠一直不好，因为钟队制定了一个高强度的抓捕计划。

日前带回来的众多涉毒人员终于有人撂了。一个三次戒毒又三次复吸的老烟枪供述，他以前从张小海手里拿过几次货，但最近半年说什么也联系不上对方了。警方的涉毒人员档案中没有张小海的名字，是因为这并不是真名。南方某些地区的黑市把海洛因叫作"海子"或"小海"，这小子就用张小海来自称，他本人是不是姓张都没人知道。

此外，老烟枪还透露了一个信息，这个张小海也是瘾君子，而且年头不短了。一般来说，贩毒的人很少有自己吸毒的，他们比常人更清楚吸毒上瘾的恐怖和对身体的危害。至于张小海背后的神秘老板，以老烟枪这种供应链最底层的级别是不可能知道的。

由于线索太少,钟队只好扩大拉网面积,在所有张小海可能出现的地点均派人蹲守,每天昼伏夜出,已经持续了一周,人还没抓到,我的整个生物钟都乱了。

床头的手机顽固地响,丝毫没有停下的意思。我摸索着把它拿过来,扣在耳朵上。

"陈律——"

电话那头的嗓音很熟悉,但半梦半醒的状态和那嗓音中多出来的几分沙哑令我一时没反应过来。我在混沌的脑海里搜索这个声音是谁的时候,对面接着道:"你现在能不能过来一下?"

方一同——声音匹配到了对象,一个超过两百斤的胖子形象浮现在眼前。

"这么早?"我打着哈欠望向墙上的挂钟,六点半刚过,才睡了不到一个小时。"什么事?"我问。

"来了再说,我在绿岛公园等你。"没等我再问,电话挂了。

方一同也是我在侦破那起海滩谋杀案时认识的。他是红星工商所——现在已改为红星市场监督管理所——的副所长,这个所就在我们分局辖区。作为那起案件中被害人的多年同事,方一同为警方的初期调查提供了不少帮助。

这家伙年长我五岁,阅历丰富。接触了几次,我发现他是个天生的乐观派,从来没有愁眉苦脸的时候,加上他为人四海的性格很对我的脾气,两顿酒喝下来,我们就成了几乎无话不说的朋友。

此时方一同就站在我身边,满脸憔悴,面色灰败,或许是硕大的肚腩加重了整夜未眠的疲惫,整个人萎靡得不像样子,神情中却透着我从未见过的焦灼和凝重。即便如此,我对他刚刚说的内容仍将信将疑。

我一边在脑子里盘算他说的话,一边用鞋尖踢了踢地面上的粗糙颗粒。据说这是本市城市建设的亮点工程之一,也是这座城市生态公园唯一的亮点——一条由普通路面改造的夜光跑道,全长2.3公里,到了夜晚路面会发出色彩斑斓的荧光，置身其中仿佛行走于地上星河，如梦似幻。但是从脚上传来的触感，让我没觉得这里与其他路面有什么不同。左右望了望，跑道两端分别以不同的弧度蜿蜒着消失在林荫深处。

"你妹妹就是在这里失踪的？"我再次向他确认。

"当时我们俩跑完了一圈，我累得不行，就坐在那儿抽烟休息，她接着跑。"方一同指着对面草坪上的休闲长椅说，"往常顶多20分钟，她就能跑回来，可是昨晚我等了半个多小时，她还没回来，打电话也不接。我有点着急，就逆着跑道往前走，打算迎迎她，结果走了一圈又回到这里，也没找到人，这时再打她的手机就关机了。我意识到不对，立刻打110报案，他们把电话转到了辖区派出所，我说明了情况，但对方说还没到24小时，无法立案。"

人口失踪24小时后警方才予以立案，是为了避免公共资源的浪费。事实表明，绝大多数人口失踪案会在24小时内被报案人申请撤销，原因多为当事人负气出走后主动回归或某种原因与家人暂时失联，只有儿童和少女被报案失踪，警方才会第一时间立案调查。如果失踪对象是成年人，除非有证据表明其人身安全受到威胁，否则还是要等一等的。

"我妹妹就是离家出走的——但不是昨晚。"方一同对我的解释不以为然，他点燃一支香烟，狠狠抽了一口，看得出他在强压着内心的焦躁，对我说，"其实她是我舅舅的孩子，从小个性就很强，初中开始一直在外地上学，今年大四实习才回来。前几天因为跟家里怄气不愿在家待，就跟我商量，想在我家暂住些日子。小时候我经常带她玩，她跟我很亲，反正家里有空房，我现在也是一个人住，就答应了。一来在我这儿舅舅能放心，二来是防止她在外面认识些不三不四的人。"

"她搬来你家多长时间了？"

"上周四搬来的，今天是第五天。"

"她平时都接触些什么人？"

"她这次回来是找工作的，同时为了11月份考会计证做准备。我在我们所下面的一个农贸市场办公室给她找了份临时工作，也没什么事，下午三点多钟就下班,她的同学朋友都不在本市,平时经常接触的也就是市场办的那几个人。下班后她在家里复习,晚上就来公园跑步。头一天她自己跑,可能觉得一个人没意思,就说要帮我减肥,这几天都拉着我一起跑。"

"你妹妹没谈男朋友?"

"有男朋友的话就不会拉上我了。"

"她会不会是回你舅舅家了?"

"她不会连招呼都不打就直接走的,而且我给舅舅打过电话了,没敢说她失踪,侧面打探了一下,能肯定她没回家。"

"你舅舅家条件怎么样?"

方一同立刻明白了我的意思,摇头说:"我舅舅是铁路机务段的一个主任,条件还可以,但不是什么大富之家。而且从昨晚到现在,我们都没接到任何人打来的电话。"顿了顿,他把焦虑的目光转向我,"我猜她一定是遇到了什么事,或者什么人……"

会遇到什么事呢?对于一个半夜消失的年轻女孩来说,无论怎样猜测都很难让人往好的方向去联想。我再次打量四周,此刻公园内清幽寂静,茂盛的林木环绕着脚下的跑道,早起的人们已经结束了晨练,远处有清洁工在打扫地上的落叶,树林中不时传来一两声鸟鸣。初升的朝阳将大地照耀得一片光明,没有丝毫罪恶发生的迹象。

我不禁有些踌躇。对于人口失踪事件,警方一旦立案,就意味着将投入大量人力物力资源进行调查走访,其事项繁杂和工作量之巨不是外人想的那么简单。我虽然认识这个辖区派出所的人,但问题是现在还没到立案时间,我不觉得自己有那么大面子能让对方为我这个尚在见习期的小警员破例。

方一同似乎看出了我的心事,说:"我找你不是为了立案,你跟我来。"说罢他扔掉烟头,大步朝前走去。

我不明所以,只好跟上。一路穿过草坪、花丛、甬路和树林,向北步行了十多分钟,最后沿着野草蔓生的小径登上一道高而漫长的土坎,才停住脚步。这时我看到土坎外面楼群林立,各种新旧居民小区杂陈交错,顺着土坎下去便能深入其中。我同时注意到,这里并不是公园的正式入口,纯粹是附近的居民为了抄近路硬踩出来的一条进入公园的捷径。

"公园的其他入口都有监控,我已经托朋友找管理处看过了,没发现我妹妹离开。这里虽然没有公园安装的监控,但你看那儿——"方一同伸手指向下面居民楼的一处街角,那里的路灯杆上装着一个摄像头,方向正对着这条小径的出口。

我认出那是一个治安监控。

"我去派出所了,他们不给我看。"方一同说。

"这事好办。"

我松了口气,只查看一下监控录像问题不大。很不巧,这个派出所里我认识的两个人都不在。倒是之前只见过一面的指导员记得我是分局刑警韩长庚的搭档,曾经来所里调过户籍档案,便安排了一名年轻警员陪我们查监控。

方一同从手机里找出妹妹的照片给那个警员看,我站在旁边扫了一眼,顿时心里忽悠了一下,问他:"这就是你妹妹?"

方一同抬头看了我一眼,然后快速把头低下去,轻轻"嗯"了一声。

那一瞬间,我心中生出一种异样的感觉。不知该怎样形容,只是意识深处觉得方一同在他妹妹失踪这件事上没说实话,至少,他隐瞒了某些关键的细节。这种感觉很突兀且说不清由头,也不知是不是错觉,但这个倏忽掠过的念头让我很不舒服,因为我想不出他对我隐瞒的原因。

这时身旁的年轻警员"呀"了一声,指着手机里的照片说:"这不是那个……九命猫吗?前阵子上热搜的那个。"

"嗯。"方一同脸色发白,胖大的身子在椅子上扭了扭,显得很不安。

年轻警员没有注意到他的神色,还在自顾自地道:"我说瞅着这么眼熟呢,那个视频我看过。对了,你妹妹叫什么名字?"

"沈娇。"方一同的目光定在监视器屏幕上,仿佛他妹妹的身影已经在那上面出现。

遗憾的是,这个治安监控并没有拍到沈娇的身影。直到录像播放完毕,方一同仍呆呆地盯着面前的屏幕。

年轻警员被他沮丧的情绪感染,安慰道:"别担心,不会有事的,猫有九条命呢。"

方一同面无表情:"猫有九条命,人只有一条。"

从始至终,方一同都没再对我说什么,我也知趣地没有询问。每个人都有自己的世界,没有必要全部展示给其他人。

离开派出所后,我拐进一条爬满枫藤的小巷。这条小巷距离派出所只隔了两条街,在巷口的大柳树前左转,琳琳西点屋的铁艺招牌出现在视野中。我沿着摆满绿植的台阶走进门,看到店主姜琳琳在往沙冰机中投放冰块。

"小瑕不在。"听到声音,她抬起头冲我说,"上门送货去了。"

"我不是来找小瑕的。"我有点尴尬,最近往这里跑得有点勤。

"那是来找我的?"姜琳琳放下手中的冰盒,似笑非笑地说。

"那个……"我大感头疼,赶紧把目光转向橱窗里的糕点,说,"订个蛋糕。"

"蛋糕售出,一概不退哦。"姜琳琳在确定我是否找借口。

"下周我师父生日。"我只好胡乱编个理由。

"哦,要哪种?"她这才信了。

我随便指了一款锦鲤造型的蛋糕,她记下型号,问我送货地址时,我说自取,又招来她审视的目光。我假装看不见,付了钱赶紧走出门。路上想给小瑕打个电话,号码按下了,最终还是没有拨出去,只觉得心里乱糟糟的,也说不上是因为方一同妹妹的失踪还是想到了小瑕拜托我的那件事造成的。

带着恹恹的情绪回到宿舍,已经是中午了,楼道里飘浮着各种炒菜的香味。我饥肠辘辘却提不起丝毫食欲,进了门甩掉脚上的鞋,衣服都没脱就一头扎到床上，睡意瞬间如潮水般淹没了我。

再次被电话铃吵醒，窗外已红日西斜，这次是我定的手机闹钟。我强忍着睡眠不足带来的全身酸胀爬起来，掐算着时间争分夺秒地下了一锅方便面，狼吞虎咽地吞下去。几乎是最后一根面条塞进嘴里，手机准时响了，是韩长庚打来的，通知我今晚轮值的地点。电话里背景噪音很大，似乎是风声，但我看到挂在宿舍窗外晾衣架上的袜子纹丝不动。

我匆匆赶到蹲守地点时还是晚了几分钟，韩长庚已经和上一轮的同事交了班，他那辆黑色的长城哈弗静静地停在路边。我拉开门钻进副驾，坐在驾驶室的韩长庚没有回头，一贯阴沉的目光正盯着斜对面一个大门紧闭的院子。

此处位于城市边缘，靠近即将搬迁的二手钢材交易市场。道路两旁乱七八糟地堆着废弃的线缆、木制工字盘和生满红锈的不知做什么用的铁架子，那家院门外没挂牌子，看不出是销售点还是加工厂。

"那里是什么？"

"仓库。"

"张小海会来这儿？"

"不知道。"

"里面有人吗？"

可能是我的连续发问让韩长庚觉得厌烦，他没说话，只摇了下头，弄得我一头雾水，搞不明白是里面确实没人还是他也不清楚里面到底有没有人。

这家伙从调来局里的那天起就很难相处，平时话少得像个锯了嘴的葫芦，人本来长得就瘦，又整天皱着一张苦瓜脸，偏偏眼神里像长了钩子，他的目光在谁身上多停几秒谁都会觉得不自在。夏天的时候我协助他在海边度假村破过一起海滩谋杀案，本以为通过那次合作跟他混熟了，没想到那起案子刚过去，他又恢复成这副生人勿近的面孔。

我下意识地朝他瞥了一眼，他脖子上依旧挂着那条黑色的皮绳，皮绳上穿着一枚打了孔的硬币。

在我自认为和他最熟稔的那个阶段，曾经问过这枚硬币的来历。他简单提了一句，说这枚硬币是七年前在他女儿的遇害现场找到的。他还给我看了夹在钱包里的他女儿的照片，但没有提及案情。他当时流露出的极端痛苦到扭曲的表情，吓得我不敢再问下去。

事后我偷偷上网查过，知道那是一枚很普通的澳门福字硬币，面值一毫，1982年至1985年间发行。全套硬币共五枚，正面图案分别为福（一毫）、禄（二毫）、寿（五毫）、双鲤鱼（一元）和龙（五元），分别寓意幸福、兴盛、长寿及和谐吉祥，材质前三枚为黄铜，后两枚为镍合金。这套硬币在1992年澳门政府为迎接七年后的回归铸造新币时退出市场流通，现在多被钱币爱好者收藏，因发行量巨大，价格不高。

和这种少言寡语的人搭档太容易消磨热情，而长时间蹲守又是一件极其无聊的工作，加上白天睡得少，我很快开始犯困。为了打起精神，我向韩长庚要了支烟。艰难地挨到午夜，紊乱的生物钟体现出强大的惯性，我不困了。一旁的韩长庚却蔫了下去，显然也没有休息好，哈欠打得一个比一个大，嘴张得跟河马一样，然后开始一支接一支地抽烟，弄得车厢里像个大号香炉。我不得不频繁地把车门打开，使劲扇动几下将呛人的烟雾排出去，也不知这家伙白天干什么去了。

我们盯守的那个小院，除了晚上八点多钟一个脊背佝偻的打更老头从里面出来倒了趟垃圾，之后就再无动静。寂静的街道上偶尔有流浪猫在路灯的光影下悠然踱过，连个行人都看不见。

韩长庚虽然困得随时要睡过去，目光却从未离开过那个院子，称得上恪尽职守。但沉默的气氛真让人受不了，我要是不主动和他说话，他是不会搭理我的，似乎根本没把我这个搭档放在眼里。好在我知道他并不是故意针对我，面对谁他都是这副德行，队里的很多老人见到他都有些发怵，连队长钟庆魁也不愿没事招惹他。

在尝试了几个话题发现他不愿接茬后，我也就不再没话找话。人一静下来很容易走神，脑子里总是不经意地跳出那条九命猫的视频和方一同回避我时遮遮掩掩的表情。我下意识地觉得这两者存在某种关联，可是想不明白那关联是什么，冥冥中对沈娇的命运生出很不好的预感。

03

"我到锦华街了，你说的冷面馆在哪儿？"

"在路西，阿亮海鲜烧烤对面，红色的牌子。"

"哦，看见了，金达莱。"

我收起手机，快步穿过马路，走进电话里说的冷面馆。恰是午饭时间，店内人头攒动，几乎找不到空位。我正四下睃巡，小瑕从角落里站起身向我招手。我走过去，看到桌上摆着两碗冷面，都没动，身旁的椅子上放着一顶占座的电动车头盔。

小瑕拿起头盔放到脚边，推过来一碗冷面，说："你来得挺快啊，我还担心时间太长面就坨了。"

"我正好在这附近，接到你的电话就过来了，对了，你中午怎么没回店里？"

"我上门送货嘛，走到哪儿就在哪儿吃了。昨天你去店里，怎么没提前打个电话？我平时很少在店里的。"

"昨天我也是顺路去你们店的，就没打电话。我们边吃边说吧。"

"好。"

我俩同时伸出筷子去挑碗里的冷面，不料筷梢碰到了一起。

"啊——"小瑕笑道，"忘了我是左撇子，吃饭的时候我左边不能坐人的，咱俩换个位置。"

互换了座位，我边吃边对小瑕说："你上次让我查的叫高阳的人，确实是在2004年7月洪灾时失踪的，但是从法律上讲，还不能判定他已经死亡。"

"他有可能还活着？"小瑕停下筷子，惊喜地看向我。

"不是这个意思。"我解释说,"只有法院才有权力对外宣布某个人的失踪,前提还需要这个人的直系亲属向法院提出申请,否则谁都不能认定人已死亡。所以严格地说,只要没找到尸体,高阳连失踪都不算,只能说是下落不明。不过根据常理推测,一个人消失了十多年,而且是在发大水的时候消失的,基本上没有活着的可能。"

小瑕目光暗了下去,没有说话,默默地低头吃面,吃着吃着,泪水从眼里涌出来,顺着脸颊滑到嘴角,最后滴进面碗。她仍一口接一口地吃着,明明咽不下去了还拼命往嘴里塞,仿佛要把流出的眼泪吞回去。

我从桌上的纸抽里抽出几张纸递过去,她没接,轻轻摇了下头,说:"我没事。"她直接用手背抹去泪水,停了片刻,问道,"有他家人的消息吗?"

"有。高阳的父亲在他失踪的第二年就去世了,他母亲原本住在市内,前些年得了阿尔茨海默症,就被高阳的姐姐高雨接走了,现在住在合金北里。"

"合金北里是哪儿?"

"那是铁合金厂的家属住宅区,在城西,高阳的姐夫就是那个厂子的。"

"怎么走?我想去看看。"

"坐去汤河村的公交车就行,不过那地方距市内十多公里呢,你没去过够呛能找到。"

看到小瑕露出忧虑之色,我心中一软,说,"你下午要是有时间,我可以陪你去一趟。"

"那我把下午的单子转出去。"小瑕拿出手机,打回店里,让姜琳琳把下午的预约订单转给网上的外卖骑手。

挂断电话,她抬头冲我笑了一下:"谢谢你。"

绿油油的田野在车窗外飞快地掠过,远处的白云如浮雕般悬在湛蓝的天空中一动不动。小瑕头倚车窗,手托着腮帮,两眼出神地望着窗外,锁骨间的项链吊坠在午后的阳光下一闪一闪,映出硬币上的福字。

尽管我心中有许多疑问,但踌躇数次都不知如何开口。每次见到小瑕,我都能从她青春活泼的外表下感受到很重的心事,重到与她刚满21岁的年龄不符。不过此行的目的我大致能猜到,应该与寻找她的身世有关。

201路公交抵达终点的前一站,我和小瑕下了车。虽然手里有住址,但是面对一大片上世纪遗留下来的样式雷同又杂乱不堪的老旧家属楼,我还是问了好几次路才在七拐八弯中找到高雨的家。小瑕庆幸地说多亏我带着她来,要是她自己,恐怕转到天黑都未必能找对地方。

这里的居民楼都是一层三户,高雨家在一楼中户,防盗门上开着通风窗,透过窗口能看到里面正对的厨房,却看不到两边的卧室。我们敲了半天门,也无人应答,倒是把旁边的邻居敲出来了。

"你们找谁?"邻居是个谢了顶的中年大叔,睡眼惺忪,身上的短袖家居服连扣子都没系,似乎正在睡觉被吵醒。

"抱歉,打扰您了,请问这是高雨家吗?"小瑕问道。

"高雨?"对方愣了一下,随即反应过来,"你说老孙的媳妇啊,她带老太太出去遛弯了,这个时候他们家没人,你们别敲了。"

"她什么时候能回来?"

"那可说不好,看老太太糊涂不糊涂吧,不犯糊涂一会儿就能回来。"大叔不耐烦地说了一句,砰地把门关上。

我和小瑕对视一眼,无奈地退出单元门,坐在楼前的树荫里无聊地等待。

树上的蝉鸣此起彼伏,吵得人心烦意乱。小瑕手里揪着一根草梗,不停地在指间绕来绕去,眼睛一眨不眨地盯着东边的月亮门,那里是这栋楼的入口。她的脸上神情复杂,似乎因为既盼望高雨赶紧回来又有点害怕见到对方而纠结。这令我猜不出小瑕和这家人的关系,我问她:"这个高阳是你什么人?"

"他是我妈在世时唯一的朋友,也是……"小瑕微微迟疑了一下,说,"当年我妈的追求者之一。"

她像是想起了什么，抬头轻轻一笑，说："我妈年轻时很漂亮的。我上小学前，我妈开了个补习班，隔壁就是高叔叔开的复印社。他只要有时间就会过来帮忙带孩子、发广告，有时还会帮着给大家做饭。不过那时候我还小，什么都不懂，只知道每次高叔叔来，都会给我带好多好吃的。后来长大了才明白，那就是喜欢。当你喜欢一个人，总会找机会和对方待在一起，至于做什么，并不重要。但是因为离过婚，身边还带着我这个拖油瓶，我妈不想拖累高叔叔，所以一直没有答应。其实……"

"其实什么？"

"那天晚上，我妈已经准备要答应的，可是高叔叔一去就没有回来。"

"发大水的那天？"

"嗯。"小瑕目光黯然，"我妈临走时说，我姥姥、姥爷在她十几岁的时候遇到交通意外过世了，我在这个世上已经没有亲人了。但我知道，我至少还有一个亲人在世，那就是我爸。尽管我没见过他，甚至连他的名字都不知道，但他始终是我的爸爸。我要找到他，我想问问他，为什么要抛弃我和妈妈？我还想知道我妈妈的经历，她十几岁就失去了父母，之后那些年她一个人是怎么过来的？她和我爸之间到底发生了什么？"

说到这里，小瑕仰起头舒了口气："如果这些问题有答案，知道它的人就只有高叔叔了。"

听她说到亲人，我下意识地想到姜琳琳，问道："你找人的事为什么不告诉你表姐？害得我每次去，她都用审犯人的眼光看我。"

小瑕哧地一笑，随即摇摇头，说："她不赞成我这么做。她说那个人没有尽到抚养我的责任，我妈妈恨他是应该的……"说话间，小瑕目光一凝，望向我身后。

我回头看去，一个身材瘦高的中年女子推着轮椅走进月亮门，轮椅上坐着一位头发花白的老太太。我没见过照片，不确定这就是高雨母女，但小瑕已经起身迎了上去，冲那中年女子轻轻鞠了一躬，说："高阿姨，您好。"

对方停住脚步，上下打量着小瑕，似乎觉得眼熟又一时想不起来，迟疑道:"你是……"

"阿姨,我是小瑕啊。"

"小瑕?"高雨神色茫然。

"谁啊?"轮椅上的老太太仰着脸问,冲的却不是小瑕的方向。

"奶奶,我是小瑕,您还记得我吗?"

"谁啊?"老太太这才把脸转向小瑕,看来不光是糊涂,听力视力也都不行了。

"我妈叫蒋君萍。"小瑕道。

听到这个名字,高雨的脸色立刻变了:"你来干什么?你妈害死了我弟弟还不够吗?现在又来害我们娘俩?"

女人突然拔高的嗓门吓了我一跳,原以为小瑕和高阳的关系密切,即使和他的家人多年不见也不致太生疏,完全没想到她的反应这么激烈。

说话时,高雨的目光无意中扫到我身上。猛然间,她绷紧了身体,像一只弓起脊背正在蓄势的猫,似乎下一刻就要扑过来冲我噬咬。我顿时感到后背冷飕飕的。

"他是谁?"高雨厉声向小瑕喝问,狼一样的眼睛死死盯着我。

我忙掏出证件走过去。

"陈律?"高雨的目光在证件照和我的脸上游移半晌,终于失去了兴趣,把头转向小瑕,"蒋君萍躲在哪儿呢?她怎么不出来见我?"

小瑕似乎料到了对方的反应,垂着头,低声说:"我妈已经去世了。"

高雨一愣,瞪着小瑕看了好一会儿,见她不像说谎,这才从嗓子眼里发出磨牙般的干笑:"呵呵呵,死了?那就不会害人了。"

小瑕咬着下唇不说话。

"谁死了?"轮椅上的老太太侧头问自己闺女。

高雨俯下身,在她耳边大声说:"蒋君萍那个狐狸精。"

老太太"哦"了一声,瘪着没牙的嘴把头扭回去。

高雨立着眉毛看向小瑕:"你是来找我的?"

"嗯。"小瑕勉强挤出笑容,把临来前特意买的保健品递过去,"我来看看您和奶奶。"

高雨一把打开,冷声道:"我们都好着呢,死不了。"

"谁死了?"老太太又问。

"狐狸精死了。"高雨大声说。

小瑕看着散落一地的保健品,脸上的笑容微微颤抖,但还是问出了想要说的话:"阿姨,我这次来是想问问,高叔叔有没有什么东西留下来?关于我妈的,比如日记之类的。"

"你言情片看多了,我弟弟一个大男人写什么日记?"高雨冷笑道,"别说没有这东西,就算有,也早就被我烧了。"

老太太再次歪过头问:"什么东西烧了?"

"没什么。"高雨没好气地应了一句,对小瑕说,"以后你不要再来了,我这里不欢迎蒋家的人。"说罢,推起轮椅向单元门走去。

"刚才那丫头就是阳阳说的小蒋吧?怎么不让她进屋坐坐?"身后继续传来老太太的声音。

"不是说了吗,那个狐狸精死了。"

"好好的你咒人家干什么?回头让阳阳听见又不愿意在家里待了。对了,阳阳好几天没回家了,你快去把他找回来,你爸在家里包饺子,就等着他呢。"

"好好,我先把您送回家,就去找他……"

直到高雨母女的声音消失在单元门里,小瑕仍默默地站在原地。我以为她会哭的,但是没有。

返回市区的路上,小瑕蜷在座位里一言不发,跟她说话也不理我。我不知怎样劝慰,只好望着窗外西沉的落日发呆。

小瑕

01

我知道陈律有很多话想问，甚至能大致猜到他要问什么。上次在店里遇见他时吓了我一跳，当年他高中临毕业的时候说将来想当警察，我以为是开玩笑的，没想到他说的竟然是真的。在那之后，我们见了好几次面，但谈论的都是我拜托他寻人的话题，还未来得及叙旧。可是此时我心里空落落的，一句话也不想说。

一路上，陈律的手机不停地响，一会儿是向什么人汇报工作，一会儿又接到什么通知，都是蹲点、布控、行动之类的字眼，好忙。每次他都压低了声音尽量简短地完成对话，生怕影响坐在旁边的我，小心翼翼的样子让人想笑。现在的他，已经完全看不出上学时叛逆到不把老师放在眼里，即使被教导主任训斥仍梗着脖子不肯服软的乖张倔强的影子了……唉，时间带走了年少轻狂，留下了成熟稳重。说到底，大家都长大了。而15年前的事情，已经遥远得如同前世的记忆，依稀缥缈又刻骨铭心。

高阳，那个伴我度过童年一半时光的人，我竟不记得什么时候认识他的。仿佛与生俱来一样，自我懂事起，他就存在了。可惜，妈妈走时什么都没留下，包括记载了往日欢乐的照片。这导致陈律不得不反复往我这儿跑，从本市30多个年纪相仿的重名户籍档案中逐一筛选确认，因为除了名字和大约年龄，我对这个如此重要的人竟一无所知。不知为什么，高阳失踪了这么久，他的家人却没有注销他的户口。

"如果销了户，我们可以从注销户口的时间入手，那样早就找到了。"陈律说。

今天见到高雨，我想我知道了没有销户的原因。她至今仍不愿接受弟弟已经不在人世的事实，说不定仍在幻想着某一天弟弟突然出现在她面前。

陈律最终是通过交警部门的驾驶员资料找到高阳档案的，因为我记起了那辆摩托车——贴着美少女战士月野兔的不干胶纸的红色125摩托车。

上小学之前，我的头发一直稀疏泛黄，还长不长，那时我最讨厌别人叫我黄毛丫头。看到来妈妈补习班里上课的孩子都顶着一头乌黑油亮的头发，羡慕得不得了，我第一次感觉到了自卑。

高阳找来月野兔的不干胶，贴在摩托车油箱上，捏着我的鼻子说，等你上了学头发就会长得和月野兔一样长了。我竟傻傻地信了，全然忘了月野兔的头发也是黄色的，只觉得鼻子被捏得好疼，眼泪都快流出来了，却嚷着要他带我兜风。

他把我抱上车，摘下自己的头盔扣在我脑袋上。年幼的我几乎整个人趴在油箱上，耳边响着呼啸的风声和引擎的轰鸣，硕大的头盔给我带来虚幻的安全感，我忍不住兴奋地大叫，开快点，再快点！

对于这种疯狂的举动，妈妈似乎从不担心，她就站在路边淡淡地看着我们。摩托车从她身前掠过的瞬间，妈妈微微抿紧的嘴角和恬静姣好的面容如同电影胶片般定格在我的脑海中。

事实上，除了发大水的那个夜晚，妈妈几乎从未对任何事情表现过担心。我很少在她脸上看到紧张、忧虑、惊慌和……欢笑。即使面对高阳，我能明显感觉到妈妈的放松，但也很少看到她的笑。不知是不是这个原因，高阳见了妈妈就有些发怵，加上家里人的极力反对，令他迟迟不敢向妈妈表白——六岁之前，高雨不止一次来补习班找他的弟弟，我听到她在背后严厉警告自己的弟弟不许和妈妈在一起，因为妈妈的命不好，克夫。

我知道妈妈也听到了，但她从不说什么，也从不对高阳频频表现出来的暗示做丝毫回应。

高阳比妈妈小一岁，我自然是叫他叔叔的，但他更像个邻家大哥哥，阳光开朗，精力旺盛。我喜欢他的笑，那种毫无遮拦的爽朗的笑，能让人瞬间驱走心底的阴霾。每次听到他的笑声，我的嘴角都会不由自主地跟着咧起来。

无论是骑摩托车带我兜风，还是做游戏时穿上大玩偶套装逗我开心，抑或给我买各种好吃的，其实都是在变相讨好妈妈，这是我很小就明白的道理。而妈妈，好像这个世界上的人除了高阳，谁也不相信。平时有什么事情，妈妈都只找他商量。可是，妈妈为什么不爱笑呢？而且，她看向高阳的眼神为什么总带着一丝嘲讽和不屑？

我悄悄问过高阳，他触电一般弹起来，连说小孩子别瞎问，然后一连几天见不到他的人影。

唉，大人的世界太复杂，我不想长大。这不光因为高阳逃避我的问题，更多的是妈妈……像一座冰山，靠近她就会发冷。妈妈从来没有打过我，但我从心底惧怕她，每当我不小心提到爸爸这个词的时候，妈妈身上的寒气如水一般泛开，令我手脚发凉。

"不许问！"这是她回答我最多的答案。

看起来我似乎有很多朋友，他们都是补习班里的孩子，但我讨厌他们，黄毛丫头就是他们叫起来的。不过我更讨厌他们的家长，尤其是他们的爸爸。这些大人们经常找各种借口围着妈妈转，旁若无人地开着玩笑，脸上挂着虚假笑容，目光肆无忌惮地落在妈妈身上，眼睛里似乎能喷出火来。这时候高阳就会从不知什么地方突然出现，那些家伙们立刻装作若无其事地走开。他们开的玩笑我听不懂，但隐约知道他们的目的。

只有一对父子例外，他们是补习班结束前的最后一个暑假来的。爸爸叫崔克昌，是做生意的老板，人长得斯文，穿着也普通，每次送儿子来上课都会把他的黑色奥迪车停在远处不引人注目的地方。

他的儿子叫崔永卓，和我同岁，生日只比我小一个月。他给我最深的印象就是头发特别浓密乌黑——这是那个时期我看别的孩子第一眼就会留意的地方。然后，我才注意到他的眼睛特别清澈，像一汪泉水，能直接看到纯净的内心。

接下来，我又在崔永卓身上发现了更多的与众不同：他爱干净，吃饭前会主动去洗手，写作业时从来不会像那些已经二三年级的大孩子一样把圆珠笔印弄得满手满身；他从来不像其他孩子那样炫耀自己家里多么有钱；他还特别有礼貌，每次上课和放学都会主动给妈妈鞠躬，说老师好和老师再见，见到我也会嫩嫩地叫声小瑕姐，而不是跟着其他浑小子们一起乱叫黄毛丫头……

后来我知道这些行为都是有教养的表现，但对当时的我来说，这简直是个宝藏男孩，和他接触时间越长就会发现越多的优点：比如他会把他妈妈托人带来的进口零食偷偷和我分享，那时我才知道他爸妈也是离婚的；比如他没有其他小孩子身上那些被父母娇惯出来的毛病，即使被我搬桌子不小心挤到了手指也不哭，给他搽药时他瘪着嘴强忍着痛却含着眼泪不让我把这事告诉他爸爸，那副既委屈又懂事的样子看得让人心疼，我真想在他胖乎乎的脸蛋上咬一口……

也唯独在崔永卓面前，我没有感受到妈妈散发的寒气，一次也没有。

"小瑕姐，你会和我一起上学吗？"崔永卓不止一次地问我。

我不知怎样回答，因为我只有出生证明，没有户籍。没有户籍就意味着无法上学。

私生女——我想到那些围着妈妈转的家长们偶尔提到的词，突然之间读懂了这个词背后的含义，也读懂了挂在他们脸上的轻佻表情和有含意的笑容。因为我不名誉的出身，他们才敢肆无忌惮地骚扰妈妈。

发大水的前几天，我无意中听到高阳和妈妈商量如何解决我的户籍问题，妈妈的神情罕见地有几分凝重。我没敢继续听下去，心里期盼着能够成功，期盼着能和崔永卓一起上学，最好分在同班。

终于，那个改变命运的夜晚到了。在等待高阳回来的时候，妈妈搂着我说："小瑕，妈妈给你找个新爸爸，好不好？"

我想都不想地就说不好。

"有了新爸爸，你就可以上学了。和崔永卓一起上学，这不是你的愿望吗？"

虽然妈妈没提高阳的名字，但我瞬间明白了这就是他们想出来的解决我没有户籍的办法。我从妈妈怀里挣脱出来，大声说："不，我只要原来的爸爸！"

闪电划破夜空，映出妈妈苍白的脸，她长久地呆望着我。

窗外大雨倾盆。

我渴望上学。我也喜欢高阳，甚至不排斥他成为我们家的一员，我可以叫他叔叔，或者叫他哥哥，但绝不会叫他爸爸。爸爸这两个字是神圣的，尽管我不知道代表这两个字的人在哪儿，但从心底觉得，没有人能代替他。

妈妈没再说话，她缓缓离开座位，跪在地上，虔诚地向上苍祈祷让高阳平安归来，可惜上苍没有听到。也许听到了，但傲慢的上苍并不想满足一个渺小卑微的生命的全部愿望，只送回了被水中流木撞变形的摩托车……

关于那场恐怖的洪水，我的记忆不深。15年前我刚满6岁，小孩子对这种事是不感兴趣的，长大后我才陆续从媒体和报刊上了解到家乡的地理环境方面的信息。简单地说，我们这个地区有史以来就干旱缺水。专家的说法是这个地压处于东北平原边缘的丘陵地区，大兴安岭余脉切断了这个地区与海洋的联系，潮湿的海洋风吹不过来，同时又受西伯利亚冷湿气流影响，因此十年九旱。

尽管我生活的这座城市是一座港口城市，但主城区到海边的直线距离还有30公里，加之气候变暖和环境恶化等问题，近年来的干旱情况愈发严重。很多时候整个夏天连一场透雨都没有，导致周边土地作物绝收，而相隔几十公里的邻近城市包括海边的开区发已经下得暴雨如注一片汪洋了。迄今为止，我们这个地区有记载的洪灾记录一个巴掌就能数过来。

在我的记忆中,那年夏天的雨下得很大,城市里很多马路积水,有些低洼的地方水深到了成人的腰部,好几天水才退下去。新闻里说这场洪水50年一遇,但没提死了人。倒是来补习班里送孩子的家长说城外淹了,河水没过了桥面,很危险,通往关内的列车也停了,因为塌方泥石流冲垮了铁轨,听说有人被水冲走了。

当时的我不会想到日后自己将回首探究15年前的这一天到底发生了什么,直到那件事的出现——然后我特意去图书馆查阅了史料,才知道那年夏天,不仅我们市,而是全省都遭受了罕见的特大暴雨袭击,上游多条河流水位暴涨,水库决口,最终导致了这场载入史册的特大洪水。

高阳就是在这次洪水中失踪的。

"等我回来就娶你。"临走时,他对妈妈说。

02

"怎么自己回来的?"姜琳琳双手举过头顶,长长地伸了个懒腰,胸前的围裙随着她伸直的胳膊提上去,露出美好的身段,如一只慵懒的猫。

"不是自己还有谁?"

"那个小警察呢?没送你回来?"

"他为什么要送我?"虽然我没告诉姜琳琳下午请假去做什么,但她一定早就猜到了。我默默地拿起记录预约上门送货的台账,发现中午之后的记录栏是空的,整个下午一条送货信息也没有。

姜琳琳打着哈欠说:"最近天热,店里生意不好,要不搞个活动促销吧。"

"随便你。"我知道她想让我忙起来,好把找人的事情忘掉。

"说说呗。"姜琳琳凑过来,满脸八卦地道,"那个小警察对你怎么样?最近他三天两头就往这儿跑,是不是对你有意思?"

我板着脸对她说:"他是我中学校友……"

"我知道,我大伯梁朴是他的高中班主任,你俩的关系就像令狐冲和岳灵珊,同门师兄妹,所以我才问你他对你怎么样?"

"我爸又不是岳不群,我也没和陈律从小一起长大,我只是拜托他帮忙找人而已。"

姜琳琳用一根手指挑起我的下巴,左右端详我的脸,似乎觉得我没有撒谎,兴致顿时就没了,撤回身子懒懒地问:"那你找到了吗?"

我想起见到高雨时对方的态度,委屈再次从心头升起,差点掉下眼泪。

见我不说话,姜琳琳哼了一声,道:"早就跟你说了,男人都是用下半身思考的动物。动物还知道养育子女呢,那个人渣痛快完了就消失,连禽兽都不如,你还念着他干吗?就算找到了,他会认你吗?"

我对这样的话早已免疫了,指尖习惯性地捻起颈间的硬币。回首不知来处,此生只余归途——没有切身感受的人不会理解这句话包含了怎样的无奈和悲凉。我想知道自己是如何来到这个世上的,我想知道妈妈为什么至死都不愿告诉我那个人是谁,我想找到那个人,质问他为什么抛弃了妈妈,为什么生了我却不养我……可是人海茫茫,我找不到他,连他的名字都不知道。

我曾经想要忘掉过去,好好活着。梁朴死后,我确实这样做了,那段平静得毫无波澜的日子让我生出岁月静好的错觉。我甚至憧憬过未来找一个体贴温柔的男生,给他生个孩子,然后看着孩子慢慢长大,我们俩在夕阳下慢慢变老,最终平淡幸福地度过一生。如果不出意外,我的人生将平直地向这个目标驶去。

然而,意外还是来了。

陈律

01

我的可怕预感在第二天傍晚被证实，搜寻人员找到了沈娇的尸体。此时距警方正式立案过去了12个小时，地点是绿岛公园内的一处水塘，该水塘与夜光跑道的方向相反，两者相距步行约五分钟的距离。

由于天热，尸体因内部空气膨胀导致局部肢体浮出水面，好在为时尚短，还没有形成巨人观，这给警方的现场勘查带来一定便利。初检发现，死者衣物完好，表面皮肤没有明显外伤和瘀痕，臂包里的手机和脖子上的彩金项链俱在，初步判断没有遭到性侵和抢劫，看上去像是意外失足落水。

"绝对不是意外！"方一同把哭得瘫软的舅舅扶上车，转身对我说，"我妹妹小时候曾经失足掉进湖里，差点淹死，幸亏遇到好心的路人把她救上来。从那以后，她对水就有一种发自内心的恐惧，从不主动靠近有水的地方。而且水塘和夜光跑道完全是两个方向，她没有理由单独跑到那儿去。"

"你说的情况我会向领导反映。"我替他拉开车门，说，"先把老人送回去吧，你也好好休息一下，结果出来我告诉你。"

方一同坐进驾驶室，从车窗里探出头，直勾勾地瞅着我："相信我，这绝不是意外。"

后座里老人悲痛欲绝的样子映在车窗上，看得我心里难受，我拍拍他的肩膀:"放心,警方一定会认真调查的。"

方一同沉默地攥住我的手,用力握了握,意思很明显,是拜托我找出杀害他妹妹的凶手。但他忽略了一件事——这个发现沈娇尸体的绿岛公园和调动了大量搜寻人员的派出所都不在我们分局辖区,即使日后转成刑事案件,也是由其他分局负责侦办,我这个外人根本插不上手。况且,沈娇的溺亡最终是否判定为刑事案件,还要等尸检结果出来才能知道。这些话已经到了嘴边,可是看到他赤红的双眼,我怎么也说不出口。

方一同的车子开走了半天,我仍木然地站在原地,直到韩长庚打来电话。我以为对方要通知我今晚蹲点的地址,没想到他上来就告诉我,今晚的蹲点取消了。原因是下午技术科监控到张小海的手机开机了,位置在临近的一个三线城市。钟队通知大家今晚好好休息,准备第二天赶过去布控,只要对方再次开机,网监就能锁定具体位置,实施抓捕。

终于能睡个好觉了,这是我的第一反应。由于这些天实在太累,脑袋刚挨上枕头就睡了过去。早上的手机闹铃响了两遍都没听见,响第三遍的时候我才激灵一下坐了起来。

匆匆洗漱完毕,眼看要迟到了,来不及吃早饭,一路跑下楼,几乎是踩着点到了局里。刚上楼就被通知开会,我以为队里要布置行动计划,进了门才发现,偌大的会议室里除了钟队和韩长庚,其他人一个都不在。这两位坐在长条会议桌顶端,脑袋凑到一起不知在嘀咕什么。钟队见我进来,招了招手,示意我坐过去。

这是要开小会?怎么感觉像组织上找我谈话?我赶紧在脑子里回想自己近期的表现,好像没什么值得诟病的地方,难道是打算提前让我转正?

我这么想是有原因的。夏天和韩长庚携手破获的那起海滩谋杀案,虽然我的作用是协助,但自问表现不错,在上头决定撤案后仍坚持调查,同时有几分运气,意外获得了正常情况下难以掌握的线索,总的来说应该有加分。尽管我的见习期还剩不到三个月,但能提前转正算是组织上对我的能力的肯定和褒奖,印象中这种先例在系统中并不多见,属于一种殊荣。

心里正暗暗得意,会议室的门一开,局里的法医丁珺走了进来。我正纳闷他来干什么，却见他四下环视了一眼，问钟队："人齐了？"

钟队点头："齐了，开始吧。"

丁珺展开手里的文件夹，直截了当地介绍起来："经尸体解剖检验表明，死者肺部存在因血容量剧增导致的水肿和溶血现象，血液检测未发现酒精与药物残留，结合死者口腔及呼吸道内残留的硅藻和蕈样泡沫，可以确定被害人的死因为溺亡。死亡时间为26日晚20:30至22:30……"

我承认方才自己想多了，可这是什么情况？明明是新发生的命案，为什么开案情通报会的只有我们这几个人？正疑惑间，猛地听到死亡时间，26日晚20:30至22:30，这不是方一同的妹妹出事的时候吗？难道同一时间又有人溺亡？而且就发生在我们分局辖区？这也太巧了吧？

丁珺坐在我正对面，尸检报告就放在桌子上，我悄悄探头瞅了一眼，顿时心里咯噔一下，报告中死者的名字赫然就是沈娇！

我偷眼向旁边看去，见钟队面色平静，不时在本子上记两笔。韩长庚则不知什么时候点了支烟，靠在椅子上抽着，一副老神在在的样子。

丁珺的声音在继续："……尸体头部、躯干及四肢均无表面伤痕，亦未见骨折、皮下出血、肌肉和软组织挫伤及性侵迹象，唯独在左侧脖颈，检测到两块0.5厘米见方的白色创口，显微鉴定显示为高压电流灼伤，系生前伤。通过分析创口特征和表皮受损程度，证实造成该处灼伤的工具为手持式电击器。"

丁珺说着，把文件夹里的照片递给大家传阅。传到我手上的时候，我看到了他说的那两块创口。说实话，如果不是他事先提及，我可能根本不会发现那是电击伤。或许那都不应该称之为创口，因为表皮破损极其轻微，而且面积非常小，还没有一个黄豆粒大，加上尸体在水中浸泡超过24小时，皮肤浸软现象几乎完全掩盖了电流灼伤的痕迹，使之看上去就像死者生前皮肤上被蚊子叮了个包，然后用手去挠，挠过的部位被指甲划破了浅浅的一层油皮。

待大家看完照片，丁珺开始进行说明："根据尸体检验，死者口鼻内检出的硅藻与绿岛公园水塘的现场采样一致。肺部水肿的同时伴有肺出血现象，以及肺支气管中产生的大量蕈样泡沫，均为生前溺亡的典型特征。结合死者脖颈处的电击伤，分析认为死者生前先被人用手持式电击器从背后电晕，后被推入池塘伪装成失足溺水的假象。"

说到这儿，丁珺停顿了一下，似乎在等待发问，见无人接茬，继续说："下面是对嫌疑人的概况分析，嫌疑人身高在155厘米至165厘米之间，体型偏弱，左利手，可能与被害人相识，或通过观察得知被害人近期的生活作息规律。由于现场被大量搜救人员反复踩踏，未能提取到嫌疑人的有效足迹，所以无法得出嫌疑人的日常行为习惯、职业特性以及参考年龄。"

"清楚了吧？"见丁珺说完，钟队问道。

"清楚。"我话音出口，发现应声的只有自己。

"那好。"钟队看了一眼手表，对身边的韩长庚说，"老韩，一会儿在楼下集合，15分钟后出发。"说罢，他合上面前的本子，和丁珺两人匆匆走出会议室。

看到韩长庚也站起身，我忙扯住他问："你们一会儿集合去哪儿？"

韩长庚以手掩口打着哈欠，一副睡不醒的样子："钟队他们当然是去抓张小海。恰好昨天张小海手机信号出现的位置就在沈娇就读的大学校园附近，我顺便搭钟队的车过去摸个底，查一下她上学期间的人际关系，省得再单独跑一趟了。"

我有点发蒙："你去了，我留下干吗？"

"绿岛公园的监控录像送过来了，在技术科，你找找有没有疑点。没时间多说了，钟队在楼下等着呢。"韩长庚说着，起身往外走。

我追上去问："这个案子不是发生在我们区的，怎么转到咱们这儿了？"

韩长庚回过身，定定地看着我说："上头转的，你能给退回去？"

"那其他人……"

"队里其他人已经出发了，我和钟队是第二拨。"韩长庚说着，掏出车钥匙扔给我，"这几天我的车不用，你开着吧，行驶证在扶手箱里。"

我在技术科领到了绿岛公园的监控资料，光是硬盘就有七八个，园区内部的、儿童游乐场的、公园出入口的，包括野生动物场馆的，分门别类，每个硬盘上都贴有说明标签，并且在一张半扇桌子大的公园鸟瞰图上——标注了监控头的位置和覆盖范围。

和监控录像同时移交过来的，还有厚厚的一大摞实地走访笔录，可能由于时间仓促，也可能是未发现有价值的线索，没有整理成电子版。我随手翻了翻，放在一边，眼下的重点是先查监控。

需要面对的问题是，城市公园这种开放性场所的监控覆盖率远没有外面的街道社区那么高。除了个别人员密集的广场、游乐园和主干道这些视野开阔的区域外，其他地方——比如被树木环绕的夜光跑道、幽静曲折的林间小径，以及岸边芦苇一人多高的水塘——并未安装监控探头。

因此，我只是在为数不多的几个场景中看到了沈娇的身影。诸如公园正门入口，某个正在举行什么联欢活动的露天舞台前，安放了健身器材的广场旁，横穿整个园区的步道间……在这些通往夜光跑道的必经之路上，穿着一身蓝色速干衣的沈娇和大腹便便的方一同有说有笑地从监控镜头下走过。在那之后，这个年轻女孩就像一滴融进大海的水，消失无踪。

看完监控，我翻开厚厚的笔录。这里面被询问的大多是当天晚上的夜跑者，不止一人在案发前目击到了沈娇，甚至有人准确地描绘出沈娇的穿着和当时跑步的样子：戴着蓝牙耳机，手机放在臂包里，跑起来步伐矫健，腰背挺直，紧身速干衣将她的胸部形状勾勒得很丰满……但没有人注意到她是何时从夜光跑道上消失的。

整整一天，中间除了吃饭和上厕所，我都待在电脑前，监控录像和走访笔录交替着比对查找，有的地方甚至逐帧播放以核对某个出现在沈娇身边的可疑身影，到最后眼睛看东西都变成重影了，仍一无所获。

疲劳之余，我有些沮丧，但很快又振作起来，这应该与我从小受到的家庭教育有关。在我成长的过程中，我那老实本分的父亲不断告诫我，人活着要脚踏实地，一分耕耘一分收获，切忌好高骛远，天上不会掉馅饼，永远不要心存侥幸，更不要轻易嫉妒一个人的成功，因为他一定在你看不见的地方付出了远远超过你的努力……诸如此类。

这种教育方式没有对我少年时期产生多大影响，但是潜移默化的效果却在我长大后凸显出来——造成了我现在的悲观性格。即使面对那些成功概率很大的事情，我也抱持谨慎的乐观态度，虽然某些时刻我会因为热血上头表现出年轻人应有的冲动，但骨子里还是对预期结果充满了莫名的担忧。连一向在家族中以严厉著称的二叔都忍不住跟我父亲抱怨，说这样下去容易让我变得自卑、孤僻和颓废，年纪轻轻的就失去了进取心。

好在我没有成为二叔担心的那个样子，20来岁正是人一生中最美好的年华。我有上进心、有行动力，没有在挫折面前失去勇气，同时对世界充满了好奇，只是我并不相信上帝给你关上门的同时会为你打开一扇窗。至少，我从不相信望类似九命猫这种神奇的幸运。假如真的发生了，那它一定是通向人生断崖前的最后一道阶梯——如同沈娇最后的结果一样。

我认为这才是真正的命运，不可能所有的好事都毫无道理地降临在一个人身上。

晚上，我去方一同家找他。沈娇离家出走时带出来的东西仍暂存在这里，方一同说没有把它们送回去是怕他舅舅睹物思人。

东西不多，一个女式坤包，一只24英寸拉杆箱。坤包里放着钱夹、钥匙、纸巾等琐碎的日常用品。拉杆箱也没什么特别，换洗的衣物、化妆盒、女孩子喜欢的卡通造型的玩偶，还有一本相册，里面的照片大多是沈娇小时候的，满月的、百天的、周岁的，直到上学之后的，不一而足。

我在好几张照片中都看到年幼的沈娇被一个女人抱在怀里，联想到发现沈娇尸体那天她妈妈没有到场，就问方一同："这是你舅妈？"

"嗯。"方一同点头。

"你说你妹妹是因为跟家里怄气才搬到你这儿来的，她到底因为什么事跟你舅舅生气？"

"不是跟我舅舅……"看得出方一同很不愿提及此事，犹豫了半晌，终于还是告诉了我，"她是跟我后来的舅妈生气。"

"后来的？"

"我舅妈——"方一同指着照片上的女人说，"在娇娇上初中的时候就过世了。我舅舅经人介绍认识了现在的舅妈，她很年轻，人也很好，我姥姥中风在床上躺了大半年就是她照顾的。但娇娇不接受这个后妈，从来没给过她好脸色，两人见面就生气。我舅舅没办法，只好把她转到外市的一家私立学校，一来是想把她们娘俩分开冷静冷静，二来娇娇马上要升初三了，当时因为这事学习成绩下降得厉害，换个环境也许能好些。开始的那几年，学校放寒暑假娇娇都不回来，借口备战高考要在当地上辅导班，其实就是不想见她后妈，逢年过节都是我舅舅大老远地开车去看她。直到上了大学，这种状况才有所改善，但没想到这次回来，又因为点琐事吵起来了，所以执意要搬出来住。"

"那天——"我忽然想到一个可能，"你舅妈没来。"

"娇娇离家那天，她摔伤了腿，现在还住在医院里。"方一同深深地看了我一眼，说，"我舅妈没有嫌疑。"

"我没怀疑她。"

被人当场拆穿，我脸上有点挂不住，低下头接着翻看相册。一张合影引起了我的注意，准确地说，是沈娇身上的校服引起了我的注意。

"这是铁路中学的校服，你妹妹转学前在这儿上学？"

"我舅舅在铁路工作，娇娇上铁路系统的学校，有什么奇怪的？"

"不是奇怪，我也是铁路子弟。"我仔细端详着照片，说，"我和你妹妹是校友。"

02

铁路中学原本是专属于铁路系统的六年制初高中连读学校，随着近年来的生源下降和教育体制改革，学校从铁路系统中剥离出来，面向全社会招生，在取消初中部的同时，合并了市内其他几所高中。因此，学校的师资力量和学生规模非但没有减小,反而有所增强。

走在曾经生活了六年的校园里,感觉既熟悉又陌生。我最喜欢的植物园不见了,简陋的室外公厕不见了,操场旁的单双杠等运动器材也不见了,取而代之的是漂亮的塑胶跑道、现代化羽毛球馆和一块造型独特的泰山石。主教学楼和学生宿舍从外面看不出什么变化,只是重新粉刷了外墙,相信里面也一定进行了翻天覆地的升级改造。还有篮球场后面的实验楼,是在拆除了原来的校办工厂的基础上修建的,我毕业时尚未建完,现在看起来倒有几分沧桑的样子。

这是我毕业后第一次重回母校,往日记忆随着脚下漫步在心头——浮现,这里留下了我太多的宝贵青春。

"如今还记得这里曾是英语角的人已经不多了。"鬓角霜白的张启明望着面前修剪整齐的草坪颇为感慨。

我也同样感慨岁月不饶人,这位昔日满头乌发的物理老师如今腰背不再挺拔,额头爬满了细密的皱纹,当年他讲课时挥斥方遒般的神态和铿锵顿挫的嗓音依然停留在我的记忆里。

"原来的老师都不在了吗?"我问。

"教改之后,调去外校的老师就占了一半。那些有本事有门路的,不是另谋高枝就是下海办学,没有编制的就下岗等待返聘,剩下我们这些没人要的老家伙只好熬年龄,这几年下来也退得差不多了。你想找的王凤兰老师就是前年退的。不过她女儿嫁了个有钱老公,把她接到海南养老去了。"

"我就是因为联系不上王老师,才找的您。"

"那你恐怕找错人了,王凤兰才是当年初二三班的班主任。那时候她休病假,我被借调到初中部给她代了一段时间课,前后连半个学期都不到,当年那班学生能记得几个?"

"没关系,您随便看看。"我从手机里调出在方一同家拍的照片,放大后递过去。

张启明摸出上衣兜里的折叠花镜,戴好后端着手机打量了一会儿,说:"这孩子有点眼熟,像是转学的那个,听说还是去的外地私立学校,名字想不起来了。"

"她叫沈娇。"

张启明"哦"了一声,似乎对这个名字没什么印象。

"她在学校表现怎么样?"

"学习还不错,但也不拔尖,没什么特别的地方。我能记住她是因为半道转学了,念到初二才转到私立学校的这么多年我只遇到这一个。"

"其他方面呢?她和同学的关系怎么样?有没有男孩子追她?"

"学校禁止谈恋爱,你又不是不知道,就算有也是在校外躲着老师,这方面情况我不清楚。不过她的人缘好像不错,总有一些女生围着她进进出出。"

"您再看看这个人,有没有印象?"我滑动屏幕,将画面移到沈娇身旁的一个女生。

"韩莹莹。"这次张启明一眼就认了出来,随即收起下颌,目光越过老花镜上方直视着我,如同当年给我们上课时强调重点一样地说,"她死了。"

"怎么死的?"我并不感到意外。昨晚我在方一同家看到那张合影时第一眼注意到的不是沈娇,而是沈娇身旁的这个女生——她的容貌和韩长庚珍藏在钱包里的自己女儿的照片一模一样。

"坠楼,摔死的。"

"在校外?"

"校内。"张启明指向篮球场方向,"后面的实验楼。"

"什么原因坠楼?"

"不清楚。"张启明摘下眼镜,折好放回兜里,"学校刚开学,事情比较多,我就不陪你了。"

"张老师——"我忽然想起一个被我遗忘已久的问题,"我的班主任梁朴老师,他是怎么死的?"

没想到张启明的脸色立刻变了:"别问我,我什么都不知道。"

他向前走了两步，停下，回过头面无表情地对我说："陈律，忘掉梁朴这个人，忘掉他曾是你的班主任，他是我们铁路中学建校以来最大的耻辱。"说罢，他转过头快步离去。

下课的音乐声响起，穿着不同样式班服的学生从楼里涌出来，在操场中跳闹嬉笑。置身于曾经无比熟悉的校园，我第一次生出疏离的感觉。

在主教学楼的走廊里，我随手拽住一名从身边匆匆经过的学生，问他曾经给我那一届任过课的数学老师的名字。这个男孩急着要走，好像远处有人喊他，但他甩了两下没有挣脱我的手，只好不情愿地站在那里翻着白眼想，想了半天，说没听过。我又报了两位老师的名字，其中一位是当年我隔壁班的班主任，仍是不知道。我只好放开他，手一松，男孩就远远地跑开了，见我作势欲追，忙撒腿跑了。

我在楼里转了两圈，一位熟识的老师也没碰见。课间休息结束，操场上的学生如归巢的蜂群各自回到自己的班级。走廊空旷下来，一名夹着教案的老师看到四处闲逛的我，大约觉得我的年龄不像学生家长，警惕地问我是干什么的。我出示了证件，顺便向他打听梁朴，对方刚刚松懈的神情立刻又紧张起来，什么话都没说就飞快地走了。

我叹了口气，难道只有去找那个人？说实话，我真不想去见他，但是要想探询问题的答案，恐怕整个学校没有比他更清楚的了。内心挣扎片刻，我还是硬着头皮上到四楼。这里的格局和当年一样，斜对着楼梯口第一间屋子的墙上挂着教导处的吊牌。隔着门上的玻璃窗，我看到那个熟悉的身影正伏案写着什么。

我没有敲门，直接推开门走进去，对方听到声音抬头望过来。一瞬间，我看到一丝欣喜从他的眼底掠过，随即面色恢复了平静，带着惯有的审视他人的目光打量我。

"二叔。"这是我第一次在学校里这么称呼对方。

源于之前提到的严苛家教，我上学的六年时间里，没有人知道这所学校高中部的教导主任是我的亲叔叔，因此也从未受到过丝毫特殊待遇。如果硬要说有，那就是如果我犯下了跟其他同学同样的错误，就会换来更加严厉的惩罚。

高二的时候，不记得因为什么了，班上的同学跟校外的几个小混混冲突起来吃了亏，我和班里的大半男生一起冲出去找场子，结果回来就被集体拎到了教导室。由于是对方理亏，其他同学挨了训就被打发回去写检查，只有我被单独留了下来。二叔等众人都离开了，开始给我开小灶。之前和混混打架没挨的揍，二叔一次给我补齐了，以致回去后同学们看到我身上的瘀青，都一致认为我最讲义气。

至于平时逃课去网吧，更是被二叔逮到一回就挨揍一回。曾经有很长一段时间，我上课时都不敢在椅子上坐实了，也不敢在人前脱掉上衣，因为腿上、屁股上，还有后背都是青的。

当时我正处于叛逆期，不喜欢长辈对我的安排，大人越不让干什么就越要干什么，尽管到头来还是自己吃亏，却偏偏死不悔改且怡然自得。反正我认准了一点，既然二叔已经在学校里揍了我一顿，就不会通知家里让我爸再揍我第二顿。

那段时间不知怎么就迷上了电影，别的同学去网吧是为了聊天和打游戏，而我是为了看电影，从最初的《古惑仔》《热血高校》到好莱坞大片，再到后来的《熔炉》。

不记得是谁向我推荐了《熔炉》这个片子，至今忘不了初看时的震撼和愤怒。在其他同学热烈而幼稚地讨论樱木花道和海贼王的时候——也有个别女生讨论我完全不知所云的韩剧——我木然地望着他们，如同影片结尾时姜仁浩望着"欢迎来到雾津"的广告牌。只不过姜仁浩看到的是拯救聋哑儿童的希望和温暖，而我看到的却是成人世界的肮脏和自己也将无可避免地踏入这个世界的悲哀。

和所有早熟顽劣的孩子一样，我不喜欢上课，不喜欢那些私自开补习班逼你补课的老师。可是梁朴没有，他从不办班，也从未向我们索要过一分钱，他给我们补课是真正意义的授业解惑，这也是我发自内心尊敬他的原因。

"你来干什么？"二叔放下手中的笔，从案前直起身。

"好长时间没见您了，正好从这儿路过，上来看看您。"

"说人话！"

"有案子。"

二叔似乎已经料到是这么回事，沉闷地叹了口气："不要告诉我是关于学生的。"

我实话实说："确实是关于学生的，不过我现在对一位老师更感兴趣。"

"是谁？我打电话把他叫过来。"

"您叫不来，他七年前就过世了。"

二叔的眼睛眯了起来，想了一下，说："梁朴？"

我点头。

二叔迅速皱起眉头："他是我们学校的耻辱。"

这是第二次听到耻辱这个词了，我心里很不舒服，脸上尽量不带出来："这个案子绕不过他去。"

"你想知道什么？"二叔没问我什么案子。

"当年他是怎么死的？"

"自杀，"二叔说，"跳楼自杀。"

小瑕

01

我又来到了这条河边。

不记得上次是什么时候来的,但眼前的场景似乎见过很多次。灰蒙蒙的天空,灰蒙蒙的河水,水面上弥漫着灰蒙蒙的雾气。风很大,吹得树梢疯摆芦荻倒伏,却吹不散河上的雾气,惊起的鸟雀在林木上方逆风盘旋。四周没有人,也没有声音,我独自漫步在青草萋萋的河边,仿佛置身于一场无声的默剧。

一切都似曾相识。

像是受到了某种感召,经过一蓬盛开的马莲时,我扭头望去,一个蓝色的物件顺着缓缓流淌的河水漂来,是顶帽子,恍惚间有些眼熟。

我找到一根树枝,把帽子拨近岸边,帽檐上方印着红色的蜘蛛侠图案。我从水里捞起帽子,正打算仔细端详,却见平静的水面突然冒出一连串气泡,有个白花花的影子从水底浮上来。随着气泡消散,影子逐渐变得清晰,那上面依稀有五官的形状。我好奇地凑近,猛地看到一张惨白的人脸!

我惊叫一声,扔掉手里的帽子转身就跑,脑海里充斥着那张可怕的脸。河面的雾气弥漫到岸上,视线变得模糊,周围的树木在迷雾中现出狰狞古怪的影子。我不敢回头,在那些仿佛欲择人而噬的树影间仓皇地奔跑。

不知跑了多久，眼前豁然一空，出现了一栋红色的房子：红色的墙、红色的瓦、红色的门，红色的窗棂前挂着两只红色的灯笼。

刚刚剧烈的奔跑令我的心狂跳不已，猛然看到这么诡异的房子，我的心脏好像被一只无形的手狠狠攥了一下，几乎连呼吸都停止了。

与此同时，我听到了低沉富有节奏的喘息声，是从红房子里传出来的。潜意识里的危险感觉告诉我应该赶快离开这里，可是那声音似乎有种魔力，吸引着我不由自主地走过去。我心中拼命抗拒，可是无法控制自己的身体，脚步越走越近。

渐渐地，我的视野变得一片猩红。红房子的两角飞檐在我眼中化成了恶魔头顶的犄角，两扇红色的窗化作一双瘆人的瞳孔，朱漆大门变成了一张散发着恶臭的血盆大口，我即将走进那张大口……

我的心跳越来越快，极度的恐惧令我喘不上气来。我想大叫，却发不出半点声音，窒息的感觉越发强烈。就在我将要失去意识时，空中突然出现一只大手，猛地把我拉出了梦魇。

我睁开眼睛，看到梁朴坐在床边。

"又做噩梦了？"

"我没事，梁老师。"我轻轻抽出被他握住的手。

三年来，我一直叫他梁老师。当初妈妈临走时，梁朴就这样握着我的手说，叫爸爸叫不出口的话，你可以叫我梁叔叔，或者梁老师。我本能地选择了最疏远的称呼。

梁朴似乎要摸摸我的额头，手伸到一半又收了回去："早饭在桌上，我先去学校了，你吃完自己上学。"

听到关门的声音，我彻底放松下来，这才发觉满头都是汗水，额前的刘海黏黏地贴在皮肤上。匆匆洗漱完毕，吃过早餐，收拾碗筷时经过梁朴的房间，我推了推门，发现上了锁。我转身背起书包，出门上学。

三年前，梁朴办完妈妈的后事，给我办了转学。我原来在铁路一小，新学校是铁路二小，距梁朴任教的铁路中学很近，又在同一学区。小学毕业后，我顺利升入铁路中学。梁朴的家就在与校园一墙之隔的教师家属院，两者之间通着一道小角门，我现在上学放学完全不用走出校外。

"早啊小瑕，转眼就成大姑娘了。"

刚到楼下，就碰见从另一个单元门里出来的马国华老师。他是梁朴隔壁班的班主任，教数学的，平时总笑眯眯的，可是他班里的学生都不喜欢他，因为他在家里开了个补习班，他的学生们极少有属于自己的课余时间。

"马老师早。"我不想和他寒暄，也不想和其他人打招呼，简单问候一声，快步穿过角门，走进校园。

02

升入初中后，我感觉自己飞快地长大，抑郁已久的心情逐渐明朗，但我还是习惯了沉默，习惯了周遭的热闹与我无关。

早自习。

一根皮筋射中了前排男生的脖子，弹起来掉在我的课桌上。前排男生揉着脖子回头，后排一个男生挤眉弄眼地笑。前排男生想捡起皮筋反击，却被我同桌韩莹莹抢先拿在手里。

"给我。"前排男生冲她瞪眼。

"幼不幼稚？"韩莹莹手指翻了个花，把挽成套的皮筋扎在脑后发梢上，还故意向对方歪了下头，"想要自己拿。"

男生运了两下气，最终还是把头转回去了。

韩莹莹在班里属于人畜无害的类型，爱说爱笑，笑的时候鼻子先皱起来，然后笑容从眼角开始绽放，最后两只眼睛弯成了月牙。她最大的特点是跟谁都能聊得来，就算对方偶尔玩笑开得有些过分也不会生气。前排男生怕的不是她，而是她的爸爸。

韩莹莹的爸爸是警察，刚开学时很多人都看到他开着警车送女儿上学，人长得精瘦，眼神却犀利得吓人，似乎能看穿你心里想什么。有人说他以前是专门审讯犯人的，连犯人都害怕他的眼神。韩莹莹也因此被归入班里不可招惹的少数派中，可是她自己并不以为然。

同样是少数派的还有班花沈娇，她的漂亮程度已经明显超出初中女生的范畴了，她绝对是我们同期入学的新生中发育最好的。每当她的身影出现在操场上，就有人偷偷猜测她是不是戴了胸罩，也总有很多女生爱围着她转。看得出，沈娇对这点很骄傲，加之家庭条件好，手头从不缺零花钱，刚开学不久就隐隐有了几分大姐大的势头。

奇怪的是沈娇也住校。跟她同寝室的除了韩莹莹，还有徐颖和田文静两个女生。

韩莹莹因为爸爸是警察，妈妈是铁路列车员，两人经常出差无法在生活中照顾她，才选择住校。徐颖和田文静的情况也差不多，一个是父母长年在外打工，一年才能见两三次面；一个是在单亲家庭长大，自小习惯了与家人聚少离多，都是迫不得已住的校。而沈娇的家距离学校很近，出了校门穿过铁路桥洞再走五六分钟就到了，可是听韩莹莹说，沈娇从开学那天起就没回过家。

从某种程度上说，我也算少数派中的一员，并非因为我的养父是这所学校的老师，而是因为我的不合群。其实我并没有觉察到这一点，我从来没有刻意把自己打造成特立独行的形象，直到有一天韩莹莹对我说，你很高冷欸，我还有点莫名其妙。

"你算没算过，开学到现在，你一共和几个同学说过话？"

那时已经开学快两个月了，我仔细想了想，除了韩莹莹这个同桌，我大约只和班上的五六个同学讲过话，且都是我座位旁边的几个人，而班级里共有59名学生。

我一时不知说什么好，韩莹莹已经替我找到了理由："幼稚！"这句话是她的口头禅。说完，她皱起鼻子，眼睛渐渐弯起来。

由于生理构造不同，自从升入初中，大多数女生都觉得自己是大孩子了，而那些尚未进入发育期的男生在我们眼里显得一个比一个幼稚，整天沉浸在《喜羊羊与灰太狼》和《熊出没》的动漫情节中不可自拔。偶尔有几个发育较早的男生，则满脸红通通的青春痘，让人不舒服。

"对了，你为什么叫这个瑕？"

"我最初叫晓霞，拂晓的晓，朝霞的霞。我是早晨出生，当时朝霞满天，妈妈说那天好美，就给我起了这个名字。现在的名字是后来改的，因为……我配不上这么美好的名字。"

以前也有人问起这个问题，我从未回答过，但今天不知怎么，我如实告诉了她，可能是她的笑容让我感到亲切的缘故吧。

"名字是让别人叫的，不管叫什么，自己喜欢就好。"韩莹莹没有追问改名字的原因，我有些意外的同时，悄悄吐了口气。

因为有了身边男生的对比，我对陈律的观感从一开始就很好。这主要取决我从小养成的习惯，特别注重看人的第一印象——陈律的长相酷似高阳，只是比高阳更年轻，更好动，也更不安分。

陈律升入高中进到梁朴的班级时，我刚上小学六年级。在我们这些小学生眼中，高中生差不多等同于大人了。但是在陈律身上根本看不到属于大人的稳当劲儿。他是那种一看就知道是调皮捣蛋的家伙，这在梁朴给包括他在内的班里差生补课时体现得尤为明显。只要梁朴在场，他就扮乖宝宝，规规矩矩答题写卷子；要是梁朴有事临时出去一会儿，这家伙就原形毕露了，不是嬉笑打闹就是趴在桌子上睡觉，有时也会和同学高谈阔论在网吧看过的电影。

他说的那些电影，后来我大都找来看过，不喜欢，太压抑。尤其那部叫《熔炉》的，战栗和心悸的感觉伴随了我整个观影过程，过后仍久久不能平静。真不明白他怎么会喜欢这种片子。

"小屁孩懂得什么？这叫深刻，这才是社会。"陈律捏着我的鼻子说，"你现在生活的环境叫苗圃，梁朴老师是给你遮风挡雨的大棚，你最好一辈子躲在里面不要出来。算了，跟你说了你也不懂。"

看了几部破电影就深刻了？呀，鼻子捏得好疼，眼泪都流出来了，讨厌！这个毛病怎么也和高阳一样？在他们眼里，我永远是个长不大的小屁孩。

升入初中的第二次月考那天，放学后，我像往常一样穿过长长的初中部走廊到高二一班找梁朴。远远地看到陈律支着一条腿背靠墙壁站在教室对面，我以为他又是逃课去网吧被逮到了罚站，走到跟前才发现他半边脸肿得老高，左边的眼眶也是青的，像只涂了一个眼影的大熊猫。

"你跟人打架了？"

"我说是教导主任打的，你信不信？"他含糊不清地说。

"胡说八道。"我把背后的书包挪到身前，和他并排靠在墙上。

陈律看出我的情绪低落，问道："怎么了？有人欺负你？"

我翻了他一眼，没说话。

他大包大揽地道："谁欺负你了，告诉我，我帮你揍他。你想欺负谁，也告诉我，我还帮你揍他。"

"你都被人揍成这样了，还在这儿吹牛。"

"人家是教导主任啊，我敢还手吗？"

"还吹！"

"真没人欺负你？"

我摇头。

陈律思考了一会儿，面色严肃地看着我说："你失恋了？"

"你才失恋了。"我在他支起来的腿上踢了一脚。

"别踢……哎哟！"

换作平时，他早躲过去了，今天却直挺挺地栽倒在地。我忙把他扶起来，小心地掀起他的裤管，露出腿上两道紫红色的檩子，看得我心惊肉跳。

"没事。"他满不在乎地放下裤管，变魔术般地从身上掏出一小袋糖递给我，"我妈亲手做的，高粱饴。"

我拿出一块放在嘴里，绵软甘糯的感觉迅速充满口腔。我把袋子还给他，他没接："都给你了，想妈妈的时候含一块，或者找个没人的对方哭一场,别在心里憋着,发泄出来就好了。梁朴那人其实还不错。"

"你怎么知道……"

"昨天他写封包纸(给已故亲人烧纸时,最上面写着逝者名字的纸)的时候我看见了,你说过你妈妈姓蒋,他写的应该就是你妈妈的名字。昨天是不是你妈妈的忌日?"

"嗯。但他烧纸从来不带我去。"

"烧纸是大人的事,你个小屁孩跟着干什么?"

讨厌!又捏我的鼻子。我打开他的手。

"听我的,心情不好的时候就含块高粱饴,这是妈妈的味道。"陈律张开嘴,牙齿间咬着好几块尚未完全融化的高粱饴,原来他的脸没肿,鼓起来的腮帮子是嘴里的高粱饴撑的。

03

临近期中考试,班级里的气氛开始紧张起来。这是升入初中后第一次严格意义的大考,考试成绩关系着每个人在班级里和老师心目中的排位,这次要是考砸了,以前的月考成绩再好也是白搭。在老师和家长的双重督促下,大家不得不绷紧了弦,本着临阵磨枪的精神抓紧一切时间备考,连课间去厕所的走路速度都比平时快得多。

"小瑕——"

我从操场对面的厕所出来,正准备回班,忽然身后有人喊我。回头看去,是个有些偏瘦的男生,瞅着很面熟,身上的班服是初一六班的。

对方紧走几步,到了跟前,眯着眼笑道:"不认识我了?"

"你是……彭昊。"看到对方额角的伤疤,我想起了他的名字。

彭昊是我在铁路一小时的同班同学,自从我转学后就再也没见过他。那时的他瘦瘦小小的,学习一般,平时不怎么爱吱声,很没存在感的一个人。但他在班里却很有名,因为他有个脾气很凶的老爸,每次开完家长会，他老爸都会拿着画满红叉的卷子胖揍他一顿，别人想拦都拦不住。他额头的伤疤就是一次家长会后被他老爸一脚踹飞，撞到桌角上磕的。现在的彭昊虽然还是有些瘦弱，但个子已经长高了，嘴唇也有了一圈绒毛，整个人显得不那么畏畏缩缩了。

"听小军说，你当初转学是因为你妈妈去世了。"彭昊和我并肩向教学楼走去。

我含糊地嗯了一声，不想跟他解释太多："你怎么也来这儿上学了，铁一小毕业不是应该升铁四中吗？"

彭昊的脸色垮了下来，哀叹道："还不是因为这儿是所有铁路中学里的重点，我爸托了好大人情才把我转过来的，告诉我将来最次也要考个二本，否则就打断我的腿。"

我相信他老爸真能干出这事，不由得在心中为他哀叹："你什么时候转过来的？"

"我转过来一个多星期了，听说你也在咱们学校就一直找你，今天总算碰到了。"

"找我干吗？"我有些奇怪。以前同班时，他几乎从未主动和我说过话。

彭昊停住脚步，脸上带着奇怪的笑容，压低声音说："你还记得红房子吗？"

我的身体一下子僵住，感觉自己的瞳孔急剧地放大。

彭昊对我的惊恐很满意："有一个办法，可以让我忘掉那件事。"

"什么……办法？"我听到自己牙齿打战的声音。

彭昊再次眯起眼睛，上下打量我片刻，凑到我耳边悄声说了一句话。

我顿时呆在原地，不知所措……

陈律

01

尽管我对梁朴心怀敬意,但不得不承认,这并不是个有魅力的人。他相貌一般,不懂得时尚,单穿衬衫时也会把下摆塞进裤腰里,同时严谨到把衣领上的第一颗扣子系上。他的生命张力完全表现在课堂上,不讲课时话很少,总是紧抿着嘴角,目光经常空虚得失去焦点,似乎随时随地在思考什么,很容易让人想到学者、工程师、搞技术或者科研之类的人。

我想象他的少年时代一定是个好学生,努力、刻苦、勤奋,而且听话,除了学习什么乱七八糟的事情都不参与,总之是老师和家长都喜欢的老实孩子,肯定不是我这副吊儿郎当的样子,所以养成了他后来的严肃刻板的性格。

偶尔,梁朴也会不经意地流露出感性的一面。比如下雨天,他会在窗前站立很久,就那么静静地看着外面的雨,通常能看一两个小时,一动不动。这给人的感觉就不是诗意和浪漫了,而是难以言说的忧郁、深沉和孤独。

按说这样的人是很难打交道的,但他给我们补课时极具耐心。出于对学习的本能抵触和淘气的天性,我们这些坏小子明明已经会了却故意说不会,他也不着急、不厌烦,一遍遍反复地、细致地讲,到最后我们都崩溃了,纷纷表示知道了,好赶快结束这种折磨。

有的老师甘愿冒着被举报的风险在课外开班拼命地从学生身上敛财，梁朴是班主任，却从不这么做，不知道他是对赚钱没兴趣还是钱已经多到不需要吸学生家长的血就花不完了。我宁愿相信是后者，虽然我丝毫看不出他家里有矿或者从不知什么地方继承了丰厚遗产的迹象，但我还是愿意相信他在内心中恪守着某种高尚的道德操守。

在这个物欲横流的社会里讲道德，需要强大的精神来支撑，可是我同样看不出他的精神世界靠什么支撑。他不赶时髦、不嗜烟酒，也没有业余爱好，其他老师在办公室里热烈讨论买什么品牌汽车或者哪个楼盘新开业的时候，他连插句嘴的兴趣都没有，他似乎对自己那毗邻校园的狭小两居室教师集资楼很满意。

唯一能走进他的乏味人生的，是小瑕。在不需要给我们补课的时候，他把自己所有的课余时间都给了小瑕，带她去爬山、看电影、去游乐园、吃好吃的……过后小瑕跟我说起这些的时候，眼睛里闪烁着满满的小星星。

梁朴有件T恤，是小瑕用梁朴给她的零用钱买的，为此小瑕偷偷攒了很久。T恤是淡粉色的，有别于梁朴其他服装一贯的肃穆颜色。梁朴纠结半晌后还是穿上它走进了课堂，那一刻我们的眼珠子都快掉下来了。他带着罕见的羞涩说，我闺女买的。

整个夏天，梁朴都穿着这件粉色的T恤。直到那天，他从公安局四楼走廊的窗口中一跃而下，用自己的血给它染上了殷红的花。

02

七年前的8月24日，是暑假的最后一个返校日。从早上开始天就阴着，临近中午，云层越积越厚，天光暗淡得像是陷入了黄昏。

雨刚下起来的时候，有人看到梁朴朝篮球场后面的实验楼匆匆走去。20分钟后，120急救中心和110警务平台先后接到求救电话，称铁路中学校园内有学生失足坠楼。报案人是梁朴。

救护人员赶到时,坠楼学生已经失去生命体征。经核实,该学生为初二三班女生韩莹莹。警方在封锁现场的同时,对校内人员进行走访调查。

二号楼的宿管员反映,下雨之前,梁朴来女生宿舍找韩莹莹,两人在楼外的花坛旁边交谈了大约半分钟。随即,梁朴离去,韩莹莹回到宿舍。五分钟后,韩莹莹出了宿舍,独自朝实验楼方向走去。

由于还未正式开学,当日返校学生基本在中午前离校,而且眼看着要下雨,当时滞留在宿舍楼内的学生不多,因此宿管员印象颇深。她记得韩莹莹离开时面色忧虑,显得心事重重,她曾提醒对方带好雨伞,对方却恍若未闻。

实验楼的位置原来是铁路中学的校办工厂,成立于20世纪80年代后期,专门生产烧杯、烧瓶、试管等教学实验用的玻璃器皿,以全国初高中学校为销售对象。由于存在财务管理松弛、损失浪费严重、企业管理制度不健全等现象,工厂长期亏损。经校领导班子研究决定,关闭工厂,推倒厂房,在原址上建一栋配套设施完善的综合实验楼。工程于年初开始,8月下旬二期工程进入尾声,待消防验收合格后即可进行后期装修。

韩莹莹坠楼就发生在这期间,由于即将开学,校领导担心施工场面和噪音会影响入校新生的观感,特意叫停了施工,因此事发时楼内并无其他人员。

梁朴在回应警方调查时称,当天他准备在返校结束后带小瑕去买新书包,可是等到中午也不见小瑕来办公室找他。于是他先去了小瑕所在的初二三班,发现班里的学生已经走光了,接着来到女生宿舍,在问过宿管员没有看到小瑕后,就让对方把韩莹莹叫出来,向后者询问小瑕的去向。

韩莹莹是小瑕的同班同学,两人同桌,关系要好,经常到小瑕家里来玩,是梁朴知道的小瑕唯一的朋友。韩莹莹告诉梁朴,小瑕在班级大扫除结束老师还没有宣布解散的时候就提前走了,不知去了哪里。

离开女生宿舍后,梁朴去找小瑕的班主任王凤兰。对方表示,她也是在大扫除结束时发现小瑕不见的,但没有多想,以为可能是去厕所了,由于暑假作业已经上交，新学期的学习任务之前也布置完了，她就宣布了解散放学。

梁朴从王凤兰的办公室出来时，恰巧透过走廊窗户看到韩莹莹向后面的实验楼走去。按照梁朴的形容，当时韩莹莹给他的感觉很慌张，一路步履匆忙，同时频频四顾，似乎不想被人看到的样子。因为马上就要下雨，他猜不出韩莹莹这时候去实验楼干吗，但他本能地想到她和小瑕是几乎形影不离的好朋友，两个孩子是不是背着自己偷偷干了什么，于是在好奇心的驱使下跟了过去。

不过当他来到实验楼的时候，没有看到韩莹莹。这时雨已经下起来了，他在楼下喊了两声，没有得到回应，便顺着开放式楼梯往上边走边找。上到三楼时，猛然间一个黑影从楼梯外侧的上方掉了下去，落在楼前空地上，发出沉重的闷响。他扒着楼梯护栏往下看，只见下面躺着一个身穿校服的女生。由于天光昏暗，看不清面目，但他已经吓得腿都软了。

据梁朴说，他当时的第一反应以为是小瑕，等他跌跌撞撞地跑下楼，才发现是韩莹莹。

实验楼一共六层，事发时梁朴在第三层。他只能说出韩莹莹坠楼时的大致方位，就是在靠近外侧的楼梯转角处，具体在三楼以上的哪一层就不清楚了。因此，警方封锁了整栋楼，并重点对三楼以上进行详细勘查。

与此同时，梁朴离开教学楼跟踪韩莹莹之前的行为均得到了证实。女生宿舍的宿管员确认，梁朴过来时，先向她询问小瑕在不在楼内，被告知不在后，才通过她把韩莹莹叫到楼外。

王凤兰则着重向警方补充，她发现小瑕不见时，特意问了身边的同学知不知道小瑕的去向。"可能去厕所了"，是那位同学对她说的原话。

警方是在梁朴家里找到小瑕的。当时她的脸色煞白，光洁的额头渗满了细密的汗珠，神色中隐隐流露出痛苦，但并不是因为她已经得知自己最好的朋友惨死而恐惧。恰恰相反，她对外面发生的事情一无所知，她那么惊慌是因为在大扫除的时候——来月经了。

一个女孩子遇到这种事，既没有经验，又难以向人启齿，所以来不及等老师宣布解散就偷偷跑回了家。她打算在家里先处理一下再去找梁朴，买书包的事是前一天晚上约定好的，梁朴让小瑕返校结束后去办公室找他，然后一起去商场，同时还打算给小瑕买身新衣服。这也解释了梁朴为什么到处在学校里找小瑕，却没有想到回家看看。

在家中的小瑕知道已经过了和梁朴约定的时间，但长久无法消除的阵痛令她迟迟出不了门。她听说过喝红糖水能缓解这种状况，便烧了水给自己冲了一大碗，可是无济于事。警察敲开门的时候，桌上的电水壶还在冒着热气，旁边碗里的红糖水残存着一碗底……

最先发觉不对劲的是市局的法医，他在进行尸检的时候，发现死者额头上方偏右侧有一处长达五厘米的钝击伤，出血量虽然不多，击打的力量却很大，颅骨都出现了裂纹。他开始以为是死者坠楼时造成的，因为就在靠近现场的一楼外墙上，有一座由铁管搭成的脚手架。但实地勘测后，排除了这种可能。原因有二。

一是位置不对。该脚手架截面太窄，站在上面的人只能横向而不能前后移动。同时脚手架过于靠近墙体，以人从高处坠落的抛物线计算，这个脚手架至少要向外延伸一米才能构成阻碍。

二是姿态不对。死者是以仰面朝天的姿态坠地的，这与其全身多处骨折内脏出血的死亡特征吻合。头顶的钝击伤虽然严重，但并不是致死原因，倒有可能是导致死者坠楼的原因。

根据这一推断，警方很快在五楼东侧楼梯拐角处的墙壁上发现了鲁米诺反应——一小块被擦拭过的呈喷溅状的血迹。经检验，血液DNA与韩莹莹相符。

警方立刻传唤了梁朴，但梁朴坚称韩莹莹的死与自己无关。

讲到这里，二叔忽然顿住，抽冷子问了我一句："陈律，你认为人性本善还是人性本恶？"

我一怔，随即意识到马上就要讲到事情的关键，二叔知道梁朴在我心里的分量很重，这是要为后面讲述的内容给我打预防针了。

我不由得苦笑:"这是几千年前圣人都争辩不明白的问题了。孟子说人与禽兽的区别在于多了人性,就是儒家推崇的仁义礼智信这些美好的品德,而这些美好的品德必须基于善,才能发展而来,所以他认为人性最初必然是善的。但是同为儒家门徒的荀子却认为恶才是人的本性,需要用某种强制手段来抑制人性中的恶,也就是法律,所以他教出了韩非子和李斯这两位法家代表人物。而告子又说人性如水,无所谓善恶,要看后天怎样引导,教他向善就会向善,教他向恶就会向恶。"

二叔哼了一声,说:"别拿书本上的东西糊弄我,我虽然很久不教书了,这些东西也比你熟。孔子说杀身成仁,孟子说舍生取义,这不是每个人都能做到的,而老师的职责就是要引导学生向善。我在问你自己的看法,不是别人的。"

我低头想了想,认真地说:"无论是舍生取义还是大奸大恶,这些概念都太宏大了,我只是个普通人,没想过要千古留名。可是我知道每做一件好事都会令自己心情愉悦,哪怕事情再小也会开心很久;要是做了坏事——虽然我还没做过什么坏事,但我一定会感到良心不安,睡觉都不安稳。所以我相信,对绝大多数人来说,人心是向善的。"

我以为二叔会和我辩论,他却只是淡淡地看了我一眼,虽然眼神有些奇怪,但没有就这个问题谈论下去,而是继续开始了讲述——面对梁朴的矢口否认,警方也没有太好的办法,只能一边努力寻找线索,一边在外围展开对梁朴的调查。

"先是学校的领导班子,包括我。"二叔说,"然后是平时和梁朴关系密切的老师,都被约谈了。警察想从梁朴的日常行为中了解他是个什么样的人,或者说,他有没有成为凶手的可能和动机。"

"不会有结果的。"我说。对于梁朴的人品,我简直比他本人还有信心。不说别的,光是他不把自己的学生分成三六九等,就不是其他老师能比的,他家里满墙的优秀教师证书就是证明。

二叔点了点头:"确实没查出什么东西。梁朴的口碑很好,为人低调,没有不良嗜好,教学质量高,尤其是不私自开班这一点,连警察都很赞叹。可是，有人不信。"

"谁不信？"我问出这句话的时候，脑子里已经跳出那个瘦削峭拔的身影了。我甚至都能感觉到那双犀利阴沉的目光射来时裹挟的森森凉意，以及他身上似乎永远散不尽的浓浓烟草味道。

果然，二叔接着道："韩莹莹的父亲，他也是警察。但负责这个案子的不是他，你们是不是有亲属回避制度？"

我点头，但没有告诉二叔我现在就是韩长庚的搭档。

"就算他不负责这个案子，也一定对办案的警察有影响。自从他亲自来看过现场后，警方就加大了调查力度，连平时和梁朴没什么交集的老师和后勤人员都被约谈了。也就是这个时候，关于梁朴的一些说法冒出来了，不过我和几位校长都是事后才知道的。"

"哪方面的说法？"

"梁朴的单身。"

我很奇怪："单身有什么可说的？"

二叔又用方才那种淡淡的似有深意的眼神看了我一眼，说："梁朴28岁进入铁路中学，死的时候38岁，虽然其貌不扬，但这些年也一直有热心同事给他介绍对象，甚至还有一位新来的音乐老师对他很有好感，主动追求过他。可是他全都拒绝了，却领养了一个来路不明的干女儿。"

"小瑕的妈妈和他是……"我对来路不明这个词感到刺耳，但说到一半，不禁语塞，连小瑕自己都说不清楚她妈妈和梁朴到底是怎么认识的。

我皱眉道："就算小瑕是梁朴从大街上捡来的，这关别人什么事？法律没有规定不准领养，这和案子能扯上什么关系？"

"的确不关别人的事，但嘴是长在别人身上的。"

"他们说什么？"我有一种不祥的预感，却猜不到问题的答案，尽管明知这个答案一定与梁朴后来的死有关。

事实证明，整个案情从这里开始以近乎诡异的方式发生了逆转。

二叔沉默着，似乎在心中斟酌措辞，好半天，他才慢慢地一句一顿地说："这种说法是，梁朴收养小瑕的目的，是为了把她当成满足自己欲望的对象。"

我浑身冰冷,内心充满了愤怒:"这话是谁说的?"

"谁说的不重要。"二叔淡淡地摆了下手,"重要的是根据这种说法,一个猜想浮出水面——梁朴当天是知道小瑕来例假的。他身为班主任,毕竟要考虑影响,不敢把手伸向自己班里的学生,于是他盯上了小瑕的同桌韩莹莹。一来由于韩莹莹长期住校很少回家,经常到自己家里来玩,梁朴对其比较熟悉;二来韩莹莹年龄相对较小,更加容易屈于威胁和控制。事发当天韩莹莹在对方要挟下,被迫前往尚未竣工的实验楼,目的不言自明,反抗过程中受到击打导致坠楼身亡。"

二叔抬头望着天花板,声音空洞:"警方在征得校领导的同意后,对小瑕做了体检,发现她并不是第一次来月经,而且,她的下体存在陈旧性撕裂伤。检查结果表明,这孩子很早之前就有过性行为。"

我脑子里一片空白,好半天才说出话:"光是校领导同意?也就是说小瑕自己并不知道体检的目的?"

二叔点头:"校领导考虑到小瑕年龄还小,对很多事情懵懵懂懂,不宜对她讲太多成年人的一些不良行为,只想用她的体检结果为梁朴正名,没想到适得其反。"

我再也控制不住情绪了,冷笑道:"是为了让这件事尽快揭过去吧?韩莹莹坠楼发生在8月24日,还有一周就开学了,要是让学生们知道了还不得闹得沸沸扬扬?为了给梁朴正名?说到底是为了顾全自己的脸面吧?你们这么做考虑到小瑕的感受了吗?"

二叔冷冷地看着我:"你这么愤怒干什么?不错,这么做是为了脸面,但不是为了我们这些校领导的脸面,而是为了我们铁路中学建校70多年毫无劣迹的脸面,是为了每年从这里走出去的千百个学子的脸面!梁朴如果走得正行得端,小瑕的体检结果就是给他做的最好辩护。我不明白你的愤怒是哪来的,你当自己还是小孩子吗?如果是,就脱下身上的制服滚回家去做个混吃等死的大少爷,永远也不要踏进成年人的世界!"

我被训斥得哑口无言。我也不知道自己的愤怒是从哪里来的,是因为突然发现一直被我敬重的梁朴老师居然是这样的衣冠禽兽,还是因为同情小瑕那么小的年纪所受的遭遇,抑或是羞愧于别人都看穿了梁朴虚伪的画皮,唯独自己愚蠢得差点把他当成偶像?

愤怒渐渐消退,心头却被一片悲凉笼罩,我喏嚅地问:"后来呢?"

二叔平静地说:"梁朴在看到警方出示的证据后,就跳楼了。直到死,他一句辩白都没有。"

不辩白就是默认。但我还是很难相信那个我认识的梁朴会做出这样的事情,抱着最后一丝侥幸,我用近乎呻吟般的声音说:"这些都算不上直接证据。"

"你指凶器?找到了。一根半米长的镀锌铁管,是安装消防管线时用剩下的废料,那上面粘有韩莹莹的血迹和梁朴的指纹。"

我彻底无话可说。

小瑕

01

"喂,下课了——"韩莹莹捅了我两下,我才从走神中醒过来。

"你这两天怎么了,魂不守舍的?"

"没事,可能是要考试了,有点紧张。"

"你全班前三还紧张,我们怎么办,你还让不让别人活了?"

"考前综合征嘛。"我随口敷衍一句,从书桌里拿出课本。下节是班主任王凤兰的英语课,我又是英语课代表,千万不能再溜号了,王凤兰训起人来很难听。

预备铃响起,课间休息的同学陆续回到教室。一个后排女生经过我的座位时递给我一张纸条:"有人让我交给你的,我没偷看哦。"

"谁啊?"纸条折成方胜的形状,看不到里面有什么。

"不认识,一个男生,指名要给你。"

"情书吧?"韩莹莹坏笑,回头问后排女生,"哪班的?"

"看班服是六班的。"

我拆到一半的手微微颤抖起来。这两天下课后我一直待在教室,除了课间操外能不出去就不出去,白天连水都不敢多喝,就怕忍不住去厕所会碰见那个人,上次就是去厕所回来的时候碰见他的。

"小瑕你行啊,平时不声不响的,这都发展到外班去了。我替你拆。"没等我反应过来,纸条到了韩莹莹手上。

"这是……你们约会的地点?"

纸条上没有字,只有一栋用红笔画的房子,上翘的屋檐下挂着两只灯笼。

韩莹莹翻来覆去没找到落款:"都知名不具了。欸,你们发展多久了?老实交代,那个男生是谁?"

我抢过纸条:"哪有这回事。"

韩莹莹看看我一下下把纸条撕得粉碎,笑着说:"应该扔他脸上。"

整节英语课我都没有上好,中间朗读课文时读得磕磕绊绊,王凤兰瞪了我好几眼,好在没说什么。

接下来的一整天,我都处于浑浑噩噩的状态,不是上课的时候拿错了书,就是别人喊我没听见。放学前,王凤兰回到班里公布了昨天语数外三科模拟考的成绩,我又是全班第三。

"梁老师是不是天天晚上给你补课啊?"韩莹莹问。

我摇头。梁朴天天晚上补课是真的,但只对他班级里的学生,偶尔看两眼我的作业,从来没有特意辅导过我的学习。

韩莹莹看出了我的不对劲:"你怎么了?是不是那张纸条闹的?要是那个男生纠缠你,别怕,有我呢。搞什么对象?幼稚!"

我沉默不语,眼前不自觉地浮现出顶着一只熊猫眼的陈律,脸上挂着痞痞的笑容:"谁欺负你了,告诉我,我帮你揍他……"

我第一次觉得他笑得很真诚。可是,我不能向他求助。

我的不对劲同样被梁朴看在眼里,不过他以为我是由于考前紧张引起的。因为我一直很用功,对于每次考试成绩也格外看重,在学习上从没让他操过心。于是他破天荒地推掉今晚的补课,打算带我出去散散心。

这个决定无疑拯救了陈律那帮不爱学习的坏小子,他们兴奋得都快跳起来了,课桌都来不及收拾就一溜烟跑没影了。

"祝你以后回回考试都紧张,最好多紧张几天。"临走时,陈律趁梁朴不注意又偷偷捏我的鼻子。

这次,我没有打开他的手。

坐在灯火通明的快餐店里,我对面前的全家桶套餐提不起丝毫食欲。为了不让梁朴担心,我努力往下咽,以往最爱吃的汉堡炸鸡今天却味同嚼蜡。

"慢点吃,喝口饮料。"梁朴把自己的可乐推过来。他从来不爱吃这些快餐食品。

我心不在焉地端起来喝了一口,呛得连连咳嗽。

"你是不是有心事?"梁朴终于觉察到了我的不安。

"昨天课间我碰到了……"我好不容易下了决心,可是话出口时却变了样子,"碰见了新来的李雯老师。"

梁朴的眉头皱起来:"是她主动找的你吧?"

"嗯,她向我打听你平时有什么爱好,还问我爱吃什么,说下次做好了带过来。"

我没有说谎。李雯是学校里新来的音乐老师,只不过她找我问这些问题已经是上周的事了。

"不要接受她的东西,包括吃的。"

"你不喜欢她?"

"一个人有喜欢别人的权利,同样也有拒绝别人的权利。"

"梁老师,"迟疑了片刻,我问道,"你是怎么认识我妈妈的?"

"在一次导师主持的实验项目上。"梁朴眼中现出柔和的光彩,"你妈妈作为被临时指派过来帮忙的助手,来的第一天就冒冒失失地把放投影仪的架子撞倒了,架子倒下来正好砸在我手上,当时流了不少血。你妈妈吓坏了,以为我这只手可能废了,赶紧带着我去学校医务室包扎——这就是你妈妈留给我的纪念。"

梁朴把手伸过来,他的左手虎口处有一个V字形的伤疤。

"你和我妈妈是大学同学?"

"我只是导师外聘的科研助理。"梁朴笑着说,"我和你妈妈就是这么认识的,逐渐成了无话不说的朋友。即使后来我们不在同一个城市了,这些年也始终没断了联络。"

真的是这样吗?那为什么我在小学四年级之前从来没见过他?也从来没听妈妈提起过有这么一位朋友?如同梦里凭空出现的那只大手,在我最孤独无依的时候,梁朴突兀地出现在面前,将我拉出了现实中的梦魇。如果没有梁朴,我不知道现在的自己是什么样子,甚至不知道自己是否还活在这个世上。

期中考试的前一天,中午放学后,我和韩莹莹结伴去食堂吃饭。我先打完饭去找座位,迎面正撞上那个我最不想见到的人。

"这几天你是不是故意躲着我?"彭昊手上空空如也,显然是特意在这里等我。

"没有……"我努力控制着情绪,但无法掩饰心中的慌乱。

"那你考虑得怎么样了?"彭昊向我靠近,黏热的呼吸喷到我脸上。

我的手一抖,碗里的紫菜蛋花汤洒了出来。

"嗨,你们干吗呢——"韩莹莹适时地出现,用手中的饭盘把我们隔开,她好奇地打量对方,"六班的?你就是给小瑕传纸条的那个人吧?"

彭昊立刻换上一副灿烂的笑脸:"我是小瑕小学时的同班同学,叫彭昊……"

没等他说完,韩莹莹就毫不客气地打断道:"没问你叫什么名字,你怎么听不懂话?我问你,是不是你给小瑕传的纸条?"

彭昊被她的态度弄得一愣,机械地点头:"是。"

"承认就好,这是最后一次,下不为例啊。初中生处什么对象?幼不幼稚?"

彭昊的笑容古怪起来,目光戏谑地看着我:"你跟她说我想跟你处对象?"

"不是吗?"韩莹莹也看向我。

不等我说话,彭昊飞快地接道:"是,是处对象。哈哈,反正差不多嘛,你说是不是小瑕?"

我又羞又急,感觉脸颊热辣辣的,不用照镜子就知道一定红得没法看了。

韩莹莹似乎明白了什么,正色对彭昊说:"我警告你啊,以后离小瑕远点,不管你想干什么,总之别打小瑕的主意。还有,以后别见人就笑,因为你笑得很难看。"

彭昊轻蔑地道:"臭丫头片子,学什么大人多管闲事?"

韩莹莹一下子炸了:"你说臭丫头片子?再说一遍试试!"

周围排队打饭的同学纷纷围了上来。我赶紧拉住韩莹莹,她把手一翻,饭盘里连菜带汤向对方扣去。彭昊急忙后退,还是没躲开,汤碗整个扣在脚上。彭昊的眼角瞬间立了起来,突然爆发的气势令我和韩莹莹同时哆嗦了一下。

"嘿,别惹她。"一个路过的同学冲彭昊说,"她爸是警察。"

一听这话,彭昊的气势慢慢弱了下来,最后居然冲我俩微微一笑,踢掉脚上的汤碗,若无其事地走了。围观的同学见没热闹可看,纷纷散去,我和韩莹莹同时长舒了一口气。

"吓死我了,刚刚他的眼神好可怕。"韩莹莹心有余悸地拍着胸口。

原来她也并非天不怕地不怕,我心头漾起一股暖流,随即又被红房子三个字带来的阴霾冲散。彭昊今天虽然走了,但是如果不做出反击的话,事情就不会有结束的一天,而我又不能向任何人求助——这是属于我一个人的战斗。

02

不出意料地,我的期中考试成绩一落千丈,从平时的班级前三掉到了第14名,连年级百人榜都没进去。

王凤兰自然对我没什么好脸色,特意把我叫到办公室教训了一顿,话里话外的意思是如果期末考试进不了年级前20的话，就会撤掉我这个英语课代表。我很想说你现在就撤了吧，我才不想当什么课代表呢，哪一科的代表我都不想当，我连自己都代表不了，还能代表谁？但这话只能在心里说说，为了不给梁朴丢脸，我只有咬牙发誓下次一定会考好。

对于这样的成绩，梁朴倒没有表现出失望，反而劝我不必太在意分数，这次没考好，下次努力就是了，而且教学的责任主要在于老师，而不是学生。他还拿陈律举例子，说别看这小子整天调皮捣蛋的，实际上他非常聪明，只是心思没用在学习上。但错不在陈律，可能是自己没找到合适的教学方法。

梁朴让我坐在他面前，看着我的眼睛，郑重地说："只要你能快乐健康地成长，其他的都不重要。"

我相信梁朴这么说不是单纯地为了安慰我，我能感觉到他说这句话时的真诚。忽然间我发现自己之前想错了，我不是一个人在战斗。

连续四五天，我中午都没去食堂吃饭。其他时间则一如既往，课间休息能不出教室就不出教室，放了学我也是第一时间背上书包回家。

韩莹莹很纳闷，问我这几天干吗去了，我笑笑没有回答。她疑惑地瞅了我半天，吐出两个字，幼稚。

这几天很平静，彭昊没再给我传乱七八糟的纸条，也没有像我担心的那样跑到班级门口来堵我，这或许是那天韩莹莹的警告起作用了。但我不敢把希望完全寄托在这上面，因为警察也不能无缘无故地乱抓人。

周四放学，我照例跑出学校。梁朴让我去附近的超市买些韭菜和茴香，因为明天就是立冬。在广袤的北方地区，尤其是东北，立冬这天是当节日过的，家家户户都会吃饺子。梁朴说平时可以吃食堂，但这一天不要糊弄。所谓春种夏长秋收冬藏，中国的传统文化如今已经越来越少了，他不希望我忘记自己的根。

家里的面粉、鸡蛋和调料不缺，肉馅和虾仁也都在冰箱里冻着，唯独缺少新鲜的蔬菜。韭菜虾仁鸡蛋的三鲜馅是给梁朴准备的，猪肉茴香则是我的最爱。我结完账拎着菜正打算离开的时候,肩膀被人从身后拍了一下,回头一看,是韩莹莹。

"我都跟你半天了,你买这些菜干吗?你会做饭啊?"

"我五岁就会焖饭了,是用灶台,不是电饭锅,六岁会炒七八道菜,不过都是些家常小菜。"我和她一边说着一边并肩向外走,"袋子里的这些是准备剁馅包饺子的,明天是立冬。对了,明天你回不回家?"

韩莹莹摇头:"我妈跑车,最近一周都不在家。本来我爸说明天来接我,但刚才来电话说今晚去外地出任务,明天肯定回不来了。"

"那正好,明天来我家吃饺子,没外人,就我和梁老师在家,正嫌人少冷清呢。"

"你们过节,我一个外人去不合适吧?"

"有什么不合适的?你又不是没见过梁老师,多个人多份热闹,你去他高兴还来不及呢。"

"那好,我去。不过先声明,我只会包饺子,其他的和面、和馅、擀皮都不会。"

"用不着你,我一个人就行,你等着吃就好了。"

"欸,小瑕——"韩莹莹忽然拉住我,"那不是彭……什么来着?"

顺着她指的方向望去,果然看见那个讨厌的身影在超市内的小食品区转悠。

"彭昊。"我淡淡地说。

陈律

关于校园坠楼案，二叔又对我讲了很多后续的事情，主要是善后问题。出了这种名誉扫地的丑闻，校领导为了顾全影响，同时也是出于对未成年人的保护，向所有知情人下达了极其严厉的封口令，对外就说韩莹莹是自己失足坠亡。校方请求警方低调处理，不要对社会公开，警方表示理解，算是强行把这件事压了下去。

一年之后，铁路中学裁撤初中部，大批教职员工被调岗。这件往事也就逐渐湮没在流逝的时间与人们的记忆中，即使有些当初知情的老人，也以曾与梁朴共事为耻，不愿谈及。

对于这些，我没怎么细听。荣誉也好，耻辱也罢，人死案销，事后说什么都晚了。我曾经以为名声只对活着的人重要，人都死了，骂他又有什么用？可是这一次，让我发现了自己的想法多么可笑。肉体虽然消亡了，记忆却依旧活在人们的脑海中，对那些曾经关心记挂过他、那些曾经爱过他和他爱过的人来说，每次想起这个名字都要经历一次拷问灵魂般的痛苦，该是一种怎样的煎熬？

"小瑕呢？"我怏怏地问二叔，"受到这事影响了吗？"

"说没影响是假的，虽然我们安排了女教师陪她同吃同住，但看得出来，这孩子受到的打击很大。梁朴死后，她的亲属中有条件的没有意愿收养小瑕，有意愿的又不符合收养条件，于是小瑕的监护人挂在了街道居委会名下，实际上还是学校承担了更多的照顾责任。我亲眼看着她逐渐从阴影里走出来,但不知为什么,高二那年她突然辍学了,之后再也没见到她。"

小瑕现在过得挺好——这句话已经到了嘴边,但心中隐隐闪过的一个念头,令我没有把它说出来。同时我对小瑕的认识又加深了一层,小小年纪经历了这么多坎坷,换个人可能早就崩溃了。这个命运多舛的小姑娘却像一株野草,虽然历经风雨,但终究坚韧地活了下来。甚至,她比我想象中还要坚韧和难以捉摸。

我继而问到沈娇,二叔对这个名字没有印象。我提到她是转学的那个女生,二叔才想起有这么个人,告诉我她和韩莹莹是一个寝室的,开学后不久就转走了。

离开母校前,我特意到那块造型独特的泰山石前看了看。巨大的石头就立在主教学楼旁边的草坪上,上面以古拙的字体镌刻了两个大字:厚德。填充在字迹笔画里的朱漆在阳光下映出暗红的色泽,宛如干涸的血迹。我仿佛在血迹中看到梁朴那张严肃的、似乎永远因思考什么而陷入木然的脸。

开车在路上,我心情低落。经过一家街边的小卖店时,我停车下去买了盒烟,这是我自打两年前戒烟后第一次主动买烟。毋庸讳言,梁朴的事情给我带来的冲击很大。其实除了上述提到的原因,我对梁朴的好感更多的源于另一件事。

那是高二上学期的期中考试过后,我记得很清楚,那天是立冬。学校本来集体放半天假的,但由于期中考试的成绩太差——抛开平时稍感兴趣的理综,我的语数外三科成绩惨不忍睹,尤其是语文,几乎满篇的大红叉。拿到卷子的那一刻,我就知道这个周末又要饱受煎熬了,因为梁朴教的就是语文。

果然,临到中午放学,梁朴带着一脸的忧患点了包括我在内的七八个倒霉蛋的名字,他让我们先去食堂吃饭,然后回来补课。我们几个难兄难弟哀叹着吃完午饭,磨磨蹭蹭地回到教室,表面上正襟危坐地听梁朴讲卷子,暗地里开着小差,心思早飞到网吧和游戏厅去了。

讲了不到十分钟,梁朴的手机响起来。我坐得离梁朴最近,听出电话是小瑕打来的,语气很急,隐约听到"小小超市"的字眼。接着看到梁朴的脸色变了,挂断电话宣布今天的补课取消,连卷子都来不及收拾就匆匆出去了。

难友们一阵欢呼,收拾了书包就往外跑,生怕梁朴中途变卦。出了校门,他们兴奋地商量着是去打台球还是玩街机,因为我们中间有两个不会玩网游的女生,所以没提去网吧。问到我的时候被我以要去看望因工伤在家休养的四叔为由拒绝了。

待他们离开视线,我立刻快步朝反方向的104路公交车站走去。距离不算远,走快点的话五六分钟就能到,只不过104路公交并不通向四叔家。我去那里的目的,是因为小小超市就在104路站点旁边。那是一家以售卖生鲜和小食品为主的个体超市,而真正吸引我过去的是小瑕和梁朴通话时提到的另一个字眼——偷东西。

是谁偷东西我没听清,想来一定是小瑕和梁朴共同认识的人。看到梁朴接到电话后着急忙慌的样子,强烈的好奇心驱使我去一看究竟。

当我气喘吁吁地赶到地方,超市门口已经围满了人,离得老远就听见有人大声叱骂。我挤进人群,透过缝隙看见梁朴已经到了,正跟情绪激动的店主交谈。说的什么听不清,只看到他姿态谦卑,面孔因窘迫和焦急涨得微红,本不善言辞的他甚至有点口吃,却极力用身体护住背后的一个男孩,不让对方挥舞的手臂碰到他。

旁边的货架倒了一片,满地都是踩得稀烂的果脯和包装袋破损的小食品。那个男孩身形偏瘦,眼睛很大,嘴唇单薄,大约十三四岁的样子,背着书包,身上的校服被黑色的外套遮住,只能看到一圈衣领。不过强烈的直觉告诉我,他就是我们铁路中学的。

男孩此时面色苍白,垂着头紧咬嘴唇一言不发,眼睛直勾勾地盯着地上凌乱的食物。

我还想往前面挤,忽然感觉衣角被拉住,回头一看,是小瑕。她一边冲我摇头,一边使劲把我从看热闹的人堆里拽出去,到了外面才松手。

"你认识他?"

"小学同学。"

小瑕拉着我在附近的一处高台阶坐下,这个位置能远远地看到超市里面的状况。沐浴着初冬正午的阳光,小瑕给我讲述了原委。

由于时隔多年,记忆有些模糊,很多细节已经想不起来了。只依稀记得那个男孩姓彭,从小学入学就和小瑕同班,直至小瑕四年级转学才分开,没想到两年后对方也进了铁路中学,但和小瑕不在一个班级。

那天中午小瑕好像是去给梁朴的亲戚送什么东西,104路公交能通到对方家楼下。她来到站点的时候,恰巧碰见小小超市的店主抓到一名在店内偷东西的学生,凑近一看,竟是自己的小学同学。剃着板寸的中年店主从他背后的书包里翻出一袋没有开封的牛肉干。尽管人赃并获,姓彭的男孩却死活不承认偷窃,数次想要逃出超市,冲突中不仅撞倒了货架,还咬伤了一名店员的手臂。店主气急,揪住男孩逼问他家长和学校老师的电话,扬言要把他送进工读学校。

我想店主的这句威胁一定比报警更具震慑力。面对这么小的孩子,警察也同样无计可施,顶多来几句不痛不痒的批评教育了事。而这个年龄的孩子所惧怕的,无非是学校老师和自己的家长,有的甚至连老师都不怕。

果然,这下击中了男孩的软肋。他不再试图逃跑,但拒绝说出家长和老师的电话号码。

小瑕告诉我,这个男孩的爸爸是铁路机务段的一名机修班长,不仅脾气暴躁,还是个酒鬼,经常喝醉酒后殴打他和妈妈。男孩的学习成绩一般,以往每次开完家长会都免不了挨顿痛揍,这次要是让他爸爸知道自己儿子居然敢偷东西了,说不定会活活打死他。找老师的后果也是一样,偷窃不是小事,涉及学生的品德,过后老师一定会把这事告诉家长的,并要求对方严加管教,弄不好可能还要劝退。

眼看着干耗下去不是办法,小瑕情急之下打电话请梁朴帮忙解围。因为她相信,梁朴不会向男孩的老师和家长"出卖"他。

但是事情进行得并不顺利，梁朴和对方交涉了很久都没有结果。原因是这家超市最近一周连续发生了七八起食品被窃事件，都没有抓到小偷，丢的都是这种价值较高的袋装牛肉干。这次店主好不容易抓到现行，自然不愿轻易放过，打算用这个男孩以儆效尤，死活不同意梁朴掏钱赔偿。因此，那个冬日的下午在我记忆中特别漫长。

到最后，店主实在不耐烦了，指着地上踩烂的果脯和小食品对梁朴说："让他把这些东西吃光，我就当这事没发生过。"

"我替他吃。"

梁朴没有犹豫，蹲下去捡起地上肮脏的食物，在众人的围观中塞进嘴里，一口口咽下去。可能就是这个承受羞辱的过程，让我感到时间变得漫长。我几次想冲进店去阻止，都被小瑕死死拉住。

"你要是过去，店主可能就反悔了。"

当时我没太留意她说的什么，却惊讶于她在那种状况下的冷静，同时感觉到她抓着我的手，指尖冰凉。

几天后的一个晚上，我随口问起这件事的后续。小瑕告诉我，那个男孩对她很感激——那天不但帮他解了围，她和梁朴也没有把这件事告诉任何人。只是当天晚上，梁朴拉了一宿肚子，这让小瑕感到非常内疚。

这件事给我带来了改变，它让那时整天想着与大人和老师作对的我明白了一些东西。从始至终，这里面都没有属于梁朴的任何责任和义务，是小瑕的同情心泛滥把他牵扯进去，让他在众目睽睽下替那个犯错的男孩谦卑地道歉，吞下肮脏的食物，吞下不属于自己的羞辱。除了感动，我当时能理解的是，梁朴这么做是为了保护那个男孩的自尊和未来，给他一个迷途知返的机会。至于更多的想法，心里有却说不出来。

现在的我当然知道这就是所谓的成长——那时年少的我于人生的迷茫中有了自己的独立思考。

后来那个姓彭的男孩怎么样了，我不清楚，但我想有了这次经历，他至少不会走上偷窃的道路。而之后再面对梁朴的补课，我从抗拒逐渐变成接受，学习成绩也是从那时候开始提升的。梁朴惊讶于我的改变，却不知道背后的原因。

高中毕业后，我不止一次想回学校看看梁朴，但一想到可能会碰到二叔就迟疑了。几乎每次念头兴起的时候都设法给自己找借口延宕行程，总想着来日方长，不如等自己混出点模样再回去。没想到毕业即是永诀，更没想到昔日的道德楷模如今沦为衣冠禽兽。

小瑕

01

　　大约每隔一周,有时可能四五天,有时七八天,我就会在夜里被噩梦惊醒。

　　这一天我又醒了,睡不着。我用双手捂住耳朵,没用!我把头埋进被子里,没用!我把枕头隔着被子压在脑袋上,还是没用!有种恐惧像无形的怪兽,能穿透一切阻碍把我从被子和枕头组成的厚厚堡垒中带走。

　　我手脚冰冷,全身血液凝固,我感到身体的某个地方正在一点一点地撕裂,恐惧的深渊携着被我埋葬在心底的记忆迎面扑来!我攥紧拳头,把自己蜷缩成虾米,却丝毫无法抵挡来自灵魂深处的痛苦……

　　我轻轻打开房门,站在黑暗中看向狭窄的走廊对面,地板上方的门缝里泄出一线浅浅的光。

　　宛如受到了召唤,我慢慢朝对面走过去。恐惧、惊骇、忐忑,还有更多莫名的无助感同时在心头迸发,我的呼吸不自觉地急促起来。

　　突然间,门无声地打开,梁朴穿着睡衣的身影出现在半开的门后。

　　"怎么还没睡?"梁朴的眼睛在逆光中幽幽发亮。

　　"上厕所。"我慌忙拐进卫生间,关好门,坐在马桶上捂住胸口,感觉心脏就快从嗓子里跳出来了。我想找人说说我的害怕,但我不能……

伴着马桶的抽水声，我若无其事地走回房间，发现对面的门已经关了，地板上方的缝隙不再有灯光泄出，整个世界与黑暗融为一体……

02

"小瑕，上次的鱼是怎么做的？今天教我这个。"

立冬之后，韩莹莹频繁地来家里做客。自从吃了那顿饺子，她对我会做饭这点佩服得五体投地，嚷着要跟我学。我自然倾囊相授，虽然只是些普通的家常菜，但对从未下过厨房的韩莹莹来说，犹如打开了一个新世界的大门。

在我面前，她毫不掩饰对父母厨艺的鄙薄："说实话，我妈炒菜就难吃，我爸更是只会下面条，有时还糊锅。我奶奶还在的时候，家里的饭菜都是她做。等我学会做饭炒菜了，到时给他们一个惊喜。"

"上次是红烧鱼，做法简单，就是家里的调料用光了，咱们先去超市。正好梁老师也爱吃鱼，等咱们做完他也该回来了。"

今天是周末，梁朴照例给他的学生们补课。听他闲聊说，近期陈律的进步很明显。他指的进步不是考试成绩的大幅提升，而是陈律对待学习的态度不一样了。无论是白天在课堂上还是放学补课，陈律不再像之前那样敷衍和调皮捣蛋了，变得严肃且认真。

对此梁朴很纳闷，因为他并没有改变自己一贯的教学方法，而且这种学习态度的改变只发生在陈律身上，其他学生依旧一听补课就叫苦连天。想了很久，梁朴得出结论，陈律比同龄的孩子更加早熟，以往出现的叛逆行为是进入青春期的表现。现在，陈律正逐渐走出青春期，因此能沉下心来面对学习。

我对梁朴的判断将信将疑，总觉得平时跟皮猴子一样的家伙一旦正经起来，准是心里又憋着什么坏呢。

小小超市里多了好几个监控摄像头，全都安在特别显眼的地方。韩莹莹对此颇为不满："这些探头怎么安得这么低？要是夏天来都不敢穿敞口的衣服了，一点隐私都没有。"

"这些袋装食品体积小，随便揣包里就带走了，出门的时候店家还能挨个检查顾客的包啊？"我把挑好的袋装大料放进提篮里。

"欸，你说有没有办法在这玩意眼皮底下把东西带出去？"韩莹莹手里拿着一袋开心果，不爽地瞅着柜台上方新安装的摄像头。

这个摄像头的位置比超市原有的那些摄像头都要低得多，人只要经过这里一抬眼就能看到。我猜它的威慑力一定比实际监控效果要大得多，因为不可能有人在电脑前全程不眨眼地盯着卖场里每位顾客的一举一动。但是当人们看到摄像头对着自己的时候，就会下意识地约束自己的行为。

"这是拿咱们顾客当贼防备呢，下次不来这家超市了。"韩莹莹把手里的开心果放回柜台。

我犹豫了一下，忍不住道："东西是带不出超市，不过想要捉弄他们一下也不是没有办法。"

韩莹莹来了精神："什么办法？"

"你看，超市的摄像头大多集中在小食品售卖区，因为这里的东西小便于携带隐藏，所以店家重点照顾。那边生鲜区的摄像头就很少，因为没有人会把二斤韭菜半筐土豆藏在身上逃账。也就是说体积越大又不太容易损坏的商品，店家的防范就相对宽松，可能会有监控盲区……"

"我们把这儿的小食品放到盲区藏起来，店家盘点的时候发现东西少了，还以为被偷了，却又抓不到小偷。哈，你这主意好！"韩莹莹说着，就要去拿柜台上的东西。

我忙拉住她："说说而已，你还真要这么干啊？就算东西藏起来了找不到，但是人家回头调监控却能看到是我们俩把东西带出小食品卖区的，万一下次来的时候被人家截住盘问，丢不丢人啊？"

"不是说了，下次不来这家超市了。"

"你不来我还得来呢。"我又好气又好笑,"就算真的想捉弄他们也不是你这么做的。"

"那该怎么做?"

"你在小食品区一次多拿几袋东西,到了监控盲区只藏起来一袋,再把其余的东西放回原处,空着手离开。这样就算人家在监控里看到你了,轻易也不会注意到东西少了一袋。然后隔一天你再来,重复刚才的步骤。积少成多,才不会引起怀疑。"

"这主意是你想出来的?"

"我……在书上看到的。"

"对了,我下午课间碰见彭昊了,他怎么好像变了个人似的,看见我一句话不说扭头就走了。"

"你上次把他给吓住了。"

"我觉得不像。欸,等一下,我看看这个——"

角落里的货架上摆着一排打折的拉杆箱,韩莹莹拿起一只,打开拉链看里面的空间:"前几天来还没呢,这是今天刚摆出来的吧?"

"莹莹,该走了,鱼还没买呢。"

"马上就好,我的拉杆箱轱辘摔坏了,正想买个新的,刚好这就有打折的。"

"坏了一个轱辘就换新的,多浪费啊,回头让梁老师帮你修一下。"

"那多给梁老师添麻烦,我买个便宜点的就行,咦?这是什么?"韩莹莹打开最靠里面的一只拉杆箱,箱子里塞着七八袋没有开封的牛肉干。

她回头怔怔地望着我:"你说的那本书也有别人在看。"

放寒假的时候,韩莹莹终于逮住父母同时在家的机会展示了一下自己的厨艺,几乎把从我这儿学会的菜全部做了一遍,一张桌子差点儿摆不下,把她的父母震惊得都不会说话了。

"那个红烧鱼,我爸连夸好吃,差点把筷子咬断。"韩莹莹得意地向我显摆。

虽然我觉得有点夸张,还是向她伸出大拇指:"那你不趁着爸妈在家多给他们做几顿饭,怎么又回学校来住了?"

"我妈升列车长了,比以前更忙了。我爸这阵子网上追逃,去哪儿,什么时候回来,都不让问。我自己在家没意思,电视不爱看,想说话连个搭茬的人都没有。"韩莹莹有些沮丧,很快又乐观起来,"不过我都习惯了,从我记事起他们就这么忙,小时候是奶奶把我带大的。"

阳光透过玻璃窗晒在身上,暖暖的。我和韩莹莹头挨着头躺在床上,各自把脚支起来抵在对面的墙壁上。

"欸,跟你说个秘密,沈娇来那个了。"

"哪个?"

"就是那个嘛。"

"你怎么知道?她跟你说的?"

"跟我和徐颖说了。没告诉田文静,嫌她事儿。"

"哦,我不跟人说。"

"其实说了也没事,看沈娇的样子,好像很得意,她是主动告诉我们俩的。"

"这有什么得意的?"

"长大的标志啊,不会再被人叫丫头片子了。"

"你还记着那句话呢?"

"没想记,就是说到这儿自然想起来了。"

"不用羡慕人家,你早晚也会来的。"

"你这么淡定,是不是已经来了?"

"……没有。"

"真的?"

"嗯。"

"小瑕——"

"嗯?"

"你长大了想干什么?"

"没想过。你呢?"

"我想离开家,到处走走。"

"看风景?"

"也看人,看形形色色的人,听他们背后的故事。最好是徒步,没有目标,走累了就搭车,走到哪儿算哪儿,喜欢就停下,厌了继续走。"

"你喜欢凯鲁亚克?"

"不喜欢,只是喜欢他笔下的这种状态,在路上,想想就浪漫。"

"好,等你回来,我给你做红烧鱼。"

……

"小瑕,今晚我可不可以在你家住啊?"

"怎么了,不愿住宿舍?"

"沈娇跟家里打起来了,这两天晚上躲在宿舍里哭,我们几个都得陪着她熬夜,也不敢告诉宿管阿姨,我都两宿没合眼了。"

"你怎么不早说?"

"怕给你和梁老师添麻烦嘛。"

"一会儿你去把洗漱用品拿过来,晚上咱俩就睡这张床,别嫌挤就行。对了,沈娇因为什么跟家里打起来了?"

"沈娇因为什么住校,你知道吧?"

"不知道。"

"唉,平时下课了你应该跟同学多接触接触,别老闷在教室里做题。沈娇的妈妈去世了,他爸爸又找了一个,沈娇跟这位后妈不合,所以选择了住校。"

"沈娇这次就是和她后妈打起来了?"

"其实也怪沈娇。她本来回家取羽绒服,恰好被她后妈收起来了,她就发了脾气,说羽绒服是她妈,嗯,她亲妈买的,问她后妈有什么资格动这些东西，你想这能不吵起来吗？她动手把她后妈推倒了，她爸打了她耳光，让她道歉，她不肯，她爸就把她的生活费停了。沈娇平时大手大脚惯了，没钱跟要了她的命一样。但即便这样，她也死活不在她后妈面前低头，反正现在就僵到这儿了。"

"唉，人生啊……"

03

寒来暑往。不知不觉中，我和韩莹莹的关系变得亲密起来。她经常到家里来玩，偶尔会留下过夜。梁朴对我交到朋友由衷地高兴。曾经有一阵子，梁朴怀疑我可能得了自闭症，不仅是他，那时连我自己也这样怀疑。好在那个难熬的阶段总算过去了，我看到阳光照在前路上。

身边的事情乏善可陈。沈娇和她父亲的战争仍在继续，看不到和解的希望，围在她身边的女生越来越少，最后只剩下徐颖对她不离不弃。

梁朴还是一如既往地免费给他的学生们补课，听说这一点颇招其他老师的微词。曾经主动追求梁朴的李雯老师在得不到丝毫回应的情况下终于放弃了一年多的坚持。

连当初令我恐惧的彭昊都像韩莹莹说的——似乎变了个人。偶尔，我会在操场中遇见他，彼此一句话不说，匆匆擦肩而过，如同路人。

变化的还有陈律。我偷偷观察过他，发现他看梁朴的眼神和看其他老师的眼神不一样。

进入初二，课程开始增多，我们感受到无形的压力。尤其当每年6月份学校变成考场的那些天，看到冒着酷暑或是大雨仍簇拥在校门口不肯散去的成群家长时，连一向爱说爱笑的韩莹莹也逐渐笑不出来了。越来越多的课余时间被晚自习占据，无论多晚，学校门口永远挤满了等待接孩子放学的家长。

乏味的日子里唯一的新闻就是，有个外校的高年级男生跑来追求沈娇，被沈娇找人打了一顿。沈娇很得意，围着她转的女生又多了起来。与此同时，沈娇的手头也越来越阔绰。

"她跟老爸和解了？"

"没有，不知她的钱哪来的。走，进这家看看。"

期末考试结束后的假期，韩莹莹陪我上街给梁朴选生日礼物。以我现在攒的钱来看，只够买件好一点的衬衫或T恤。

"嗯，这件不错，梁老师穿上显得年轻。"

"他现在也不老。"不知什么时候起，我对别人评价梁朴变得在意。但是看到韩莹莹相中的是一件粉色的立领T恤，还是有些犹豫，"这颜色太艳了吧？"

"就是因为梁老师平时穿得太素了，才给他挑件艳一点的。"韩莹莹拿起一件样品在一旁的男售货员身上比画，对方的身形和梁老师差不多，确实很合适。

但我忽略了一点，梁朴居然害羞，不好意思穿。

"这么嫩的颜色年轻人穿合适，我穿了容易被人笑话。"

"谁会笑话？你班里的学生，还是其他老师？38岁的人穿得跟78岁似的才让人笑话，你看现在跳广场舞的老头老太太，哪个不比你穿得年轻？"

"不能比，不能比……"除了给学生们讲课，梁朴的嘴其实很笨。

我快速拆掉包装，把T恤在他面前展开："试一下，不好看就不穿，不勉强。"

"那……只试一下啊。"梁朴像个怕打针的孩子，磨磨蹭蹭地把身上的衬衫脱下来。我一把将T恤套在他的头上，他只好顺着往下穿。

"不好看吧？"穿好后，梁朴局促地拽着衣襟下摆，木讷的脸上挂着羞涩的笑。

我一时有点恍惚，似乎看到另一张布满阳光的脸冲我笑。八年前那个人失踪时穿的就是一件粉色的立领T恤，这也是我下决心买这件衣服的原因。

"怎么了？"见我不说话，梁朴有点手足无措。

我从脖子上摘下贴身佩戴的福字硬币给他戴上。他知道这硬币的来历，开始时抗拒了一下，随即接过去主动戴好，然后伸出手指拭去我眼角的泪珠。那一刻，我好想叫他一声爸爸，但最终没有叫出口。

"吹蜡烛吧。"我回身拿出蛋糕，把蜡烛插好，点燃。蛋糕是韩莹莹买的，一来她也想表达对梁朴的生日祝福；二来买完T恤后，我手里只剩下坐车回学校的钱了。

"许个什么愿呢？"梁朴搓着手，明显对我第一次给他过生日有些紧张。

"没有现成的愿望，那就想一件你觉得最不可能发生的事吧。"

梁朴双手合掌，闭上眼睛认真地在心中默念。橙色的烛光在他脸上摇曳。

"好了。我的愿望是……"

"别说，说出来就不灵了，等实现了再告诉我。"

莫名地，我心中有点伤感，或许是想到了另一个充满阳光却又时刻带着几分坏笑的家伙。

"小屁孩，你慢慢在学校里熬吧，老子终于脱离苦海了。"毕业那天，他悄悄告诉我，他准备把家里给他规划的高考志愿改了，将来去当警察。没有特殊的原因，就是故意和家里作对，不想听从大人的安排。

梁朴曾经以为他长大了，走出了叛逆期，其实并没有。那天，也是他最后一次捏我的鼻子。

暑假结束前的最后一个周末，我和韩莹莹结伴去看电影。本来定的是第二天返校结束后再去，但天气预报说第二天有大雨。经过一番激烈的争辩，韩莹莹放弃了她提议的《谍影重重4》，同意看我选择的《听风者》。不是韩莹莹向我妥协，而是杰瑞米·雷纳的鹰眼不敌梁朝伟忧郁的眼神。

电影散场后，我和韩莹莹一边讨论电影和原著小说的区别，一边踩着路灯的光影步行回学校。快到校门口的时候,忽听有人喊我的名字。回头看去,路边的树荫下走出来一个身材瘦高的中年男子。

随着他走出阴影,我看到了一张面色青白的狭长马脸。瞬时间,我的脑海一片空白,一种来自灵魂深处的战栗蔓延全身。

"几年不见,小瑕都长成大姑娘了。"马脸邪笑着说,"你还记得红房子吗?"

陈律

01

城市边缘的山峦挡住了夕阳,余晖照在李言光秃秃的头上,映出油亮的光。他伸出手掌在头顶来回摩挲了两下,似乎留光头的人都有这种习惯。

见我的目光上下打量,他嘿嘿笑着说:"原来两边还有点头发的,最近全掉光了。如今我这形象都不敢一个人下片儿,上周还被群众投诉过。我前脚刚走,对方的电话就打到所里,念着我的警号问刚才来的是不是真警察,我们所长解释半天才信。"李言说着,从手机里调出他刚入职时的证件照给我看。

那时的他不但头发浓密,目光也清澈温和,和眼前这个相貌彪悍、肌肉发达的大块头比起来,简直判若两人,难怪会被人家误认成坏人了。

李言是铁路中学的管片民警,当年校园坠楼案的亲历者之一。二叔把他的联系方式告诉我时,我还担心对方可能不太好打交道,毕竟那是个因嫌疑人自杀导致半途而废的案子,却没想到这家伙是个自来熟。

我注意到证件内卡上的出生日期,原来这家伙今年才三十出头,正是风华正茂的时候,却由帅小伙变成了沧桑的光头大叔,基层工作压力之大令人唏嘘。我把手机还给他,他接过去无奈地笑笑。

"因为我是当天最先到达现场的警员,同时铁路中学是我的管片,后来市局成立专案组时就把我借调过去帮了一阵子忙。"

李言回忆说,当天梁朴报案后,警方根据对方的描述很快锁定了韩莹莹坠楼的具体位置——实验楼五楼东侧楼梯的转角处,并在临近的墙壁上找到一小块喷溅状血迹,基因鉴定结果与韩莹莹相符。需要强调的是,该血迹被人用雨水擦拭过,肉眼根本看不出来,只有在喷洒鲁米诺试剂的情况下才呈现出微弱的蓝白色荧光。

除此之外,警方在现场发现很多凌乱拖沓的足迹。当时正值实验楼二期工程结束,后期装修尚未开始,地板均为粗糙裸露的水泥表面,前期施工产生的大量粉尘使这些印迹得以保留。

这些足迹大多是建筑工人留下的,基本无法核对。比较特别的是其中有一道长长的拖痕,能明显看出有人故意用鞋底在地面上拖蹭过,目的是为了抹去地上原有的脚印。

拖痕从坠楼处一直延伸到走廊内第二间屋子。屋内更加凌乱,且多出了挣扎打斗的痕迹。地中央有一块席子,是干活的民工临时过夜用的。警方在席子上提取到若干毛发和人体皮肤组织,经生物鉴定,确认其中部分毛发属于韩莹莹。

随后的实地模拟大致还原了案发时的情景。韩莹莹到达第一现场后(五楼走廊内第二间教室),遭到嫌疑人的肢体侵犯,经过一番剧烈的挣扎反抗,韩莹莹逃出教室,打算沿实验楼东侧楼梯下楼,却在第二现场(五楼的楼梯拐角处)被嫌疑人追上。嫌疑人用直径约27毫米的管状物击打韩莹莹头部,造成其身体后仰,重心越过楼梯护栏,导致坠楼身亡。

鉴定人员提取了拖蹭地面的鞋印,发现与梁朴脚上的鞋底纹路相似度很高,但由于现场鞋印缺失部分过多,无法百分只百确认。梁朴也否认自己曾经到过五楼,他说在三楼看到韩莹莹坠楼就立刻跑下去查看,之后没再上过楼。

虽然法医发现了被害人头部的外伤,但找不到凶器。对于符合击打特征的管状物,很多人都想到了作为消防喷淋管道的镀锌管,原因是在刚刚安装完消防系统的实验楼内,这种镀锌管的边角余料几乎随处可见。不过凶手既然知道抹去墙上的血迹和地上的脚印,自然不会傻到把作案工具留在现场。因此,警方搜集了整栋楼内所有能找到的各种管材余料,光是符合特征且长度适合拿在手里击打的就超过120根,并在其中的绝大多数管材上提取到了指纹或生物检材,但无一与梁朴匹配。

有人怀疑凶手作案后可能随便找间屋子通过窗口把管子扔到楼外了,然而当天的大雨增加了取证难度,就算扔到楼外的管子没有被泥土覆盖,长时间的雨水冲刷也会严重破坏上面的生物痕迹,即使侥幸找到了,也无法成为证物。

最终,事实证明了这种担心是有道理的。在接连被鉴定人员否定了结果后,警方被迫放弃了寻找凶器,转而将工作重心放在人员走访上。

"梁朴的口碑很好。我们听到对他的评价都是关于优秀教师、先进工作者、他带的班高考录取率高之类的。唯一负面一点的……嗯,也谈不到负面,就是对他领养小瑕这件事有点议论。甚至有人说小瑕其实就是梁朴的私生女,早年间梁朴抛弃了女方,现在那女的死了,小瑕无依无靠,实在没办法了他才把孩子接回来。不过我们查了,说这话的是梁朴隔壁班的班主任。他因为私自办班被人举报,上面关停了他的班,并责令学校对他做出停课和记过处分。他怀疑举报自己的人是梁朴,但没证据,就借着这次警方走访调查的机会给梁朴'上眼药'。事后我们警告他了。不过——"

李言再次摩挲了一把光头,抬眼看向我:"你不觉得有点奇怪吗?"

"什么地方奇怪?"

"梁朴大学毕业后就在省城的一家生态研究所供职,其间工作一直很稳定,28岁却突然辞职回到本市,去铁路中学应聘当了老师,两年后担任高中部班主任,33岁领养的小瑕,死的时候38岁。如果说他是为了小瑕不愿结婚,因此拒绝别人给他介绍对象,这还好理解,无非是担心女方日后对小瑕不好。可是他在领养小瑕之前那些年为什么也一直单身?我听说有位新来的音乐老师曾经主动追求过他,也被拒绝了。按他的年龄正是一个男人精力最旺盛的时候,却从来不碰女人,你说……这正常吗?"

"这种问题你们总不好向他本人询问吧?"

"问了。不是因为好奇,而是担心类似的流言万一传到梁朴耳朵里,会让他误认为警方的调查在给他的形象抹黑。结果——人家根本就不在意别人的看法。梁朴说小瑕是他的一位故人之女,收养小瑕是受那位故人临终托孤,他这辈子不打算结婚了,要把小瑕好好地养大成人,多的就不肯说了。"

蒋君萍,我想起当日小瑕在高雨面前提起过这个名字。小瑕说她妈妈长得很漂亮,高阳是她妈妈的追求者之一。梁朴呢?会不会是之二?还有没有之三?我没见过蒋君萍的照片,难以想象她令人倾倒的姿容和气质是什么样子。但我知道,女人的美貌是使男人失去判断力的重要武器,没有之一。

通常来说,在事情发生之前做出的决定叫判断,事后叫作总结。虽然人们没有未卜先知的本事,却能在事后的追根溯源方面做得很好,总能根据已知的结果推导出整件事的来龙去脉。可是对于这起案子,当初参与调查的警员至今也没有理出一条清晰的脉络。事后看来,大多数人比较认同一个说法——由于一个人的出现使原本并不算复杂的案情加剧变化,甚至改变了最终结果。

这个如同催化剂般的人,就是韩长庚。

02

韩长庚早年干过预审,外界传闻他脸黑手辣,没有几个人能在他面前抗住不招的。后来司法机构改革,预审并入刑侦,韩长庚依旧不改狠厉本色。在一起人质挟持事件中,他毫不迟疑地抱住打算点燃煤气罐与人质同归于尽的嫌疑人从二楼窗口撞了出去,和对方双双摔断了腿,为此还被对方家属投诉到市局信访处。

女儿坠楼的第三天傍晚,刚刚结束跨省追逃的韩长庚赶到现场,彼时暴雨倾盆。别人劝他，他一言不发，执拗而孤独地站在雨中，后来站不住了就跪在地上，面前是女儿坠楼的位置。

天快亮时，韩莹莹的妈妈也搭乘最近的一班返城列车归来。夫妻抱头痛哭，由于工作的羁绊，身为父母的两个人都没能在第一时间看到自己的女儿。

参与办案的警员感同身受，大家开始着急。与此同时，市局主管刑侦的萧屿局长亲自过问了案情，并责令带队的刑侦支队长梁峰于开学前必须破案，此时距暑假结束仅余四天。

梁峰也是市局出了名的狠角色，以往但凡发生了重案要案，上头第一时间就会想到他，这次也不例外。萧局发话后，他立刻带人开始了第二轮更大规模的走访排查，询问对象从最初有限度的几名案件相关人扩大到所有与梁朴有过交集的在校老师和教务职工。因为他相信一个朴素的道理：世上没有完人，人总是有弱点的。

梁队的这个看法，与因司法回避制度而无法参与案件调查的韩长庚高度一致，他们怀疑在梁朴受友托孤的古风高义背后隐藏着什么。

说到这里，李言的嗓音变得低沉："就是这时候，出现了那个关于梁朴和小瑕的传闻。"

"虽然是传闻，总该有个源头的。"我一直对这件事耿耿于怀。我很想知道是谁向警方提到的，可是连对校园操场上什么时候落过几只麻雀都清清楚楚的二叔也不晓得这个问题的答案。

"这个传闻的来源有点特殊，是市局的一位老刑警上厕所时无意中获得的。当时这位老刑警在上大号，隔着门板听到外面两个学生的对话，由于无法立刻起身，他又怕自己出声把对方吓走，于是灵机一动用手机把两人对话录了下来。虽然没有录到开头，但好歹也算保留了录音证据……"

我不禁插话："录音证据不能单独使用，何况这种内容不全的，你们没找找那两个学生吗？"

"找了，没找到。而且找人这件事不是你想的那么简单，这个问题后面再说。"李言皱了皱眉，似乎不满被我打断话题，继续道，"当时主要是确定不了调查方向，同时迫于限期破案的压力，专案组上下都有些急躁。最后大家一致同意拿这段录音当突破口，重新开展走访调查。结果大多数受访者，尤其与梁朴日常接触较多的老师都隐晦地表示听说过这个传闻。之前没有告诉警方，一是因为说不清传闻的出处，二是顾忌梁朴的脸面，算是为亲者讳吧。可是这么一来，难题又出现了。"

"没有证据。"我说。

"所以有人提议给小瑕做个全身体检，用事实来验证传闻是否可信。梁队既不好驳那个人的面子，又实在想不出更好的办法，就跟学校方面说了。"

尽管李言没提那个人的名字，但我也猜到是谁了。

"刚开始校方强烈反对，但架不住警方做工作，同时校领导也希望早日结案，不要影响到开学，就勉强答应了。没想到体检报告一出来……"李言叹了口气，手掌用力张合了几下，继续道，"梁队特意安排了女警询问小瑕，但什么都问不出来，那孩子一提到韩莹莹坠楼就哭，而有些事情在没有真凭实据的情况下又不好开口询问。于是警方对梁朴家进行了搜查，结果在梁朴的房间里找到一条女生内裤……"

"在梁朴家里找到女生内裤，是什么意思？"

李言看了我一眼，说，"那条内裤是在梁朴的枕头底下找到的，经过生物鉴定，确认不是小瑕的，而是韩莹莹的。"

我目瞪口呆，嘴张了半天才问道："后来呢？"

"我们传讯了梁朴，向他出示找到的证据和小瑕的体检报告单，他看后脸色惨白，一句话也不说。专案组里有几位擅长审讯的，轮番上阵，但就是撬不开他的嘴。那个时候我们都觉得他罪大恶极，连禽兽都不如，可是他不开口，我们也没办法。最后韩长庚说让他试试。大家都知道他是从预审转过来的，是这方面公认的高手。梁队念及情分，准许他参与审讯，但要求他只能带耳朵进去，如果有问题，必须写在纸上让主审员发问。韩长庚在外面答应得很痛快，没想到一进审讯室就把门反锁了。你也知道，审讯室的墙壁和门板都包了隔音棉,就这样里面的惨叫声还能传出来。等我们强行把门破开,梁朴已经站不起来了,一起进去的主审员和记录员都被韩长庚拷在了桌子上。后来听他俩说,不管韩长庚怎么打,梁朴死活就是一句话,没做过。"

我听得心惊肉跳,既没想到韩长庚的胆子这么大,也没想到印象中那个木讷呆板的梁朴竟然这么能抗,看来两个狠人碰到一块了。

李言从兜里掏出香烟,递给我一支,要给我点火被我拒绝了。他点燃自己的那支,狠狠吸了一口,说:"当时上去三四个大小伙子才把韩长庚拉开,梁队也急了,一拳把他打倒在地,连踹了好几脚。那家伙一声没吭,死死地瞪着我们,眼珠子通红通红的,眼神跟狼一样,我们都不敢和他对视。大家以为他要爆发,他却从地上站起来,推开众人往外走。我们都松了一口气,以为他自己出去冷静冷静,事情就这么过去了。可是没过多久,我们带着梁朴从四楼医务室看完伤出来,迎面又碰见了他。他不但又回来了,身边还多了一个人。"

我脑子一时没转过来,问道:"是谁?"

李言说出了那个我最不想听到的名字:"小瑕。"

他抽了口烟,继续说:"小瑕看到梁朴,哭着想跑过来,胳膊却被韩长庚死死抓住。我就在梁朴身边,能感觉到他看见小瑕的一瞬间就崩溃了。韩长庚冲他大声说,梁朴,你也是做父亲的,你知不知道失去女儿是什么滋味?当时是三伏天,走廊里的窗户都开着,韩长庚抓着小瑕就站在窗边。我们都蒙了,怕他冲动起来失去理智把小瑕推下去,谁都不敢上前,就那么僵持着。有人劝他,有人警告他不要乱动,甚至有人把枪都掏出来了,你能想象那种混乱的场面吧?"

没等我点头,李言自顾自地说下去:"这时候梁朴突然回头对我小声说了一句,你有空去学校的车棚里看看。当时我和大家的注意力都集中在韩长庚和小瑕身上,听了这话没明白什么意思,正想问他,他已经转过头去,冲对面大声喊,小瑕,忘掉过去,好好活着。然后纵身一扑,从距他最近的窗口跳了下去。"

李言模仿梁朴喊话的腔调惟妙惟肖,听得我后背发寒。尽管早已知道这个结果,我心里依然很不好受,尤其得知小瑕目睹了梁朴跳楼这一幕。

"我们在梁朴说的地方,就是那个车棚,靠墙的角落里,找到了凶器。和之前猜测的一样,是消防管道的下脚料,一根半米长的镀锌管,法医在上面提取到了韩莹莹的血迹和梁朴的指纹。那个车棚是用来停学生们的自行车的,在实验楼西边,距实验楼超过150米,就算人站在楼顶也扔不到那么远,所以之前没有排查那个地方。因此,大家都搞不明白梁朴保留凶器的意义。案子弄成这样,除了我这个临时借调的,所有人都背了处分。韩长庚算是间接导致了梁朴的死,我离开的时候听说他被停职了,后来怎么样就不清楚了。"

李言一口气说完,把没抽几口的烟扔在地上,用鞋底踩灭,随后挺直身子,展开双臂狠狠做了两下扩胸,长长地吐了口气,似乎将压在心底七年的沉重记忆一起吐了出去。

我捻着指间没有点燃的香烟,久久无言,直到李言拍着我的肩膀问:"记得之前说的那个传闻的来源吗?"

我这才想起在厕所里交谈的那两个学生:"不是说没找到吗?"

"这个案子弄成这样,究其根源就是因为那个传闻。最初那位老刑警拿着手机录音上报时,梁队就第一时间排查了当天所有滞留在校内的男生,但是没结果。梁朴死后,上头很重视这件事,打算把这两个男生找出来问个明白,就把那段录音做了个鉴定,准备用来做声纹比对,结果发现了一件怪事,你猜是什么?"

"怪事?难道是女生模仿男声?"

"没那么离谱。声纹鉴定的结果显示,那段对话也是录音。有人提前用录音设备把那段对话录下来,然后溜进厕所里故意播放给我们的警员听。而且,其中一个男生正处于变声期。"

我瞪大眼睛瞅着李言,惊愕得说不出话来。

李言自嘲般地笑了一下："当时进厕所播放录音的或许不是那两个男生本人，但我们都上当了。也许梁朴真的没做过传闻中的事情，韩莹莹的死也确实与他无关，所以连韩长庚都问不出口供，也许……唉，谁知道呢？"

最后一缕天光随着李言的叹息消失在阴沉的暮色中。出神良久，我想起手中的香烟，拿到嘴边想抽，发现早已捻碎了。

小瑕

01

天塌了。

我的世界又一次陷入无边的黑暗。

我曾经看到前路有光,以为自己逃出了暗夜的笼罩,可是宿命如影随形。

"……"

"梁朴是在你10岁,上小学四年级的时候收养你的?"

"是。"

"他为什么会收养你?"

"我妈死了,我没有其他亲人。"

"我们的资料显示,当时你还有一位继父……"

"他在我妈去世前就失踪了。"

"梁朴和你妈妈是什么关系?"

"朋友,关系很好的朋友。"

"在收养你之前,你见过梁朴吗?"

"没有。"

"听你妈妈提起过他吗?"

"没有。"

"你知道你妈妈和梁朴怎么认识的吗?"

"我妈妈上大学时通过导师的一个实验项目认识梁老师的,当时梁老师是导师的科研助理。"

"梁朴收养你之后,对你怎么样?"

"很好。"

"具体好到什么程度?"

"就像爸爸对女儿一样的好。"

"可是你刚刚称呼他梁老师。"

"我一直叫他梁老师。"

"为什么不叫爸爸呢?"

"刚开始时叫不出口,后来就习惯了。"

"你和梁朴在一起生活了将近四年,发现他做过超出监护人范围的事吗?"

"你指什么?"

"比如……梁朴晚上有没有进过你的房间?"

"我睡觉好蹬被子,都是梁老师夜里帮我盖的。"

"除了盖被子,平时他触碰过你吗?"

"拉手算不算?我上小学的时候都是梁老师接我上学放学,路上他会拉着我的手。"

"正常拉手不算,我的意思是比盖被子、拉手更亲昵的动作,同时会让你感觉不舒服。比如,他抱过你吗?"

"抱过,但没感觉不舒服。还是上小学的时候,我吃完饭在沙发上看电视睡着了,梁老师回来把我抱上床。我上初中后,他抱不动我了,就把我叫醒,让我自己回房间睡觉。"

"嗯……下一个问题。韩莹莹是你的同桌,她经常去你家,有时还会在你家里过夜?"

"是。"

"据我们了解,韩莹莹是寄宿生,她在学校里有自己的宿舍,为什么要去你家过夜？"

"没有为什么，我们喜欢在一起。"

"能说得具体点吗？"

"因为我们有共同的爱好，共同感兴趣的话题，能够聊得来，所以喜欢在一起。而且，韩莹莹都是在周六或周日来我家过夜的，这不违反学校的住宿规定。"

"你们共同的爱好是什么？"

"看书、看电影、做饭炒菜，韩莹莹做饭就是我教会的。"

"梁朴平时对韩莹莹态度怎么样？"

"很好，很热情。"

"热情——你认为这个词准确吗？一位高中部老师对一名自己班级之外的初二女生，热情从何而来？"

"因为韩莹莹是我的朋友，唯一的朋友。自从妈妈走后，我的心情一直很压抑，梁老师为了让我从阴影里走出来，花了很多时间陪我，但效果不好。认识韩莹莹之后，我才逐渐变得开朗。所以我对这段友谊很珍惜，而梁老师可能比我还要开心。"

"好的。那么梁朴有没有和韩莹莹单独在家的时候？比如说韩莹莹去找你，你不在家，恰好梁朴在家？"

"没有。"

"一次也没有？"

"我们俩上课下课几乎都在一起，要是放学后她想来我家，会和我一起走。"

"周末呢？难道没有一次她临时有事找你，而你又恰好不在家的情况？"

"我不在家的时候，通常梁老师也不在家。因为周末梁老师要么给他的学生补课，要么带我出去玩了。如果是后者，我会提前告诉韩莹莹。所以不会出现你说的梁老师和韩莹莹单独在一起的情况。"

"8月24日中午返校活动结束不久，韩莹莹在你们校内的实验楼发生坠楼事故,你知道她为什么要去那里吗?"

"不知道,我是在大扫除快结束时先走的。"

"你们平时不是形影不离吗?"

"那也不代表我们24小时都在一起。"

"根据我们的调查,当天中午12点半左右,梁朴曾到二号宿舍楼找韩莹莹询问返校结束后是否看到过你,韩莹莹回答没有,但是在梁朴离开五分钟后,她就冒雨单独前往实验楼。请问她是去找你的吗?"

"我……不知道。那时我一个人在家里。"

"8月24日你去过实验楼没有?"

"没有。"

"虽然你今年未满16周岁,可以在大多数情况下不必承担刑事责任,但你要清楚做伪证的重要性……"

"这位同志,我看就到这里吧。"

"陈主任……那好吧,谈话就到这里。接下来我们会对小瑕同学做一次身体检查,校方可以安排合适的老师全程陪同。"

02

晚上,又有人来看我。我机械地应对,对方前脚刚走,我就忘了刚才来的人是谁。我努力回想这几天发生的事情,却发现有很多记忆片段变成了空白,只要稍微使劲去想,就头疼得厉害。我知道自己的大脑可能受到了损伤,是连日来精神高度紧张导致的。

自从韩莹莹出事后,来家里看望我的人络绎不绝。尽管校方要求在这件事上严格保密,但消息还是不可避免地传开了,至少对住校学生和当天返校结束后尚未离校的老师来说已经不是什么秘密。对于她们的到来,除了一丝感动,我心里更多的是烦躁。

相比同学们对我表达的空泛的关切,老师们更关心的是梁朴,他们拐弯抹角地向我打听梁朴现在的状况。因为出事后梁朴被警方叫去询问了多次,并且从前天起就没有回家。我跑去问驻留在实验楼现场的警察,他们安慰我说梁朴正在协助警方调查,让我不要担心,梁朴很快就会回家。

这样的答复平息不了我内心的忐忑。如同我不明白警方为什么要给我做体检,虽然明显感觉不妥,但没有能力拒绝——我有一种非常不好的预感,事情正朝着不可控的边缘滑落。

果然,第二天上午,警察又来了,这次来的人有点多。他们当着高中部教导主任和班主任王凤兰的面向我出示了搜查令。我亲眼看到他们在梁朴的枕头底下翻出一条绝对不属于我的女生内裤。警察们的表情立刻变得严峻起来。

在一份经教导主任和王凤兰确认后的不知什么文件上签完字,家门就贴上了封条,我被安排至校内宿舍暂时居住。整个过程我完全是蒙的,根本不知道发生了什么。

"警方搜查了你家?我上午去市局给领导送材料了,不清楚啊。"面前的大个子警察抓着后脑勺对我说。

他是负责铁路中学这一带的片警,出事后第一个到达现场,我听到有人喊他的名字,叫李言。此时他是我唯一能找到并且愿意和我说话的警察。

不知为什么,一觉醒来,几乎所有警察对我的态度都变了,不是见到我就低头躲着走,就是一问三缄其口,可是我看到他们的眼神中流露着共同的东西:愤怒和怜悯。我想不出这两种互相矛盾的情绪怎么会同时集中到一起。甚至在那位曾经半开玩笑地说和我是本家的梁队长眼神中也出现了相同的东西,这让他剽悍且有着刀刻般棱角的脸孔看上去非常奇怪。

这些人似乎统一了口径,对我的发问置之不理,翻来覆去就是一句话:"案情正处于调查阶段,你不要着急,很快就会有结果的。"

"求求你,帮我打听打听到底发生什么事了,梁老师什么时候能回家。"我拽着李言的胳膊不放。

"好好,你先放开我,我打听明白了去学校告诉你。"李言架不住我的央求,终于答应下来。

"不,我就在这里等你。"

"这里是派出所……"

"我在院子里等你,不会打扰你们办公的。"

"我快去快回。"

李言并没有他说的那么快回来。我不想引起别人的注意,远远地坐在院子角落的老槐树底下,背后是爬满葛藤的栅栏。由于连日来担惊受怕没有睡好,加上雨后地气蒸腾,困意阵阵袭来。我怕睡过去李言回来后找不到我,只好掐着大腿强迫自己不许合眼。饶是这样,仍忍不住一下下地打瞌睡。

迷迷糊糊中听到很近的地方有人在抽泣,没等我睁开眼睛,一个几乎在耳边响起的男人声音将我从瞌睡中彻底惊醒:"哭什么?不是在家商量好了吗?一会儿进去照做就是了。"

实际上对方的声音并不大,能听出是特意压低了嗓音说的,只是距离实在太近了,吓得我浑身一激灵。可是环顾四周,一个人都没有。

"汝玉怎么办?"先前抽泣的是个女人。

声音是从身后传来的。我轻轻拨开一丛葛藤,透过叶片的缝隙看到一对30来岁的男女站在栅栏外面,与我的直线距离不超过一米。男人身体粗壮,面目狠厉,胳膊上的肌肉鼓成了疙瘩,衬衫敞着,赤裸的胸前文着一个狰狞的狼头。女人倒是长得顺眼,双腿修长,身材匀称,眉眼看着也舒服,就是脸上的妆化得有点浓。

"汝玉还是姓邓,我都不怕丢人你怕什么?"男人虽然长相凶狠,却是一脸的悲愤。

"你我可以不在乎名声,将来儿子长大……"女人捂着嘴说不下去了。

"咱们这么做不就是为了儿子的将来着想吗?"男人似乎心软了,声音也变得柔软，抬手替女人抹掉泪水，然后一把将她搂在怀里，用力抱了好一会儿才松开，随即蹲了下去。

一个稚嫩的声音响起来："爸爸，你真的要离开我和妈妈吗？"

原来还有个小孩。我把面前的葛藤拨了拨，看到一身熟悉的校服，是我转学后的铁路二小的校服。男孩长相几乎完全随了妈妈，眉眼清秀，右侧颧骨下方有颗黄豆大小的痣，这应该就是他们的儿子邓汝玉了。

"爸爸只是暂时离开一段时间，等事情过去了就来找你们。"男人在儿子小脸上亲了一下，问道，"记得在家里教你的吗？"

"我只要大声哭就行。"男孩瘪着嘴说。

"对，等下进去你看到我和妈妈吵起来，你就哭，声音越大越好。"

男人说完站起身，又恢复了凶狠悲愤的面貌，女人也换上一副漠然的表情，一家三口绕过栅栏，走进了派出所。不多时，屋里就传出激烈的争吵声、男孩撕心裂肺的哭声、不知是谁的呵斥声，还有什么东西被打翻的声音，以及吵吵嚷嚷的拉扯声。虽然有些好奇，但我没心思看热闹，只盼着李言赶快回来。

李言没有回来，一个脸膛红红的老警察来了。老警察边走边用握成空心的拳头捶打后腰，捶得很用力，离得老远都能听到砰砰的声音。

真奇怪，老警察一进屋，里面所有的嘈杂声顿时都没了。工夫不大，男人蔫头耷脑地出来，老警察在他身后不停地用巴掌扇他的后脑勺，也不说话。男人不躲不闪，就那么缩着脖子硬挺。邓汝玉牵着妈妈的手跟在他们身后。老警察大概用力猛了，一下闪了腰立在原地，男人见了忙回身帮他捶腰。老警察扶着对方肩膀缓了一会儿，摆摆手示意让他们离开。男子二话不说，转身就走。他的妻子则站在原地似乎欲言又止，见老警察再次冲她挥手，才领着儿子朝另一个方向走了。

直到母子二人走远，老警察才叹了口气。他一转身，目光刚好与我相遇，一下子愣在那里。一瞬间，我觉得对方红红的脸膛有点眼熟，好像以前在什么地方见过，但怎么也想不起来。

老警察愣愣地瞅了我一会儿，似乎和我的感觉相同，最终也没想起什么,摇摇头去了。

"小瑕,那条内裤是韩莹莹的……"

李言到底回来了,可是他带回来的消息令我浑身冰冷。我不知道是如何回到学校的,应该是李言把我送回来的,但我完全没有印象。

03

夜晚躺在陌生的宿舍床铺上,我强忍头疼想试着厘清这几天到底发生了什么,可眼前出现的总是那永远无法忘记的一幕:滂沱大雨,天光幽暗,韩莹莹静静地躺在已经停工的实验楼前……

"她自己失足从楼上掉下来了。"嘈切的雨声中,梁朴的声音听起来那么遥远。

我整个人傻掉了,不敢相信面前发生的一切,只是呆呆地看着躺在地上的韩莹莹。她的眼睛睁得很大,似乎在望着天。

"莹莹——"

她不回答我。

"莹莹——"

我期待她的鼻子皱起来,然后眼角慢慢下弯,两只眼睛弯成一双月牙,最后笑着对我说,你哭什么,幼稚。可是她的眼睛执着地望着天空,雨水落上去也不眨一下。

"莹莹——"

我看到一缕殷红从她的身体下渗出,又迅速被雨水冲散。

梁朴过来遮住我的眼睛:"别看。"

我用力扒开他的手。

"回家去!"梁朴第一次对我疾声厉色,神情凶狠得像一头狼。

"不。"我浑身颤抖着,竭力鼓足勇气。

"记得过生日时,你让我许的愿吗?"梁朴忽然幽幽地道。

我说不出话,脑海里闪过黑暗中摇曳的烛光。

"如果没有现成的愿望,那就想一件你觉得最不可能发生的事吧。"梁朴一贯木讷呆板的脸上浮出奇怪的笑容,"我的愿望实现了。"

"你已经失去了最好的朋友,如果你不想再失去我的话——"梁朴从地上捡起一根镀锌铁管,把手搭在我的脸颊上,说,"现在就回家。"

我浑身僵硬,望着他脸上怪异的笑容,脚下不自觉地一点点后退,直到脸颊脱离他冰冷的手掌。

梁朴的目光逐渐变得凌厉:"记住,你从来没有来过这里!"

04

还有两天就要开学了,我没有等到梁朴回来,却等来了另一个人——韩莹莹的爸爸。难以想象的丧女之痛使这个原本就瘦削的中年男人更加瘦脱了形。

我是在韩莹莹坠楼的第三天初次见到他和他妻子的。他高耸的颧骨、赤红的面颊、布满血丝却格外犀利的双眼,令我不敢和他对视。

"我听莹莹说起过你。"他的嗓子哑了,说话带着金属摩擦般的声音,"她说你是她最好的朋友。"

"韩叔叔……"我有好多话想说,但只叫了一句就泣不成声。

"谢谢你教莹莹做饭……红烧鱼很好吃。"他似乎不知道怎么和自己女儿的同学交流,说完就搀扶着几欲昏厥的妻子向外走去。

接下来的时间,他没有参与案件调查,但几乎所有被警方质询的对象都能在谈话时感受到某个偏僻角落里散发的阴冷气息。

同样的气息我也感受到了,尽管当时他正努力对我挤出笑容。我觉察出他笑容背后的虚假,但还是上了他的车,因为他对我说:"我带你去看梁老师。"

我已经四天没有见到梁朴了,这是我认识梁朴以来和他分开最久的一次。可是我无论如何没有想到,这是一场来不及告别的永诀。

忘掉过去,好好活着——梁朴最后的声音在我耳边萦绕。

在我昏过去之前,脑海中的画面定格在梁朴被身边警察拉扯而撕开的T恤领口里,他脖子上的硬币不见了。

陈律

01

接下来的几天，我走访了很多人，大部分是沈娇的同学，也有当年的教职员工，联系方式自然是二叔帮我提供的。虽然铁路中学经历过大洗牌似的架构重组，但仍保存着当年所有教职工和历届学生档案。但毕竟时过境迁，不少电话号码已经打不通，我便一一循着地址找上门去，有的连地址都更改的，只好放弃。

我发现一个奇怪的现象，那些与案件本身关联不大的人员，无论是老师，还是教务职工，包括当初二号楼女生宿舍的宿管大妈，都很痛快地答应了我提出的面谈请求，但这样的交谈往往得不到什么有用的信息。凡是我认为有可能对那起事件了解更多，或平时与梁朴接触更密切的人，要么就是彻底联系不上，比如已经移居海南的当年初二三班的班主任王凤兰；要么就是一听我的来意就断然拒绝与我面谈，其中就有那位曾经追求梁朴不果的音乐老师。梁朴死后她就辞了职，在一家知名商业公司干了几年，如今嫁到了广东。难得的是，她原来的手机号码仍能打通。

其实在所有的接触名单中，我最想听听她对整件事的看法。但她毫不犹豫地回绝了我："都过去这么久了，我不愿再想起那些人。"

那些人——语气中带着明显的厌恶和鄙夷。

"你从他们嘴里问不出东西的。"二叔神情颇值得玩味地说。他对我的四处碰壁似乎早有预见。

"都过去这么多年了,有什么不能说的?"

二叔不屑地撇了撇嘴,没有言语。

我有些摸不着头脑。以二叔先前对此事讳莫如深的态度和素来护犊子的个性,按理说不会因为我是他的亲侄子就会为我的调查大开绿灯,可是从他丝毫未加阻拦并爽快地提供通讯录来看,二叔好像没有针对我的调查故意设置障碍。我甚至隐隐觉得他在鼓励我查下去。

相比老师们的集体沉默,学生这条线的进展颇为顺利,但效果却不尽如人意。时隔七年,有的人已经记不起曾有一个叫沈娇的初中同学,在我提醒后方茫然点头,说似乎有这么一个人,但往昔的情景已经想不起来了。生活中不乏这种毫无心计的人。对他们来说,记忆像指缝间漏下的沙,被岁月的风一吹,就散了。

不过更多人仍记得这位中途转学的昔日同窗,甚至有人还能找出当年开学典礼时的班级集体照,给我指出沈娇在其中的位置。大家的说法一致,沈娇个性很强,爱出风头,是班里的活跃分子,出来进去总有一群女生围着,据说她还和高年级的男生打过架。

我出示了在方一同家找到的那张合影,很多人都能想起是初二时的元旦联欢会上拍的,当时气氛热烈,拿相机的同学随机抓拍了大量照片。合影中的两个人是同寝室的室友,沈娇性格张扬,而韩莹莹热情随和,跟谁都能聊得来。

对于韩莹莹的坠楼身亡,她的同学都感到震惊和意外。不过事情发生在返校结束之后,当时班里的其他同学都已离校,直到开学后的一个多星期,大家才渐渐风闻此事。彼时距事件发生已经过去了半个多月,只轰动了一下很快就过去了。

至于韩莹莹的死因就众说纷纭了。比较流行的说法是她跟家里闹别扭,赌气跳的楼。这种说法的依据是,她的一个室友于事发前过生日,收到了家人送的礼物,韩莹莹触景伤情,感叹没有人关心自己,她的父母好像忘记还有她这个女儿,一时想不开致轻生。

也有的说韩莹莹和某个校内男生交往,被对方甩了,才一气之下跳了楼。至于那个男生是谁,大家伙瞎猜一通没有结果,也就不了了之了。

我小心翼翼地问到梁朴,居然没人能第一时间想起是谁,再提到他和小瑕的关系,对方才恍然大悟:哦,你说高中部的梁老师啊,他好像开学后就调走了。也有个别人不太确定地表示,听说梁朴出车祸死了。总之,这父女俩的存在感都很低,尤其小瑕,虽然说不上孤僻,但朋友确实很少,显得很离群。

不得不说,这种问询结果对我的调查毫无帮助,却让我惊讶于二叔他们的保密工作,我不禁怀疑那些乱七八糟的小道消息都是二叔为了掩盖真相故意散播的。加之当时学生们年龄太小,心思没在这上面,出事的时候关注三五天,热度过去就抛在脑后了——我尽量把自己代入他们的思维逻辑。

当然也有例外情况出现,才让我对处于事件中心的几个人有了稍微深入的了解。那是两个女生,她们都是沈娇和韩莹莹的室友,但两人就某些问题的说法却并不一致,如同家具上错位的榫卯,无法衔接。

"韩莹莹到底为什么跳楼,谁也说不上来,都是大家私底下瞎传。其实跟家里闹别扭的不是韩莹莹,是沈娇。"

戴着蓝色半框眼镜的田文静人如其名,文雅恬静,说话声音很轻,即便坐在松软舒适的沙发中,也始终保持肩背端正的姿态。她目前在一家省内知名的金融公司实习,我们就在这家公司宽敞明亮的前台休息区对话。

"韩莹莹、沈娇、我,还有徐颖,都是同一个寝室的,不过到了假期只有我和徐颖回家。沈娇是因为她妈妈过世了,她爸爸又新处了一个女人,沈娇接受不了,所以放假不愿回家。韩莹莹是因为父母经常出差在外,生活上很少能照顾到她,因此选择了长期住校。而且她的性格很开朗,爱说爱笑,没有外面传的那么爱伤感,说她因为别人过生日就顾影自怜到去跳楼,反正我是不信的。"

"是谁过生日?"

"沈娇，就在韩莹莹出事的前几天。也没叫太多人，她只喊了同寝室的我们三个，买了蛋糕，在学校外面一家小饭馆过的。"

"听说沈娇家里特意给她送了生日礼物？"

"送了个手机，当时刚上市的苹果4，六千多呢。"

"还在上初中就送这么贵的手机？"

"家里有钱嘛，所以沈娇的性格……"田文静微微侧了下头，说，"有点任性，虽然大家都住一个寝室，我和韩莹莹平时不太跟她在一起的，倒是徐颖和她走得很近。"

"小瑕和沈娇的关系怎么样？"

"小瑕整天就知道学习，连课间休息都要做题，除了上厕所她很少出教室，一放学就往家跑，跟谁都不来往，她唯一的朋友就是韩莹莹。"田文静轻轻叹了口气，说，"我猜她大概是因为自己的身世，内心有些自卑，怕别人嘲笑她，所以不愿意和大家交往。"

"听说返校那天，小瑕提前走的？"

"是吗？我没注意。那天中午天阴得厉害，很多人没带伞，担心淋雨。大扫除的时候乱哄哄的，打扫完教室和走廊，连窗户都没擦，老师就宣布放学，我也和同路的同学一起回家了。"

"沈娇曾经和高年级男生发生过冲突，你知道吗？"

"那个男生是外校的，他的朋友是我们学校高中部的。一次他来找朋友打球，无意中碰见沈娇，就连着好几天放学的时候混进学校里找她，把沈娇惹急了，打电话叫来她表哥揍了那个男生一顿。"

方一同还有这两下子？我脑海里闪出一个两百多斤的大胖子气喘吁吁地满操场追打一个身形矫健的大男孩的画面，不禁想笑。

"什么表哥？是彪哥。苹果4就是他送的——慢走啊姐们儿，有空常来。"涂着一脸浓妆的徐颖冲起身离店的一名满身潮牌的年轻女孩热情挥手告别。

连续两次高考失败的徐颖不想花钱上个徒有其名的三本，用她自己的话说，实在不想读书了，与其虚掷四年光阴，不如趁早进入社会。反正三本毕业也找不到好工作，于是把家里给她准备上大学的钱拿出来开了一家美甲店。可能是位置选得好，看上去生意不错，除了她自己，还聘请了五名员工。

目送刚刚做完美甲的女孩走出店门，她回过头继续道："沈娇家里管得严，才不会给她买手机呢。她生气就是因为他爸娶了个后妈，把钱都花在那个女人身上了，要不怎么住校呢？有一阵子她和家里闹得凶，她爸把她的生活费都停了，逼她回去认错，但她宁可一天就吃一顿泡面也不回家认错。后来不知怎么回事，她突然又有钱了，还买了好多高档化妆品。我以为她跟家里和解了，她却说没有，我也就不好再问了。"

"彪哥是谁？"

"不清楚，我问过沈娇，她不肯说。那人看起来很凶的，胸口纹了个狼头，下手也狠，几下就把那个男生打得爬不起来。"

我在心中把这个彪哥加重了一下印象，随后问她对韩莹莹坠楼事件了解多少。

"这事我比其他人知道得早，是沈娇告诉我的。那天大扫除结束后沈娇和韩莹莹一起回到宿舍，中间韩莹莹被宿管叫出去一次，回来后就坐立不安的。沈娇问她怎么了，她也没说，过了一会儿就出去了，再也没回来。直到警车和救护车开进学校，沈娇和宿舍里几个住校的同学跑出去看热闹，才发现韩莹莹跳楼了。然后校领导就来了，把在场的人都撵回去，事后还特意警告所有人不许谈论和扩散这件事，如有违反一律开除学籍。但沈娇心里藏不住事，开学前三天，我提前回校办新学期的住宿手续时，她就偷偷告诉我了。当天晚上还要拉着我一起去看小瑕，但是我不愿意去。"

"你为什么不愿意去？"

"平时我和小瑕连话都没说过几句，突然跑到家里去安慰人家，多尴尬啊，我都不知道说什么，后来沈娇自己去的——你好两位，想做美甲还是美睫？耳眼儿也能打。"

又有顾客走进店里，徐颖撇下我去招呼了。

02

我坐在车里一根接一根地抽烟，脑子里琢磨下一步的去向，直到姜琳琳打来电话，这才想起之前在她店里订过一块蛋糕，说好了今天取。我扔掉手里的半截烟，发动车子赶到爱民巷。头一次发现这条巷子这么窄，以前步行过来没感觉。地上连停车位都没画，路两边却停满了大大小小的各种车辆。我踅摸了半天也没找到空位，只好把车骑在路边的马路牙子上，心里想着尽量快去快回。

没想到姜琳琳今天搞活动促销，店里全是带着小孩子的顾客，吵吵嚷嚷的，只有她一个人在忙活，没见到小瑕，大概又去上门送货了。

等了好一会儿，姜琳琳终于从人堆里看到我，招手把我叫过去，取出早已打好包装的蛋糕，递给我的时候眼神怪怪的，似乎有什么话想说。因为我答应小瑕不把她寻找父亲的事情告诉姜琳琳，结果被她误会我对小瑕有想法，以往每次来店里没少受到对方的调侃。我赶紧趁着人多匆匆跟她打个招呼，拎起蛋糕出了门。

回到车前，不禁大呼倒霉，一百块钱又没了！同样倒霉的还有路边的所有机动车，一大溜驾驶窗上全部贴着白花花的罚单，放眼望去颇为壮观。我抬手撕下罚单，正要扔掉，忽然一种似曾相识的感觉生了出来，这张罚单我以前好像在哪儿见过。

看到单子上手写的违停地点，我猛然想起调查夏天那起海滩谋杀案的过程中，曾经帮韩长庚检过一次车。缴费的时候发现这辆车挂了七条违章，其中三条是违法停车，且三次违停都在同一地点，就是这条爱民巷。当时我还在想韩长庚是不是和我不谋而合找到了同一个证人姜琳琳，后来发现不是，因为三次违停的时间全部发生在那起案子之前。今天要不是自己也被贴了条，我早把这事忘得一干二净了。

望着不远处的琳琳西点屋，我改变了主意。原本打算直接回宿舍的，但此时忽然想找个人聊聊。

20分钟后，我敲开了师父老周家的门。

"小子，今天休班？"老周看到我很高兴，随即皱眉，"来就是了，拎东西干吗？"

"路过，上来看看您，空着手怕您把我撵出去。"我笑嘻嘻地跟着他进门。

"你空手来我家蹭饭的次数还少了？"老周哼了一声，还是乐呵呵地接了过去，"我和你师娘的生日上个月就过了，怎么又想起买蛋糕？"

"新上市的锦鲤蛋糕，寓意好，就买了。"我没好意思说蛋糕的来历。

老周顺手揭开盖子，看了一眼，一脸茫然："这东西啥寓意？"

"锦鲤的寓意是好运和吉祥……"我往盒子里瞅去，也怔住，怎么和我那天在店里看的不一样？锦鲤倒是有，两条，但不是当初柜台里展示的逐于水中的姿态，而是两条鱼交缠着嘴对嘴相互吐泡泡。想到姜琳琳把蛋糕交给我时怪异的眼神，就知道被她耍了。她早就看出我说买蛋糕给师父过生日是个借口，非但没有戳穿，反倒故意弄出两条鱼交尾亲嘴的造型恶心我。对了，上个月师父师娘过生日的蛋糕就是在她店里定做的，当时怎么把这茬忘了？

我只好顺着瞎话往下编："两条锦鲤缠在一起……就是相濡以沫的意思，我特羡慕您和师娘的感情。"

没想到老周当了真，叹气道："上次那个姑娘是你师娘没掌好眼，没想到她第一次见面就跟你提买车买房的，别说是你，我和你师娘听了都有气。要不，你再考虑一下岚岚？"

"不是我不考虑，是岚岚没看上我啊。"我苦笑。

好像上了年纪的人都喜欢给晚辈张罗婚事。自从我警校毕业后认了老周这位老刑警作师父，他们老两口为了解决我的单身问题真是没少操心，加上老周自己的亲侄女岚岚,已经给我介绍四五个对象了,可惜最后都没成。

我不想延续这个话题,赶紧岔开:"怎么没看见师娘?"

"去药店了,今天是取药的日子。"

今年6月初,老周体检时查出肺部有结节。由于发现早手术及时,在切除了三分之一肺叶后一度恢复得不错,可是近期复查中,X光片又照出了阴影。医生建议服用一种进口的靶向药,这药死贵,还走不了医保,需要自费服用半年厂方才会给赠药。正是这一天五百元的药钱让老周心疼不已,本来已经养得差不多的精气神一下子抽走了大半,想起来就骂那些外国制药厂心黑,谁劝都没用。

见我神色黯然,老周笑着摆摆手,指着自己的胸腔说:"好多了,前天拍的片子,阴影小了。你别说,这东西贵就有贵的道理。"

我看不出他是不是在故意宽慰我,只好点点头,心里提醒自己抽空去医院问问情况。

"说说吧,遇到什么难题了?"老周看出我揣着心事,指了指对面的沙发让我坐,"要是不涉密的话,我也听听。"

当然涉及不到泄密的问题。老周属于在职医疗,并未从刑侦队伍中退下来,等他病好了就算由于身体原因回不到一线,队里也会给他保留一个文职岗位,几十年的刑侦经验是不可多得的宝贵财富。而且老周乐于教人,不藏私,光凭这一点,就不是我那个整天阴着脸一声不吭的搭档韩长庚能比的。

但我现在不想讨论沈娇溺亡案的细节,因为我觉得这个案子背后还有更多东西没有呈现出来。我甚至隐隐感到,沈娇的死只是一个开始,后面将有更多的事情发生。我想做的就是,阻止它。

想了想,我对老周说:"师父,我想知道您当初为什么选择当警察?"

"为了玩枪。"老周给出一个我完全没有想到的答案,他笑着说,"我是90年代初退伍的,当时没那么多选择,要么进企业,要么进司法口,至于下海经商,我想都没想过。我们那批兵除了个别家里有关系的进了商业局,大部分都去了企业,因为企业挣钱多。我在部队里就喜欢枪,刚接触射击训练的时候兴奋得不行,恨不得晚上搂着枪睡,为了多摸两年枪,我特意转了志愿兵。所以分配工作的时候我没犹豫,直接选了当警察,就是为了能继续玩枪。可谁想到枪是随时能摸到了,开的机会却不多,一年才赶上一次实弹训练,用弹量和部队上根本没法比。至于平时执行任务,我这20多年下来只开过六枪,其中四次还是鸣枪示警。不过和当初的战友比起来,我的际遇算好的,那些分配到企业里的,没过几年就下岗了。"

提到往事,老周叹了口气,问我:"你又是什么原因当警察的?"

"考不上清北呗。"我笑道,见老周直撇嘴,只好实话实说,"我爸妈,还有我们家大部分亲戚都是铁路的,所以想让我也进铁路系统。路子都安排好了,大学毕业后在基层熬两三年就能进机关,只要不犯大错,这辈子就能捧着几张报纸一杯茶水干到退休。这种日子想想就没意思,一辈子过得跟一天似的,就偷偷改了报考志愿。我爸知道的时候已经晚了,当时差点和我断绝父子关系。"

"那种日子是没意思,但是生活有保障。老人都是为了子女好,可惜你爸妈摊上你这个不领情的家伙。"

"文哥也是志愿当兵的?"我斜着眼睛看老周。

文哥是老周的独生子,听师娘说他的志向是当海员周游世界,结果硬是被老周拎着脖领子拿脚踹进了军营。为此文哥恨上了他老爸,入伍两年没用过一次探亲假。直到半年前老周做手术,文哥才请了假匆匆跑回来探望,结果在家没待几天就被老周赶回部队去了,气得师娘半个月没和老周说话。

这事不能提,一提就炸。我话音刚落,脑袋上就挨了一巴掌,老周气咻咻地说:"当兵有什么不好?光荣!一辈子没当过兵还好意思说自己是男人?"

没当过兵的男人多了。可这话不敢说,我不知道老周当兵时经历了什么,以至于过了这么多年仍对部队保有如此深厚的感情,只好顺着他的意思引导话题:"嗯嗯,我觉得当警察也一样光荣。对了,师父,您办了这么多年案子,遇没遇到过特别棘手的情况,比如明知道嫌疑人是迫于无奈,甚至有可能是被冤枉的,还是要抓他?"

老周的神情肃穆下来,说:"既然被称为嫌疑人,就说明一定有证据指向他。我不敢保证这些年没有错抓过一个好人,但至少在我手里,肯定没有故意冤枉一个人或者屈打成招的情况。退一步说,假如嫌疑人真的被冤枉了,后面还有检察机关和法院监督把关,一错再错的现象现在已经很少发生了。"

"如果案件没有移交到检察机关呢?"

"除非嫌疑人和被害人都死了,才可能出现这种情况。"

"那法律对他们来说还有意义吗?或者我这样问,师父,您觉得法律存在的意义是什么?"

老周惊讶地瞪着我说:"小子,你今儿怎么了,话题一个比一个大?"

我笑笑,不答。

老周思索了片刻,正色道:"我就不重复那些书本上的说法了。通常来说的理解是,法律的存在是为了防止社会变坏。它给人们划出了一条行为底线,告诉人们哪些事情是不能做的,做了就会受到惩罚。同时,法律还是仲裁依据,人们有了纷争,可以依靠法律仲裁出一个公平的结果。"

"如果有人觉得这个结果不公平呢?"

"这世上没有绝对的公平,法律也做不到。比如同样是故意杀人,凶手如果未成年就不会被判死刑。所以说,公平只是相对的,但是没有法律,我们连相对的公平都得不到。都说日本人素质高有教养,不插队不随地吐痰,不在公共场所高声喧哗,其实这和日本人的素质好坏没有关系,而是因为日本从1948年就开始施行《轻犯罪法》。即使相对轻微的危害行为,都是法律禁止的,违反了就会被判以最多29天的拘留,同时处以高额罚款,70多年过去了才把国民调教成现在这个样子。咱们这么大的国家,这么多的人口，经济搞上去才几年？仓廪实而知礼节，文明是随着社会进步一点点提高的，道德修养也是，法律制订得再完善也比不上人们发自内心的自我约束。即使强行抬高了犯罪成本，只要自己的心管不住，看什么都不会公平。"

老周话说多了，有些气喘，停了一会儿，说："你怎么想到问这个问题？"

我沉吟着道："曾经有人对我说，这世上每个人都有私念。碰到事情只分对错不看利弊，毫不掺杂自己的个人感情，那是圣人，警察也是普通人，也有自己的感情。"

"这话没错，警察只是身份，不是圣人。"

"如果警察的身份和法律冲突了呢？"

老周没有说话，就这么一言不发地看着我。空气在寂静中凝结，我听到自己心跳的声音，不禁有些后悔和他讨论如此严肃的话题。

随着沉默时间的延长，老周的目光渐渐变得锐利，就在我以为他又要发飙的时候，老周忽然叹了口气，道："说实话，我也不知该怎么做。我很难刚刚承认警察也是有感情的普通人，回过头来就教你大义灭亲。我更不能身为警察，却教你营私舞弊、徇私枉法。"

老周轻轻摇着头说："这种高度的问题，已经不是我这个师父能教你的了。有些事情你既然遇到了就不能逃避，至于怎么做，遵从自己的本心吧，只是一旦做了决定就不要后悔。那种数十年如一日一眼就能看到人生尽头的日子，虽然安逸，但也确实没什么意思。师父能告诫你的只有两件事：一是不要因为想活得精彩而忘记自己的身份，时刻记着你头顶的警徽在看着你，有些事就算你能瞒得过所有人，也瞒不过自己的良心；二是，不要轻易怀疑自己人。"

夜晚躺在床上睡不着，我想着老周给我的告诫，这绝对是我认识他以来收到的最严厉的警告了。但事情是否真的如我猜想的那样？我不确定。虽然在老周面前我表现得很笃定，其实心底连半分把握都没有。或许，又是我的悲观性格在作祟。

清亮的月光在地面上映出夜的影子。我在脑海里一遍一遍地过电影，内容是案发当日绿岛公园的监控录像，其中一个片段是我很想忽略掉的，但越这样想反而印象越深：继沈娇从公园正门的监控探头前过去不久，一个头戴太阳帽脑后扎着马尾的年轻女孩走进画面。

我之所以能在人群熙攘中注意到她，是因为某个瞬间，女孩的项间有什么东西忽地一闪。我被画面中的特殊亮点吸引，信手放大图像，虽然有些模糊，但足够让我认出那是一枚硬币，刚刚由于角度关系恰好反射了近处的灯光。

用硬币当吊坠，除了韩长庚，我只知道一个人有这种习惯。

我的目光跟着女孩走进公园，树荫下、广场上、步道间……在即将离开监控区域的最后一个探头前，我终于看清了那张帽檐遮挡下的清秀脸孔，是小瑕。

我无法准确描述那一刻的心情，只觉得胸中突然涌出强烈的不安，因为这段视频的出现，唤醒了我潜藏在意识深处关于一个细节的记忆：小瑕是左撇子。

其实在当天早上法医丁珺介绍案情时就做过分析，嫌疑人身高在155厘米至165厘米之间，体型偏弱，左利手。

一切特征都与小瑕吻合。听到左利手三个字，我眼前甚至闪过前一天中午吃冷面时小瑕和我调换座位的情景。

不过在当时，我坚定地认为这只是一种巧合，小瑕没有任何理由能够成为案件嫌疑人。之后的监控内容也证实了我的判断。在所有的监控画面中，小瑕和沈娇从未同时出现过，证明两人没有交集。而且，小瑕是不到晚8点就离开公园的，走的仍是正门，而沈娇的遇害时间最早只能推到晚8点半，时间衔接不上。这虽然不能算作有案发时间不在现场的铁证——除非另有证据表明小瑕在那段时间的动向，但至少看不出她与这个案子有什么瓜葛。

令我本已消除的担心再度出现的原因，是方一同家里那张沈娇与韩莹莹的合影。我之所以将小瑕排除在嫌疑人之外，最坚实的理由就是她和沈娇素不相识，根本不存在犯罪可能性。如今这一至关重要的依据被那张七年前的合影击得粉碎，小瑕、沈娇和韩莹莹，都是曾经的同班同学。

小瑕

01

梁朴死后,我陷入了长时间的精神恍惚,不但记忆减退,注意力也很难集中,别人和我说话要顿一下才能反应过来,而且一想事情就头疼,连带着身体也变得虚弱。校领导很重视我的情况,安排人带我看了医生。医生说我是心理压力过大和过度紧张焦虑引起的,开了好多药,建议我多休息一段时间。

开学的前一天,李雯来到宿舍,通知我可以搬回家住了。我奇怪为什么是她来通知我,但我懒得问,更懒得想。像接出院的病人回家一样,李雯帮我拿着洗漱用品,陪我步行穿过大半个校园。一路上阳光灿烂,我却发自内心地觉得冷。李雯见我直打哆嗦,就把我揽在怀里,搂着我的肩膀回到院外的教师家属楼。

门上的封条不见了,屋子里的东西也收拾得整整齐齐,连地板都擦得能照见人影,那天的大搜查仿佛从未发生过。但我还是一眼就看出沙发上的靠枕变了位置,餐桌上的电水壶被放到了厨房,平时随意扔进衣柜里的睡衣平顺地搭在衣挂上……太多太多细节的改变提醒着我,这个曾经无比熟悉的家已没有任何秘密可言。

但是,我懒得理会。

李雯把我扶到沙发上坐下,问我想吃什么。我摇头。

"那就休息一会儿吧。"她说。

我倒在沙发上,很快就睡了过去。醒来的时候发现身上多了条毛巾被,墙上的灯亮着,外面的天已经黑透。

"你醒了。"突然响起的李雯的声音吓了我一跳。我以为她早走了,接着闻到饭菜的香味。

"饿了吧?"

"嗯。"

"快来,我早就饿了,就等着你睡醒一起吃呢。"

我走过去。李雯把盛好的饭递给我,然后掀起盖在菜上的盘子,中间是一条红烧鱼。

"来,尝尝我的手艺怎么样?"

我夹了一口放进嘴里,机械地咀嚼:"好吃。"

"别恭维我了,知道你会做红烧鱼,我可是现学现卖,长这么大第一次做鱼。"

"李老师……"

"是不是想问我为什么这么晚了还赖在你家不走?"李雯笑着说,"因为可以不用上课啊,还能正常拿工资,多好的差事啊。我可是跟校领导求了好久才争取到的机会,你不会忍心赶我走吧?"

我明白了,校领导怕我出意外,特意安排了老师陪我同吃同住。之所以让李雯来,大概是考虑到她追求过梁朴,希望她能够因为这份曾经的感情对我爱屋及乌吧。

"想哭吗?"李雯见我端着饭碗呆呆出神,轻声说,"那就哭出来。"

我摇摇头,继续吃饭,吃着吃着,眼泪止不住地流下来。我明明什么都没想,脑子里空空的,可是这种空空的感觉让我不自觉地心里发酸,控制不住眼泪。

李雯叹了口气,走过来抱住我,我哭得涕泪成河……

第二天的开学典礼结束后，校领导和班主任来看我。他们建议我休学一个学期，并一再安慰我不要对未来担心，承诺在我高中毕业之前，学校会免除我的一切学杂费用，然后告诉我两件事。

第一件是根据法律规定，我的监护权由逝去的梁朴变更为户籍所在地的社区居委会。因为校领导和民政局的人考察了梁朴的顺位直系亲属，发现他们不符合继续收养我的条件。来的人中有位大妈自称是社区的办事员，她向我出示了领养证和收养公证书，让我在一份协议上签了字。

虽然当时我的思维反应比较慢，但还是听出了言外之意：梁朴的直系亲属中没有人愿意收养我。对此我并不感到意外。过去的四年时间里，我很少见到梁朴家的亲戚。只有第一年的春节，梁朴的妹妹来看他，当着我的面毫不掩饰地向她哥哥表达了对于收养我的不满。话说得很直白，除了代表家中长辈担心梁家无后外，还抱怨哥哥找了个外人来争家产。从那以后，梁朴和家里的亲戚断了往来。

第二件事是其他人走后高中教导处的陈主任和副校长对我说的。内容主要是希望我配合校方的统一口径，对外不要提及梁朴和韩莹莹的死因及具体情况，以此维护学校声誉。

我点头答应。实际上直到此刻，我对梁朴到底因为什么跳楼一无所知。警方给出的说法是，畏罪自杀。

临走的时候陈主任交给我一张银行卡，告诉我因为检方鉴于梁朴已死的事实没有提起公诉，所以能够正常领取丧葬费，最后问我还有什么要求。

我没有任何要求，只提出不需要人陪护。我有手有脚，生活完全能够自理，不必对我特殊照顾。陈主任没有答应。

事实证明我高估了自己的精神意志和身体素质。第三天晚间起夜时，刚下床就腿一软坐在地上，想站起来却发现两腿不听使唤。我以为自己瘫痪了，吓得大哭，惊醒了睡在沙发上的李雯。她跑过来问明情况，把双手搓热了，将掌跟抵住我的后腰用力地揉。我这才感觉到整个腰部绷得紧紧的,同时感受到李雯手掌的温热和大得出奇的力道。揉了七八分钟,终于让痉挛的肌肉松散开。

"刚才做噩梦了吧?"

"你怎么知道?"

"人在缺乏安全感的时候会不自觉地把身体蜷起来,就像婴儿在母体里一样,因为潜意识告诉我们,这是最安全的姿态。蜷缩的时间长了,肌肉自然就会痉挛。"

去完厕所,李雯扶我上床躺好,她把床头灯调暗,拉了把椅子坐在床边:"睡吧,我看着你,你就不会做噩梦了。"

我刚要摇头,她握住我的一只手,笑着说:"可惜我不会唱摇篮曲,也不会讲故事,只能陪你数绵羊了……"

昏黄的灯光使她脸庞的方正轮廓变得柔和,看上去有一种独特的女性的美。我不由得握紧了她的手。

在家中休息了两个多月,我的精神状态逐渐好转。最显著的变化是反应能跟上了,精神不再恍惚,只是偶尔思考问题时,头还会疼,但没有之前那么剧烈。以前脑海中缺失的记忆碎片也陆续回归,但仍无法拼凑出整个事件的经过。这是由于我本身在事件中所处的视角决定的,很多视角以外的东西我看不到,也没有人能告诉我,包括李雯。

开始我以为她是担心提到梁朴会刺激到我而刻意回避相关话题,后来发现并非如此。作为副科老师,李雯甚至都没有参加那天的返校。她是在开学的前一天,就是去学生宿舍接我回家的那天,才从关系要好的老师那里惊闻此事的。然后她直接跑去问陈主任,在得知校方正在考虑陪护我的人选时,就主动承揽下来。对于整个事件的始末,她知道的并不比我多。

李雯是个细心的人,不但每天按时提醒我吃各种不同的药,连我每个月的生理期都准确地记着。当我说起已经康复不需要陪护时,她总是开玩笑地央求我不要炒她鱿鱼,说在这里睡沙发都比她的单身宿舍舒服多了。我无法判断她说的是真是假,但她真的每天晚上都睡沙发。除了打扫卫生，她从不进入梁朴的房间，无论我怎样劝说，她都坚持。

"这是什么？"

李雯帮我收拾换季的衣服时，从衣柜的抽屉里找到一个袋子，里面装着几块包着糯米纸的高粱饴。高粱饴早已失去水分，硬得像块木头。我拿出一块含在嘴里，感受着它在口中慢慢变软，最后化成淡淡的甘甜。

"这是妈妈的味道。"我说。

李雯看看我，忽然把手背贴到我脑门上，然后又贴在自己额头上试了试，满脸疑惑。

我笑了。

11月7日，立冬。

下午，校领导在征求了李雯的意见后同意了我提前复课的申请，我明天就可以重返学校。近期我一直在自学新学期的课程，希望能够跟上进度。

晚上，李雯炒了几个菜，包了我最爱吃的茴香馅饺子，还特意买了一箱啤酒，让这顿告别晚餐显得有点正式。

想到去年这天，我和梁朴、韩莹莹还在一起热热闹闹地聊天包饺子，转眼他们两人都不在了，不免悲从中来。李雯察觉到我的情绪，给我倒了一杯饮料。

李雯给自己的杯子倒满红酒，又是一口干掉。连干了三杯，李雯的脸颊生起一抹绯红，她瞅着我说："知道我为什么主动申请来照顾你吗？"

不等我说话，她接着道："我想近距离看看你。看看你到底有什么特别，梁朴为了你不愿成家，我想知道为什么。"

我小心地问："你找到答案了吗？"

李雯失望地摇头："我原本以为是你刁蛮任性，怕我和梁朴在一起后受到冷落甚至遗弃，所以在中间作梗。对了，还记得刚回家的第三天晚上你起夜时突然摔倒吗？"

"当然记得，是你帮我按摩揉好的，真的谢谢你。"

"不用谢我。"李雯定定地看了我一会儿,说:"其实就差一点点,你就真的再也站不起来了。"

我茫然不解。

李雯又给自己倒了一杯酒,仰头喝了半杯,说:"我爸爸是中医,我小时候跟他学过不少杂七杂八的知识。人体腰部沿脊椎的一条线上有很多重要穴位,如果按压手法不对,很容易造成永久损伤。你当时的身体状态极差,正是下手的好机会,过后也不会有人怀疑是我做的。我说的差一点点,是指我心头的魔鬼,就差那么一点点险些没有压住。"

我惊讶地看向李雯,心中升起的后怕令我瞬间脊背发冷。

她淡淡地笑了一下:"通过后来两个多月的相处,我发现你不是我想象中的那种人,所以我庆幸那天晚上没有这么做。既然问题的答案不在你身上,那就是在我身上了。"

李雯摸着自己突出的下颌骨,说:"我知道这张脸长得难看,好好的女人身体却生了一张方正的脸。其实现在的磨骨手术很容易就能把脸型修正过来,而且比原来还好看,但我不想做手术。你知道吗?梁朴是我长这么大第一次真心喜欢的男人,所以我不想骗他,想给他展示真实的自己,等他接受我之后再给他一个惊喜。整形医生说我一旦做完手术,朋友一定认不出来的。可是他却死了……"

那天晚上,我们说了好多话,大部分时间是她说,我听。到最后,她不出意外地醉了,搂着我又哭又笑,她不让我叫她老师,让我叫她姐姐。我却清醒得像个哲人。

我把她扶进梁朴的房间,她一头扑倒在床上,把梁朴的枕头紧紧抱在怀里,闭着眼睛对我说:"能在他住过的地方睡一晚,我的心愿了了,明天的我将是一个全新的我。"

她的脸上在笑,眼角却流出泪水。我忽然觉得梁朴错过了她,是最大的遗憾。

第二天早上起来,李雯已经走了。桌上留着她手写的一张字条,只有两个字:珍重。

那天之后，我很久没有见到她，问起相关的老师，说她已经离职了。

重新回归校园，看到同学们一张张生动的面孔，感觉恍如隔世。班里少了两个人，除了韩莹莹，还有一个沈娇。听说沈娇的老爸在得知女儿的室友意外坠楼后，对铁路中学的管理水平不满，开学不久就把沈娇转去了外地的私立学校。

我努力让自己显得振作，让别人认为我从过往的伤痛中走出来了。但是没人在乎，没有人问我梁朴去哪儿了，以致我为了配合校方保密要求而准备好的说辞压根没派上用场；也没有人在我面前提起韩莹莹，仿佛班级里从来没有这个人。上课时老师不点我的名字，课间休息也没有人喊我一起出去放松或上厕所。所有人都在小心翼翼地维护我脆弱的心灵，也都在刻意保持和我的距离。

我变成了隐形人。

这期间，李言来过两次。第一次由于我被陈主任安排去医院做复查，没见着。第二次他特意等在晚自习开始之前，利用短暂的休息时间跟我聊了一会儿。他对我重新上课感到高兴。我趁机向他询问校园坠楼案的整个经过，尤其是梁朴被带走后，为什么从刚开始说好的配合警方调查变成了最后的畏罪自杀，中间经历了什么。

李言沉默片刻，说等我高中毕业了再告诉我，因为我现在还未成年。

我不明白这和成不成年有什么关系，但从此李言再也没来看过我，只能偶尔在校门口的警卫室瞥见他的身影。

02

第二年我顺利通过中考，升入高一。同年夏天，学校迎来重大教育体制改革，由原来的铁路子弟学校改为地方学校，裁撤初中部的同时合并了市内其他几所高中。重新分班后，原来的初中同学在新班级的比例不到五分之一。学校的师资队伍也进行了大换血,原铁路中学的老师十不存一,校园里到处充斥着陌生面孔。很多新生在崭新的实验楼里穿行、打闹,没有人知道那里曾经发生了什么。

时间在平静的生活和紧张的学习中度过。到了高二下学期,高考倒计时400天开始启动。教室和走廊的墙上到处贴着"有志者事竟成""人生难得几回搏"之类的励志标语;老师则一遍遍地告诫我们,高考是人生中唯一一次不看家庭条件、不看考生背景,也不看你长相美丑的公平竞争。于是,身边同学无论学习好的学习差的都开始努力发奋。唯独我,不知为什么就是紧张不起来,总是隐隐觉得自己的心已经不在校园了。

就是在这种心不在焉的状态中,我再次见到了李雯。当时我正在夕阳下的操场上徘徊,犹豫要不要上晚自习。

"怎么,不认识我了?"面前是一个黛眉弯弯下颌尖尖披着栗色波浪秀发的漂亮女郎,在她身后是绚烂无边的晚霞。

"我……认得你的声音。"

"也要认得我的样子。"李雯拿起我的手,去摸她圆润的颌骨,手感滑腻自然,要是不说,完全看不出做过整形。

"真好看。"我由衷地说,"你现在的样子像明星。"

李雯咯咯笑起来,像从前一样搂着我的肩膀向前漫步:"你的头疼好了吗?现在还吃药吗?"

"彻底好了,早就不吃药了。你现在在干吗?"

"在一家商业公司,跑销售。"

"怎么才想起来看我?"

"我是来跟你告别的。"

"你要去哪儿?"

"南方,广州。"

"不回来了?"

"除非我老公愿意把家搬过来。"

"你结婚了?"

"还没有,下周我们举行婚礼。"

"可惜太远了,我参加不了你的婚礼。"我鼻子发酸,油然生出浓浓的伤感,又一个熟悉的人离我远去了。

"我的电话号码不变,一会儿把地址留给你。等你毕业了,有的是机会来看我。"

"好,到时我一定去看你。"

"其实……"

"怎么了?说话吞吞吐吐的,这可不像我认识的李雯姐。"

"小瑕,有些话其实我早就想跟你说的,但你当时的身体和精神状态都不好,我怕说了会加重你的病情,所以一直拖到了现在。"

"关于梁老师的?"

"嗯。你听说过社会排斥理论吗?"

"我在书上看到过。好像最早是法国人提出的,大概是指个人和社会之间关系的断裂。后来引申为一个人如果特立独行,就会遭到周围人群的集体排斥,和成语'木秀于林,风必摧之'的意思差不多。"

"这种现象在自然界中也有很多,比如一只蚂蚁到了新的种群,即使它们的外表长得一模一样,这只新蚂蚁也会被整个蚁群集体排斥或杀死。"

"你到底想说什么?"

"梁朴就是这只蚂蚁,他从始至终都没有融入身边的族群。当别人谈论房子车子的时候,他不感兴趣;当别人结婚成家给子女谋划前途的时候,他却连恋爱都不谈而收养了你;当别人得过且过混日子的时候,他却是连续十年的优秀教师和先进工作者;最让人不能容忍的是,当别人疯狂补课挣钱的时候,他却免费给自己的学生补课。这让别的老师怎么想?教师只是个职业,其本质也是有血有肉有欲望的大活人,不会因为自己从事的职业高尚就改变内心固有的欲望。梁朴虽然没有挡别人的财路,却也没有能让别人抓住的把柄。梁朴把自己活成了出淤泥而不染的荷花,别人就成了陪衬他的淤泥。别人凭什么要陪衬?为什么梁朴在第二轮的警方调查中，大家对他的评价急转直下？很简单，因为人们终于找到了毁掉他的机会。可是……我喜欢的就是他的清高，喜欢他的特立独行……"

说到这里，李雯已经泣不成声。

不记得哪本书里说过，人的成长不是由长年累月的时间堆积出来的，而是在一次次头破血流中与现实生活碰撞出来的。那天在晚霞中与李雯的对话无疑是我成长路上的重要节点。原来我心中圣洁的象牙塔没有那么美好。

原来，我也是一只步梁朴后尘的蚂蚁。

在我开始陷入对人生和未来思考的时候，梁朴的妹妹找到了我。由于和梁朴断绝了往来，她近期才无意中从他人口中听说哥哥三年前跳楼自杀的噩耗，便立刻找上门来。和她一起的还有个年龄与我相仿的大男孩，听称呼是她的儿子，尽管面相稚嫩，却努力拧着眉板着脸，让自己看起来比较凶恶。

对方的来意很简单，要求分割梁朴的遗产，具体说就是我现在住的房子。他们来之前或许了解过一些关于监护人亡故后的遗产继承问题，但明显不认为这会构成阻碍：梁家的财产凭什么被一个自己家领养不超过四年的外人霸占？

她提出了一个看上去并不过分的要求，这房子她只要一半——只要我按照房价市值百分之五十的金额支付给她，这房子就百分之百属于我了，她保证日后不会再有梁家的人来骚扰我。这是她看在已故哥哥的情分上对我的照顾。

放在以前，我说不定就傻傻地相信了。可是经过与李雯的操场对话，我不得不把人的心思想得更加复杂。为什么要我给她钱？而不是她给我一半的房价让我搬走？我一个高二学生哪有那么一大笔钱付给她？最大的可能是她不清楚梁朴是否还有其他财产留给了我，如果我真的能拿出钱来，相信她后面一定还有更多的手段等着我。

"不用这么麻烦。"我说，"这房子是梁老师的，我不要。我只有一个请求,请让我在这里居住到高中毕业,到时我会搬走。"

对方紧紧地盯着我,似乎想看透背后的阴谋。

"没有阴谋。梁老师收养我的手续是合法且经过公证的,就算打官司,我也有信心继承这套房子。但是,我愿意放弃。"

对方完全没有想到我会做出这样的决定,娘儿俩低声商量了很久后,对我说:"立字据。"

我在她们拟定的协议上签字,按了手印。做完这一切后,我感到了前所未有的轻松。

不过真正促使我决心离开校园的,是另一件事。

03

端午节前一天的晚上,放学后我来不及吃饭就乘公交车匆匆赶到夜市。这里卖的鲜花便宜,我想趁着假期到妈妈的墓前看看,顺便祭拜一下梁老师。没想到这一天恰逢周末,夜市上人山人海,别说闲逛,连走路都挪不开脚。

等我好不容易买完鲜花从人群里挤出来,肚子早已饿得咕咕叫了。看到路边有卖各种小吃的,我便挑了个人少的卖酸辣粉的摊子坐下。

工夫不大,地摊老板把做好的酸辣粉端上来。我正要把准备好的五块钱递过去,忽然旁边伸出一只拿着十块钱的手:"老板,再来一碗。"

我回头看去,竟是韩莹莹的爸爸。三年不见,他还是那么瘦削,不过气色比当初好了许多,曾经令人不敢逼视的目光也变得平和。

他径直在桌子对面坐下,道:"不介意拼桌吧?"

我有点发蒙,不知道这是偶遇还是对方有意跟踪我,却一眼看到对方脖子上挂着一条黑色的皮绳,皮绳末端拴着一枚黄灿灿的福字硬币。

"韩叔叔。"我说话的同时,下意识地拉紧自己的领口。

他点点头。

我想起出事后韩莹莹妈妈悲痛欲绝的样子，不由问道："阿姨还好吧？"

"不好。莹莹走后，她大病了一场，病好后我们就离婚了。"

"为什么？"

他轻轻摇了摇头："大人的事，你不懂。"

我只好低头不语。

老板把他的那份酸辣粉端上来，我们同时拿起筷子，他的目光瞬间落在我的左手上。我心里一突，想要换手拿筷子已经来不及了。他却收回目光，说了句"吃吧"。

我努力让自己镇定下来，刚吃了两口，他已经风卷残云把一碗酸辣粉全部倒进了肚子，然后不说话地看着我。见我要放下筷子，他摆了下手，示意我接着吃。

我默默地吃了小半碗，实在忍不住问道："韩叔叔是特意来找我的吗？"

他没有回答，反问道："莹莹出事那天，她为什么要去实验楼？"

"不知道。"我心里颤了一下。原来他一直没有放下女儿的死。

对方没听见一样继续问："她是去那里找你的吗？"

"我不知道！"我被自己不由自主提高的音调吓了一跳，周围的食客纷纷朝这边望过来。

他毫不在意别人的目光，伸手拨了一下我放在旁边凳子上的鲜花，说："明天是端午节，这个日子买花，你是要去祭拜失踪的那个人吗？"

他说的是高阳吗？我一愣，下意识地道："高叔叔不是端午节失踪的。"

"我说的不是高阳。"他慢慢抬起头，"我说的是你的继父，崔克昌。"

那一刻，我又看到了熟悉的刀锋般犀利的目光。脑海里有个声音告诉我：是时候离开了。

陈律

01

早上刚要出门,正遇上钟队带着大队人马回来。我在人群里找了一圈,没看到韩长庚。钟队说当天到了地头韩长庚就和他分开了,之后再没碰过面,手机也打不通。

"那家伙要是回来了第一时间告诉我,我要找他算账!"

钟队恶狠狠地扔下这句话就走了,吓得我没敢多问,只好背地里找到和钟队一起出任务的严鹏打听。

严鹏蔫笑着告诉我,钟队临走时特意从家里带了两条香烟,以备熬夜蹲点时打点精神,没想到被老韩顺走了,到了晚上钟队把身上的烟抽没了才发现。由于大家伙儿一个萝卜一个坑,钟队坐镇指挥走不开,也不敢让队员擅离岗位给他去买烟,结果生生熬了一宿,为这事他已经骂了老韩好几天了。

但真正令钟队生气的不是因为这个,而是此次行动弄了这么大的动静却没有抓到嫌疑人张小海。

"不是抓到人了吗?"我明明看到大张他们从车里押下来一个染着黄毛的年轻人走进审讯室。

"他不是张小海。那小子是个混混儿,逛街的时候偷了一部手机,恰好就是张小海的。因为是外地的卡号,卡里还有话费和流量,这小子就没舍得扔,平时关机,打电话的时候才开机。"

"那还把他带回来干什么,交给当地派出所不就行了?"

"我们在他身上搜出另一部手机,里面存了不少裸照,有些看着像未成年少女,这小子说不出来历,钟队就把他带回来了。"

离开严鹏后,我拨打韩长庚的手机,提示不在服务区。

这番耽搁的时间不长,却恰好让我赶上了城市早高峰,出城的路堵得一塌糊涂。当我赶到城西铁合金厂住宅时,高雨已经带着患有阿尔茨海默症的老妈到外地的一家康复中心治疗去了。但我深切怀疑,高雨是故意利用这个借口爽约的,从她在电话里得知我是上次陪小瑕去看望她们母女的同伴时表现出明显的冷漠和敷衍就可以嗅出端倪。这种冷漠和敷衍,我猜也是顾忌我的警察身份,否则就直接拒绝了。至于我特意说明希望从朋友的角度了解那段往事的理由,想必她是不会相信的,好在她还有些顾忌,因此把她丈夫留了下来。

孙庆民,一个笑起来憨厚的中年汉子,今年五十出头。他是铁合金厂回转窑车间的高级技师,一辈子跟钛白粉、石灰石打交道,从学徒、初级工、中级工一步步熬过来的。早年间生产设备落后,车间粉尘大,他年纪轻轻的就患上了支气管炎,近些年调养得差不多了,但也落下个胸闷的毛病,话说多了,就觉得气不够用。

见面后,老孙就用奇怪的眼神上上下下打量我,好像我脸上开了一朵花,把我看得直发毛。在我忍不住要询问的时候,他笑了笑,先开了口:"你别见怪,当年高阳出事对他们一家打击太大,他姐一直没从阴影里走出来,平时还好,就是不能提她弟弟,一提就急。"话说完,就大口地吸气。

就在上次我和小瑕坐过的单元楼外的树荫下,老孙把泡好的茶饮递给我。

金银花、蒲公英、陈皮、百合泡水,据说有解毒清肺的功效。不知为什么没放冰糖,味道难以形容,我只尝了一小口,嘴里就像嚼了一把青草,舌头都木了。老孙的表情却很享受,眯着眼睛似乎要把其中的每一丝滋味都品出来。他说就是靠喝这东西治好了支气管炎,也不知是不是真的。

"刚认识高阳那会儿,我和他姐姐经人介绍相处不久,还没结婚。当时高阳在富锦小学,哦,当年叫铁路一小,附近开了家复印社。有时候我去市里办事顺便到他那儿看看,几乎十回有九回他都不在,店里人说他去隔壁的补习班帮忙了。开始我还奇怪我这未来小舅子怎么这么热心肠,后来才知道他在追求那个开补习班的老师。"

一杯茶饮下肚,老孙明显有了中气,嘴角现出一丝笑意:"看高阳见到蒋君萍的眼神就知道,这小子陷进去了。可笑他姐姐还让我帮着劝他,因为他家里,主要是他姐和他爸,都不同意他找一个离过婚的女人,何况对方还带着一个孩子。"

蒋君萍——我发现不知何时起对这个名字开始好奇起来:"她到底是个什么样的人?"

"是个很特别的女人。"老孙敛住笑容,沉吟着道,"她的相貌自然是出众的,没见她化过妆,但即使素颜也不比电视上的明星逊色,长得也年轻,要是不说根本看不出是孩子妈妈。至于性格,我不知道该怎样形容……她总是淡淡的,似乎对什么事都不感兴趣,也看不出在想什么。就算你离她很近,也能觉出一种疏离感。她静静地坐在那儿,就像一幅画,让你不忍心打扰。她明明在看着你,你却感觉她的目光穿透了你的身体,看向更远的地方。如果说高阳的热情像一团火,蒋君萍就像一潭水,一潭死水,扔块石头下去也不会泛起一丝波纹。我甚至看不出她到底喜不喜欢高阳。不过无所谓了——"

老孙喟叹一声,神情变得伤感:"人活着就像一场大梦,总有醒来的时候。15年了,当初带走高阳的那条河如今已经断流了,就是……有时候夜里睡不着,那天晚上的情景跟发生在昨天似的,一闭上眼睛就能看见。"

"那天早上起来就下雨,下了整整一天。下午三点多钟的时候,高阳突然打来电话,向我借三万块钱。我问他借钱干什么,他说拿来应急,具体情况等见了面再说,他已经在路上了,还说借钱的事千万别让他姐姐知道。电话里不好多问,我就去银行取了钱,在厂门口的收发室等他。可是一直等到下班,高阳也没来,手机也打不通。这时候雨越下越大,厂区里的水快没到脚背了,天也越来越黑,我坐不住了,喊了两个同事开上厂里的面包车打算出去迎一下。到了外面才发现路上的水已经很深了,有的地方车开过去就像船走在水面上。天上的雷一个接一个,我眼看着一棵四层楼高的大树被雷劈成两半,一半倒下来把路边的广告牌子砸塌了,剩下的一半就在大雨里燃烧……"

老孙说到这里,给自己的杯子重新添满水,要给我续水时,我拒绝了。

他端起杯子饮了两口,接着道:"我们勉强朝市区的方向开了五分钟就走不了了,不是没有路,而是完全不认识了,眼前是一眼望不到边的水。但我知道,前面应该有一座漫水桥,因为桥头的老槐树还在。但在当时,根本就看不到桥,平时水流很浅的小溪变成了滔滔大河,不时有一抱多粗的树木顺水漂下来,速度比狗撵的还快,别说人了,车都能冲走。我们几个下了车,打着手电往下游走,想看看有没有能过河的地方。大约走了三四百米,在一个回水湾边上,我看到了高阳的摩托车,但是高阳……后来我们找了一个星期也没找到。大家心里都清楚,人肯定没了,只是不愿意承认。他爸终于病倒了,这才停止寻找。从那以后,他爸就瘫在床上,不到一年就过世了。"

老孙说完就捂着胸口用力地喘气,哆嗦着拿起杯子将剩下的茶饮一口喝干,才把气喘匀了。

我等他平息得差不多了,问道:"高阳找你借钱做什么?"

老孙抿了抿嘴角:"为了给蒋君萍的补习班缴罚款。"

"补习班怎么了?"

老孙叹息着摇头:"说是补习班,其实办的是餐饮服务部的执照,说白了就是小饭桌。因为蒋君萍没有教师证,没有教学资格,想办班只能用这种方式。她主要教低年级的语文数学，还有英语，学生从幼儿园大班到小学二三年级的都有。她那儿中午提供午餐，有时候个别家长工作忙，接孩子比较晚，就连晚饭也一起提供。像她这种打着小饭桌名义办班的，一旦被举报，后果就挺严重的。没多久蒋君萍果然就撞到枪口上了。警察把补习班封了，把她和做饭的大姐都带到派出所，让缴八万元罚款。高阳自己凑了五万，还差三万，他不想找家里人借，只好找到我了。"

难怪那天高雨面对小瑕时会摆出那副恶劣的态度了，原本她就不同意弟弟追求蒋君萍，这下弟弟和老爸都间接地因为对方死于非命，无异于雪上加霜。尽管蒋君萍早已过世，但她对这个当事人的怨恨恐怕一辈子也解不开了。

"派出所还管无证办学的事？"我有些奇怪。

"无证办学归教育局管，派出所抓人是因为小蒋没有暂住证，听说罚完款后还要遣送原籍。"

"蒋君萍不是本地人？"这我倒是没听小瑕说过。

"她是省城人。"

线头似乎对上了，梁朴在进入铁路中学教书之前就在省城工作。

"后来呢？"我问。

"高阳一死，我们和蒋君萍的联系就断了，之后再也没见过她。"老孙摇头，继而看向我，"他姐临走时说，前阵子蒋君萍的女儿来过，说她妈妈已经过世了。"

"是我陪她来的。"我想了想，还是忍不住告诉他，"小瑕说，那天晚上她妈妈已经准备答应高阳的追求了，但是没有等到他回来。"

老孙无声地叹了口气，端起再次续满水的茶饮。

临别时，老孙告诉我，他去年年底到市内购物时，无意间遇到了当年给蒋君萍的补习班做饭的大姐。我问清了地址，开车返城。路上经过一座荒废的漫水桥，干涸的河道长满了半人高的荒草。风顺着河谷吹过，荒草随风摇曳，如同掀起层层波浪。

我把车停在桥头的老槐树下，点燃一支香烟插在地上，看着青烟刚刚升起就被风吹散,心中怅然。15年前那场恐怖的大水,15年前年轻的高阳连同他炽热如火的爱情,还有这条不知曾经流淌过多少年的小溪,统统被掩埋在萋萋荒草和古道西风中,或许只有身边这株依然屹立的老槐树仍记着那段逝去的岁月。

02

做饭大姐姓顾,今年刚好五十,年轻时是二轻局下属的塑料花厂职工,在流水线上手工穿了十来年的塑料花和各种装饰摆件,下岗后由于没有一技之长,只好四处打零工。扫大街、擦玻璃、卖菜、帮人带孩子,都做过,给蒋君萍的补习班做饭是她干过最长的一份工作。补习班被查封后,顾大姐又继续打了几年工,直到丈夫老许待的市地毯厂也破产倒闭后,夫妻俩开了一家饺子馆,位置就在富锦小学后面的居民楼里,距当年蒋君萍的补习班不远。

饺子馆店面极小,抛去用作厨房的空间,屋子里只能并排摆两张桌子。好在如今流行叫外卖,真正愿意下馆子的食客越来越少,生意倒也能维持下去。饺子都是提前包好的,有顾客点餐时下锅煮熟即可。我找到地方的时候已经接近饭点儿了,店里除了顾大姐一个人都没有。

"老许送餐去了。"顾大姐告诉我,她丈夫舍不得那几块钱的配送费。

不知是我精神敏感还是什么原因,我总觉得顾大姐说话的时候在偷偷打量我,这种感觉和刚见到孙庆民时有点相似。当我提到蒋君萍已经过世多年,顾大姐黯然了许久。那种让我不舒服的感觉也随之消失。

对于十多年前的雇主,顾大姐仍保持着尊重,言必称小蒋老师,尽管对方从未拿到过教师证。直到说起高阳,顾大姐一直紧锁的眉头才得以疏解,甚至有隐隐的笑意爬上眼角,看得出她对当年这个小伙子发自内心地喜欢。

"补习班没有外聘其他老师,所有课程都是小蒋老师一个人教,但她只负责教课,凡是跟外人打交道的事情都是高阳做。高阳也愿意做这些,他当时开的复印社就在我们补习班隔壁,但他一天到晚都在补习班里泡着,很多时候比我来得都早,帮着小蒋老师四处发广告拉学生,班里的学生差不多都是他拉来的。他跟家长们关系处得好,孩子们也喜欢他。要不是有他在,依小蒋老师那种冷清的性子,补习班恐怕撑不了那么久,不但孩子们怕她,连小瑕也……"

"也什么?"

"唉,说句不该说的话,我从没见过当妈的对自己女儿这么严厉的。那么小的孩子,小蒋老师就要求她自立,大冬天的热水都没有,就用冰凉的自来水洗碗。本来洗碗打扫卫生都应该是我的活,但小蒋老师不让我干。小瑕的手一到冬天就肿得跟馒头似的,手背皲得都没法看,擦多少护手霜都没用。有一次我家里有事来晚了,高阳也恰好不在,小蒋老师居然让小瑕给大家做午饭。小瑕够不着灶台,就在脚下垫个板凳,踩在上面炒菜,热油从锅里溅出来,小瑕的手上烫得全是水泡。小蒋老师就在外面给学生们改作业,对厨房里发生了什么根本不闻不问。我去找药膏,小瑕明明疼得眼泪都出来了,却拦着不让我找,还让我不要告诉她妈妈,不然她又该挨骂了。后来我偷偷把这事告诉高阳,高阳一听也火了,转身去找小蒋老师理论。但小蒋老师就像没听见一样,任你说什么,她都静静地看着你,一点反应都没有,到最后高阳都不知道说什么了。至于平时,她对小瑕也是呼来喝去的,很少有好脸色。"

我听得直皱眉,这些事情从来没听小瑕提起过。在小瑕的描述中,妈妈一向非常疼爱自己,唯独提到爸爸时,妈妈才会对她疾言厉色。

谈到补习班被查封,顾大姐脸上现出深深的疑惑:"那天是周末,学校和机关单位放假,按说不会有检查的,而且那天的雨下得那个大哟。真不明白为什么偏挑这种天气检查。"

"以往也遇到过检查吗?"

"遇到过,但没一次弄出这么大动静,不光教育局的,还有工商局的、派出所的,哦,还有卫生防疫的。他们把平时学生们吃饭的碗筷都收走了,说是要检查卫生合不合格,有没有传染病。天呐,要是有传染病还用等他们来查?我们早就发病了。"

"以往的检查都是怎么处理的?"

"就是停业整顿嘛,不让给学生们上课了,小饭桌也不许开。等几天风头过去了,再恢复营业。"

"那天其他补习班也有被查封的吗?"

"街角那家也封了,说是什么非法用工,我也搞不懂。整个铁路一小周围各种补习班和小饭桌有十六七家,封门的只有我们两家。当时呼啦一下进来那么多人,有的孩子都吓哭了。因为小蒋老师的暂住证过期了没有补办,他们就要把人带走,高阳怎么哀求都没用。班里的学生都通知家长领走了,好在因为下雨,孩子来的不多。最后就剩下小瑕,高阳把她带到自己的店里,让店员帮忙照看。警察在补习班门上贴了封条,说谁敢撕就拘谁,然后把我和小蒋老师一直拉到了派出所,关在一间屋子里,也没人理我们。过了半个多小时,他们说我可以走了。我糊里糊涂地到了外面,才知道我们家老许缴了五千块钱把我保出来了,是高阳把他找来的,钱也是高阳垫付的。但小蒋老师不能取保,要缴8万块罚款,还要遣送原籍。警察说半夜12点前见不到罚款,第二天早上就把人送看守所。但高阳东拼西凑只筹到了5万,他还劝我们不要着急,他去想办法,骑上摩托车就走了……"

高阳一去没有回来,蒋君萍也没有因为此事被遣送原籍,否则小瑕就不会在本市上学了,这个时候能帮到蒋君萍的人只有梁朴。可是当我提起这个名字,顾大姐的眼睛却瞪得老大:"梁朴是谁?班里的学生没有姓梁的。"

没等我想好怎么解释梁朴的身份,顾大姐十分肯定地说:"除了高阳,小蒋老师就没什么朋友,平时也没有人来找她。"

这下轮到我吃惊了:"那是谁把她保出去的?"

"一个学生家长,叫崔克昌,做生意的,大家都叫他崔老板,也是离过婚的,儿子小卓幼儿园刚毕业,跟小瑕同岁,9月份就要上小学。崔老板想给儿子在暑假期间报个学前辅导班,无意中看到高阳发的广告,就把儿子带过来了。那天高阳走了之后,我去复印社把小瑕接到家里,老许一直守在派出所门口等消息,可是等到晚上也不见高阳回来,手机也打不通。我们都急得不行,十几年前的三万块钱对我们来说不是小数,根本拿不出来。我认识的身边能拿出这笔钱的人只有崔老板了,那个时候也顾不了那么多了,有什么法子都得试试。我让小瑕待在家里,自己回到补习班,撕掉门上的封条,进屋找到小蒋老师的学生家长通讯录,给崔老板打了电话。崔老板二话没说,顶着大雨开车赶过来把钱缴了,可能还托了关系,因为小蒋老师当时就出来了,警察也没再说遣送原籍的话。后来才知道,那天晚上高阳在借钱的路上被大水冲走了。崔老板在郊区的仓库也被水淹了,我打电话的时候他刚到那儿,还没来得及找人堵水就匆匆赶过来了,结果损失了好几十万。"

我想起小瑕说高阳只是她妈妈的追求者之一,加之崔克昌又是离过婚的,不由问道:"崔老板当时是不是在追求蒋君萍?"

顾大姐摇头:"补习班查封时崔老板刚把儿子送来一个月,他和小蒋老师总共也没说过几回话,而且大家都知道高阳在追求小蒋老师,崔老板那么好的人怎么会挖墙脚?不过,当时的确有不少学生家长整天围着小蒋老师献殷勤,但小蒋老师从来不搭理他们。一个个有家有口的,自己孩子就在补习班里,也不嫌害臊!我要是小蒋老师早把他们撵出去了。"

我稍微松了口气,崔老板有钱有势,又会做人,好在他没有对蒋君萍动心思,否则以梁朴的条件无论如何都不是对手的。我心里正想着,却听顾大姐接着道:"小蒋老师和他好上是后来的事了。"

我差点呛到:"他俩到底好上了?"

"补习班被查封后就没再开,第二年春节,我遇到了小蒋老师。她比之前富态了,拉着我的手说了好多话,说着说着眼泪就流下来了。她说去年8月底,就是关掉补习班后不到一个月,她就和崔老板领证了,因为两人都是二婚,就没有举办婚礼。她让我别看不起她,她实在没办法了才走的这一步。我在她的补习班打工三年多,头一次见她哭,她也是头一次和我说那么多话,临走时还留了住址,让我有空去看她。"

看来蒋君萍并没有清高到不食人间烟火的地步,身为女人,她也会在乎别人对自己的看法,但我心里很别扭:"什么叫实在没办法了?她要是不想嫁,别人还能逼她不成?"

"是为了小瑕。"顾大姐叹了口气,说,"那孩子已经到入学年龄了,可是她只有出生证明,没有户口,上不了学。小蒋老师嫁给崔老板,就能把小瑕的户口解决了,那孩子和崔老板的儿子一起入的学。"

尽管如此,我心里还是不舒服。我猜蒋君萍那晚准备答应高阳的追求,估计八成也是为了能够让小瑕上学。由此可见,她并非真的喜欢高阳,否则早就答应了,也不至于等小瑕到了年龄再考虑入学的事。可怜高阳为了她付出那么多,连命都搭进去了,却到死都没有等来心上人的一句承诺。

顾大姐告诉我,最后一次见到蒋君萍是在这次相遇的大约三年或四年后的一天晚上。但她没敢认,不仅因为对方看起来正怀着至少五个月的身孕,更因为当时蒋君萍的状态——两眼发直,神色冷峻,脚下僵硬机械地走在街上,遇到逆行的路人也不避让,就那么直直地向前走,撞到了也不回头。

顾大姐喊了一声"小蒋老师",对方充耳不闻。待顾大姐让过车流,赶到马路对面时,蒋君萍已经消失在树荫与路灯交替的光影中。

"离得有点远,我也不确定是不是她。"顾大姐说,"但实在太像了。"

03

水岸江南是本市早期开发的别墅区之一,无论设计理念、建筑格局还是物业管理在当年都是一流的。如今虽然样式有些陈旧,但胜在地段优越,绿化面积大,其房价在业内仍属于第一梯队。

小区里有一株高大的香椿树,树下铺着一条鹅卵石小路,沿小路向南走,看到的联排别墅的第一家,就是小蒋老师家了——尽管那次见面顾大姐婉拒了蒋君萍请她到家中小坐的邀约,但牢牢记住了这个地址。我忍不住地想,如果把新郎官换成高阳,顾大姐一定会欣然前往的。

按响门铃,出来的是一个戴着黑边眼镜的中年男子。说明来意后,他把我让进栽种着茂盛的龙爪槐的小院。

"这房子我们当年是通过中介买的。原来的房主姓崔,叫……什么来着?"别墅的现任主人偏头问闻声走出来的妻子。

"好像叫什么昌。"后者道。

"崔克昌。"我说。

"对,是这个名字。"黑眼镜点头,"听说做生意赔了,欠了很多钱,把公司抵给人家都不够,不得已只好卖房子。"

"他是做什么生意的?"

"经销安防器材,就是小区监控、门禁对讲之类的,同时在工地上包一些工程。具体的就不清楚了,我只见过他两次,买房的手续都是中介公司帮忙办的。"

"你见过他的家人吗?"

"没有。当初签合同和过户的时候都是崔克昌出面,没见过其他人。"

我有些失望。崔克昌的户籍变更记录停止在11年前,由现在的水岸江南别墅迁到当时被称为南岗子的铁路棚户区。之后不到一年,蒋君萍病故,正上小学四年级的小瑕被梁朴领养,而崔克昌却离奇地消失了。此后经历过两次大规模的人口普查,均查无此人。顾大姐最后一次见到怀孕的蒋君萍应该就在崔克昌破产后蜗居南岗子期间。满打满算,蒋君萍嫁给崔克昌只有四年。这短短的四年时间到底发生了什么,竟产生如此巨大的变故?

"那个……"黑眼镜的妻子见我脸色难看,指着东边的院墙小声对丈夫说,"不知道张老师在不在,以前你们聊天时他不是说认识咱们家原来的房主吗。他好像还是房主岳父的同事,这些事肯定比咱们清楚。"

"我怎么忘了这茬？今天不是周末，他应该在的。"黑眼镜从地上捡起一块石头，走过去在墙上敲了几下，仰头冲对面大声道，"张老师——张老师在吗？"

"在。"片刻间有了回应，一个面色红润顶着满头银发的脑袋从院墙另一边探出来，"什么事，小王？"

被称作小王的黑眼镜指着我说："这位警察同志想跟您了解一下我们上任房主的情况。"

"小崔吗？"

"对。"

那颗鹤发童颜的脑袋在墙上转了转，看向我说："您过来还是我去您那边？"

"我去您那儿吧。"

我谢过黑眼镜，来到隔壁，张老师已经打开了院门。进门的瞬间，我看到在他身后，一个年轻女子的窈窕背影刚好走进屋内。

坐在葡萄藤浓密的荫凉下，我仔细打量对方。一头亮银如雪的白发配着两道浓黑的剑眉以及红润的面庞和炯炯有神的双目，居然有种说不出的和谐，使整个人看上去极为精神，也令我一时难以判断他的年龄。

"61了，去年就退下来了。"张老师笑着自我介绍叫张春生，并不是真正意义的教师。因为退休前在市文化局工作，同时又在群艺馆挂职搞文史研究，经常给一些机关团体讲课，因此大家都尊称他老师。

"和小崔岳父是同事的不是我，是我爱人。"张春生说，"她和老赵过去都是五交化公司的。老赵是经理，我爱人是工会主席，赵小曼那孩子是我们看着长大的。"

老赵？我一愣，随即反应过来崔克昌是离过婚的，对方说的老赵是崔克昌的前岳父，赵小曼也就是崔克昌的前妻了。

或许是当过讲师的缘故，张春生很健谈，而且谈吐儒雅，记忆力也好得惊人，十多年前的往事说起来如数家珍，和这样的人聊天很畅快。

张春生告诉我，崔克昌的父母去世前都是铁路职工，母亲死得早，父亲因工伤办理病退，家庭条件不太好。但崔克昌很聪明，脑筋转得快。那家安防器材公司是他婚后从岳父手里接过来的，没用多长时间就从偏僻的巷内门市换成了中央大街上的临街商铺，规模翻了好几番，足以证明他做生意有一套。不过凡事有得就有失，因为崔克昌把全部精力都扑在生意上，无形中冷落了妻子，导致赵小曼耐不住寂寞，最终出了轨。男方是市粮食局的一个科长，据说和赵小曼在酒店开房的时候被崔克昌堵到屋里了。但是赵小曼仗着家里有钱有势，离婚时不但把父亲的公司要回来了，还把不满4岁的孩子当累赘甩给了崔克昌，自己跟着男方过二人世界去了。

"世风日下啊！"张春生痛心疾首地道，"我不止一次跟小崔说过，人活着什么最重要？是亲情。没有爱你关心你的人在身边陪伴，钱挣得再多，内心也是空虚的。能挣到钱算不得真正的成功，真正的成功是找到此生属于自己的精神伴侣，哪怕你分文不名，她也愿意不离不弃死生相依。人不能只追求物质生活的富足，更应该追求内心世界的广阔与深度，所谓'有梅无雪不精神，有雪无诗俗了人'。可惜古人都懂得的道理，现今却没人理会了……"

张春生没有因为赵小曼的关系与自己更加亲近而加以袒护，反而对崔克昌的遭遇深感惋惜。这位搞了一辈子文史研究的老人的内心一定是富足的，既有对传统道德的坚守又不乏追逐诗与远方的浪漫，真正的文化人大概就是这样子吧。

不过令我疑惑的是，不知什么原因，张春生对蒋君萍母女的情况似乎不愿多谈，每次偶尔提及她们的时候都巧妙地绕了过去，仿佛有什么忌讳。无奈之下我的话题只好继续回到崔克昌身上。

事实再次证明了这个年轻人非凡的商业能力。离婚后不到半年，崔克昌白手起家又成立了一家新的公司，仍以安防器材和建筑相关为主，规模更胜从前。反观赵小曼公司的经营状况，只能用江河日下形容，堪堪维持了一年就彻底倒闭了。

"既然崔克昌的生意做得这么好，怎么又破产了？"

"可能是这世上的诱惑太多吧。"

"您说的诱惑是指？"

"君子不论人非。若不是你破案需要，今天这些话我本不该说的。"张春生笑容和煦地望着我，目光中充满睿智，"送你三句话吧，少年戒之在色，中年戒之在斗，老年戒之在得。小伙子，好好体会，它对你将来成长会有帮助的。"

我不由得肃然起敬，在当今浮华社会中能固守本心坚持操守的人无论如何都值得尊敬。尽管张春生没有正面回答问题，而是隐晦地用君子三戒来暗示，不免显得有些迂腐，但答案似乎很明显了——少年戒之在色。

崔克昌年少多金，自然是无数女人追求的对象。蒋君萍我虽然没见过，但见过她的人没有不夸她年轻貌美的。这两个人仅仅认识不到俩月就走在了一起，难道是相互看中了对方的人品？相比于金钱和时间，青春和美貌是最不保值的东西，而同样拥有这二者的女人却多的是……厘清了思路，我起身告辞。不经意间又看到了那个窈窕的身影，就站在窗前，由于玻璃反光，看不清脸孔，也不知她是张春生的女儿还是孙女。

出门时碰到了隔壁的黑眼镜。

"去接孩子放学。"他说。

我点点头，和他沿着鹅卵石小路并肩而行。快到大香椿树的时候，迎面气势汹汹地走过来六七个人，大部分是三四十岁的中年女子，为首的是个年纪五十开外体型胖硕的大妈，末尾跟着一个八九岁大的男孩。除了这个男孩神情有点紧张，一行人皆面色阴沉满脸怒容，也不顾脚下路窄，就那么横冲直撞地闯过来。

我和黑眼镜避到一边，待她们过去，我刚要继续朝前走，却被黑眼镜拉了一下，回头看去，却见黑眼镜顺着她们去的方向冲我努了努嘴。

我愣神的工夫，那群妇女已经到了张春生的小院前。为首的大妈抬起脚踹在院门上，门没开，大妈被弹了个趔趄。不等众人过来搀扶，大妈退后几步，突然向前加速，到了跟前猛地跳起来，胖大的身躯重重地撞在院门上。只听轰的一声，胖大妈连人带门一起滚进院子，其他人也跟着一齐涌进门去。小院里立刻响起张春生的惨叫和女人们高亢的咒骂声，其言辞之精彩难以用文字形容。

　　这一幕看得我目瞪口呆。黑眼镜也被胖大妈撞门的闷响惊得倒抽一口冷气，脸上却挂着幸灾乐祸的笑容。见我看他，他龇牙一乐，告诉我他家隔壁原本是一个有钱人安排的外宅，平时只有年轻女子自己住，到了周末有钱人才偶尔过来。这女子闲极无聊，无意中听到了张春生的讲座，也不知是被对方的好口才还是魅力给迷住了，索性邀请对方到家里来深入探讨。刚开始两人还遮遮掩掩，时间长了，张春生胆子越来越大，大白天的就和女子出双入对，甚至到邻居家里做客，俨然以别墅主人自居起来。

　　"那位大妈是……？"

　　"张春生的老婆，那个小男孩是张春生的孙子，其余的都是他老婆的娘家人。"

　　说话间，张春生抱着脑袋在一群女人的追打中跑出院子，满头飘逸的银发如同被狗啃过般蓬乱至极。经过我和黑眼镜面前时，张春生居然还有余暇冲我们笑了一下，张嘴似乎要说什么，见胖大妈追得近了，忙撒腿跑开，身形颇为矫健。

　　黑眼镜朝张春生的背影大声道："张老师记得下次换个结实点的门啊。"

　　张春生边跑边扬了下手，表示知道了。追到近前的胖大妈狠狠瞪了黑眼镜一眼，黑眼镜笑着冲她摆摆手，对方一声不吭地领着人追下去了。

　　"你这么说她都不生气？"

　　"她要是生气，下次谁还给她通风报信？"

　　"你报的信？这不是第一次了？对了，她怎么没事？"

　　少了半扇门板的小院前，那个身材窈窕的年轻女子嘴里叼着一支烟，慵懒地靠在门框上向这边眺望，连鬓角的发丝都不见半分凌乱。

　　黑眼镜笑道："兔子逼急了，兴许敢冲狐狸龇龇牙。要是狐狸身后趴着一头老虎，兔子还敢去招惹那只狐狸吗？"

04

赵小曼的老公已经由十多年前的粮食局科长升任如今的商务局局长，我费了好大周折才联系上这位局长夫人。结果和我预料的一样，对方委婉地拒绝了我的面谈请求，但是同意在电话里和我聊几句。

"实际上我们俩的感情基础并不深，从认识到结婚仅半年时间。"赵小曼回忆说，当初之所以仓促结婚是听从了家里长辈的说法，为了给她卧病在床的父亲冲喜。实际上她父亲对这个年轻人的欣赏远超过她对爱情的憧憬。

事实证明老辈人的说法并不可靠，赵小曼和崔克昌结婚不久，父亲就去世了。此后不到四年，两人的婚姻也走到了尽头。

至于离婚的原因，赵小曼没提，我自然不方便打听，权且相信张春生的说法，于是转而问起崔克昌平时有哪些爱好。

"没什么特殊的爱好，他抽烟，不喝酒，除非有应酬才喝一点，他酒量一般。有时为了拉项目会陪客户打打麻将，但那是变相的拉关系，直接给钱人家不敢要，就借着牌桌把钱输给对方。平时他自己不玩，酒吧卡拉OK之类的地方他也很少去。"

这和张春生的说法有些不一样，不过鉴于张春生的人品，这个问题我还是倾向于相信赵小曼："崔克昌有哪些关系密切的亲友？"

"他是家里的独子，父母早就没了，其他的亲戚都不在本地，平时基本没有来往。"

"朋友也没有吗？"

赵小曼想了想，说："崔克昌有个发小，时间太久叫什么名字我忘了。我们结婚时他当的伴郎，离婚后我没再见过他。"

挂断电话后，我忽然想起小瑕还有一个异父异母的弟弟叫崔永卓，不知他在崔克昌消失后过得怎么样了。

来。他给小猫起名叫卡卡，因为他妈妈在那个新的家庭里养了一只布偶猫，名字就叫卡卡。虽然这是只被遗弃的三花猫幼崽，但并不妨碍小卓对它的喜欢。

卡卡嘴边还残留着牛奶的痕迹，小卓应该刚刚给它喂过吃的，我用纸巾擦干净，抱起它下楼去找小卓。

经过通往楼梯的走廊，我的脚步慢了下来。当初第一次走进这栋房子时，我就被眼前二层楼高的挑空客厅所震撼——那么大的空间居然什么都没有，太浪费了！直到小卓领我参观完整个别墅，我才知道这点空间和总体面积比起来根本不算什么。可是每次经过这里，我都会生出一种不真实的恍惚。

小卓没在游戏室，也没在负一层的家庭影院。这栋房子太大了，房间更是多得让人迷路。在我和妈妈搬进来之前，住在这里时间最长的不是崔叔叔和小卓，而是家里的保姆。现代化家电的普及大大减轻了保姆的工作负担，她每天除了定时做两顿饭，偶尔在崔叔叔工作繁忙的时候接送小卓去补习班，更多的时间是抱着家里养的大狗躺在豪华的客厅里看电视，或者坐在露台上喝下午茶晒日光浴。妈妈开玩笑说，崔叔叔通过多年努力打拼终于让家里的保姆过上了面朝大海春暖花开的生活，这样的生活她也想过。于是，崔叔叔辞退了保姆，怕大狗认生伤人也一并送走了。

有钢琴声传来。离得有点远，声音隐约却透明，如同冰珠跌入玉盘，颗颗通透，粒粒分明。我抱着卡卡朝琴房的方向走去，转过阳光房，就看见小卓站在虚掩的门前偷偷往琴房里面看。见我来了，他把食指竖在嘴唇上。我放轻脚步来到近前，向门缝里窥去，差点惊呼出声，坐在钢琴面前的竟是妈妈！

我从来都不知道，妈妈居然会弹钢琴。从前在妈妈心情好的时候，偶尔会听到她轻轻哼一些舒缓悠长的曲调。我不知那是什么曲子，旋律有些奇怪，和时下的流行歌曲完全不一样，但听着让人舒服，容易联想到悠远的蓝天和广阔的山川草原。我让妈妈教我，她却说女孩子不应该学这些，它会让你变得脆弱。

还有，妈妈为什么如此爽快地答应了他的求婚呢？是因为补习班被查封后无法维持生计了吗，还是因为在危难之际对方伸出援手后无以为报，又或者是真的为了解决我的入学问题？这些理由值得妈妈以身相许吗？

看到妈妈现在幸福的样子，我由衷地感到高兴，比我实现了上学的愿望还要高兴。只是……为什么心里总有一种隐隐的酸楚？

那个陪伴了我大半个童年的人啊，如果这一切都是你创造的，该多好。

02

"这是什么？"

"影集。"

"叔叔让你上二年级以后就自己打扫房间，你把它翻出来干什么？"

"想不想看看我爸年轻时的照片？"

"有你妈妈的吗？"

"有。他们结婚时的，不过只剩一张了，是我藏起来的，其他的都被我爸撕了。"

"撕它干吗？"

"要是不撕，被你妈妈看见会吃醋的。"

"我妈才不会吃醋。"照片中小卓的妈妈长相很普通，我敢下这个保证，"等等，这张两个人的合影也是你爸爸吗？"

"左边的是我爸。"

"真年轻，什么时候拍的？"

"好像是高中。那时我爸的个子矮，后来才长高的，将来我也是。"

"你知道将来的事？对了，右边的是谁？"

"同学吧？哦，背面写着呢，高二五班郊游留念。我爸的高中同学。"

"写名字了吗?"

"没有。怎么了?"

"……没什么,有点眼熟。"

"真的欸,以前没发现,你这么一说,是有点眼熟,好像在哪儿见过。"

"这张照片能送给我吗?我想留一张叔叔的照片在身上。"

"我给你找张离现在近的。"

"不,这张就好,看叔叔上学时就这么意气风发。"

"有吗?你不是刚学会这个成语就随便用上了吧?"

"我肯定,没用错。"

夜晚,我看着照片中学生时代的高阳久久不能入眠,眼前浮现出月野兔变身后半张残破的脸和仅剩的一条金黄色发辫。

"崔叔叔,你的车门上划了个道子。"

"我知道,不用管它。"

"车灯也裂了。"

"在哪儿?"

"这儿。"

"哦,昨晚城外的水太大,可能是绕路时剐树上了,咦……这是什么?"

"月野兔。"

"什么……兔?"

"代表月亮消灭你——美少女战士月野兔,能变身水手月亮。不过就剩半张脸了,还有一条辫子。"

"呵呵,不干胶贴画啊,应该是在树上蹭的。你喜欢这个?"

"嗯。"

"回头叔叔给你买全套的,对了,有没有这个什么兔的玩偶?"

"商场有,很贵的。"

"有卖的就好,咱们一会儿就去买。"

"谢谢崔叔叔。"

"一个玩偶而已。"

"我不是说玩偶,谢谢你帮了妈妈。你昨晚借给妈妈的钱,等我长大了一定会还给你。"

"哈哈,小瑕,你也别太懂事了。告诉叔叔,你今天一整天都没笑过,是因为这件事烦恼吗?"

"嗯。"

"小瑕,你现在还小,有些事情你不懂。比如借钱,不是只要你有钱就愿意借给别人的,所以这件事你不用放在心上。不说了,以后你会就明白,小时候的烦恼到你长大了就不再是烦恼了。"

"黄头发也会这样吗?"

"会的,头发黄多数是营养不良造成的,具体说就是身体内缺少某种微量元素。不过叔叔向你保证,用不了多久,你的头发就会黑得发亮。"

"真的吗?用什么办法?"

"暂时保密,很快你就知道了。"

床头灯散发着柔和的光,我的头发果然黑得发亮。

卡卡悄无声息地走进来,跃上对面的书桌,蹲下身子幽幽地看我。

"你是露娜吗?会教我变身水手战士吗?"

卡卡喵了一声,跳进灯光照不到的暗影里。

03

"小瑕姐,小瑕姐,我要有弟弟了!"

"你哪来的弟弟?你今天不是去看妈妈了吗?哦……你妈妈怀孕了?"

"嗯嗯。"

"那不一定就是弟弟,也有可能是妹妹。"

"我喜欢弟弟,不喜欢妹妹。女孩子太烦人了……呀,别拧我耳朵,姐,不是说你,我是说我们班里的女生,特别爱哭,还给老师打小报告。"

"你又欺负人家了吧?"

"没有,你快松手。"

"你上次把菜青虫偷偷放到人家文具盒里,把人家吓哭了,不告诉老师告诉谁?"

"你怎么不怕菜青虫?"

"那东西喜欢吃叶片厚的蔬菜,像白菜、甘蓝、菜花之类的,洗菜的时候经常会遇见,有什么好怕的?"

"唉——"

"怎么了?耳朵拧疼了?姐给你揉揉。"

"不疼。我叹气是因为妈妈要养胎,以后每个月我只能见到她一次了。"

"姐,姐,我妈生了,是个妹妹。我看到了,比卡卡还小,脸上都是皱纹,嘻嘻,难看死了。"

"小孩子刚出生都是这样的,过一阵就好了。对了,你不是不喜欢妹妹吗,怎么还这么高兴?"

"我其实无所谓了,主要是妈妈喜欢,唉,也不是妈妈喜欢,是高局长喜欢女孩,他原来的孩子是男孩,比我大一岁。"

"什么高局长?你怎么不叫高叔叔?"

"人家现在升局长了,不是粮食局,是商务局,喜欢听别人叫他局长。"

"谁叫你也不应该叫,他是长辈,得叫叔叔。"

"知道了。姐,昨晚阿姨把你单独叫过去干吗?"

"没什么事。"

"是不是又骂你了?"

"……没有，只是说了两句。"

"是我和小宇打架，阿姨说你干什么？"

"你要是不弄得鼻青脸肿地回来，我妈自然不会说我了。我是当姐的，有责任照顾你。"

"我怎么觉得阿姨好像有点针对你啊，无论你干什么她都看着不顺眼，阿姨是不是更年期到了？"

"不许说我妈坏话！你才多大，懂什么是更年期？"

"好好，我不说。"

"对了，你和小宇打架谁赢了？"

"我俩平手。"

"那就是小宇赢了，男孩子都不愿承认自己输。"

"下次我一定能赢。"

"小宇个子比你高，力气一定比你大，这次都输了，下次拿什么赢？"

"我有秘密武器，看——"

"这是什么？手电筒？"

"看着像手电筒，实际上是电击器，能放电，把人电晕。"

"哪来的？"

"从我爸那儿拿的，他的公司就是卖这些东西的。"

"你爸爸不知道？"

"嗯。"

"不行！快还回去，这么危险的东西怎么能拿？"

"不危险，它最多只能把人电晕，过会儿就醒了，不会死人的。现在好多人都买它防身。"

"那也不行，你想赢小宇就得凭自己的力量，作弊算什么本事？听姐的，这东西太危险，赶紧还给你爸爸。"

"不能还，我爸要是知道我偷拿这东西，会揍死我的，早知道这样就不给你看了。"

"还说不危险,不危险叔叔怎么会揍你?听话,小卓,你要是主动还回去就没事了,叔叔从来都没发过火,不会揍你的。"

"那是平时,我爸发脾气的时候你没见过,他真的会揍死我的。求你了,姐,这事别让我爸知道。"

"那你把电击器给我,我帮你保管。"

"你保证不给我爸?"

"我保证。"

"那……好吧。"

"小卓,你看到卡卡了吗?问你话呢,看到卡卡没有?"

"没有。"

"不对啊,中午我还看见它在院子里扑蝴蝶呢,你下午回来时没看见?"

"可能走丢了吧。"

"卡卡做了手术,这么温顺,从来不往外跑,怎么会走丢?对了,你回来之后在院子里鼓捣什么呢?"

"没什么。"

"我在二楼走廊看到你蹲在树底下,但树荫挡着看不到你在干吗。"

"挖蚯蚓。"

"挖蚯蚓干吗?你又不会钓鱼。"

"哎呀你烦不烦?就是没事挖着玩。"

"小卓,你今天怎么了?"

"没事。"

"对了,你下午不是去见你妈妈了吗?怎么这么早就回来了?又没见着?"

"嗯。"

"这都几次了?你已经有两个月没见到你妈妈了吧?"

"两个月零十七天。上次是清明节放假的时候见的。"

"可今天是你生日啊。"

"我妈有了妹妹就不要我了。"

"别瞎想,不会的。可能是你妹妹太小,需要照顾,你妈妈想见你却走不开,对了,你给你妈妈打电话吗?"

"打了,高局长接的,他说希望我以后不要再打扰他的生活。"

"……"

临睡前,我特意给屋门留了一道缝隙,方便卡卡半夜钻进来睡觉。可是直到次日凌晨,卡卡也没有回来。我再也抑制不住担心,穿上衣服下床寻找,几乎把整栋别墅的房间寻遍了也没见到卡卡的影子。

就在我认为卡卡的确走失了的时候,脚下却鬼使神差地来到院子里的龙爪槐前。猛然间我心里一动,拿起一把铲子在树下疯狂地挖起来。没挖几下,就感觉铲子触到了某个柔软的物体,我扔掉铲子,用手轻轻拨开泥土。果然,坑里躺着卡卡的尸体……

陈律

01

中午下楼时,我看见大张和两名警员押着一个人向审讯室走去。由于那人的头发是金黄色的,我下意识地以为是个老外,不禁多看了一眼,发现是前几天钟队他们从外地带回来的那个黄毛。

"这么多天了怎么还没把他解回当地去?"我好奇地问大张。

"还没审完呢。"

大张让那两名警员把黄毛带进去,停住脚步告诉我,上头对从黄毛身上搜出来的两部手机很重视。其中被认为是张小海的那部手机除了少量目前已无法联系到对方的通话记录外,连电话簿都是空白的,技术科没有从中找到更多有用的线索,分析认为可能是张小海众多的一次性小号之一。

但是在另一部存有大量女性裸照的手机里,技术科找到了一个隐藏文件夹,里面是三张年轻女性的居民身份证照片。通过面部特征交叉比对,这三张证件照均在上述裸照中得到匹配。

目前钟队找到了这三名年轻女子中的两名,一名现年26岁,一名现年23岁,均已参加工作。面对警方的质询,她们开始时不愿说,直至看到了照片,震惊之余才不情愿地承认是当初受到了非法校园贷的诱惑。贷款时间就是照片上显示的日期,分别为五年前和三年前,当时她们都是黄毛所在城市的大学生。但最初的经手人并非黄毛,黄毛只是后期的催债人之一。这两个女生的贷款在毕业前就已还清,其中一人是在家庭的帮助下偿还的,并亲手删除了借贷时保存在对方电脑里的照片,但没想到对方偷偷进行了备份,且保留至今。她们恳请钟队彻底删除照片,并帮忙保密,那是她们此生做过的最后悔的一件事。

最令人痛心的是第三张身份证上的女生,今年20岁,在黄毛所在市的某大学就读,因无力偿还高额累积的贷款利息,又不敢将此事告诉家人,于上个月在校内操场服毒自杀,距钟队找到她只隔了不到一周。

更大的问题在于,这三个女生只占全部裸照的一小部分,拍摄时间就横跨五年之久,那么其他照片对应的受害人如今在哪儿?在别的地方还会不会有更多的类似照片和更多的受害人?越想越让人不寒而栗。

黄毛这些天一直收押在本市的看守所,没有移交检察院的原因是钟队总觉得这小子不像他交代的那样,只是个负责收账的外围小角色,他肚子里应该还有很多东西没有交代。但是,审不出来。别看黄毛年轻,也没留过案底,却绝对是见过风浪的,知道在警察面前什么能说什么不能说。为此大张等人也非常头疼,只好隔三岔五地把他拎出来审一次,以期在多次重复的口供中寻找破绽。

"你那边怎么样?"大张说,"昨天沈娇的父亲又来局里闹了,老刘的胳膊都被抓伤了。"

我无声地叹了口气。沈娇的父亲不是第一次来闹了,刚开始还比较克制,问什么时候能抓到杀害他女儿的凶手,随着时间推移,态度越来越激烈,谁劝他就骂谁,如今发展到动起手来了。

要加快速度了,我对自己说。

02

在城东靠近内环线的天兴农贸市场的西侧院墙外,有一栋通体灰色的四层独栋楼,附近的居民称之为八号楼,这是当初开发商兴建小区时按施工进度临时命名的编号。其他编号的住宅楼为了建农贸市场已经拆迁了，唯独八号楼东西朝向，是兼做售楼处的办公楼，位置靠外，没有被纳入规划范围。

小区楼盘销售结束后，八号楼整体打包租给了区工商分局。后来农贸市场落成，工商局搬走，开发商将这栋楼改造成经销粮油干调的商铺对外招租。经营一段时间后，商户们普遍反映做生意不赚钱，都说这栋楼风水不好。于是租户越来越少，建筑产权几经易手，供暖也差，物业更不知找谁，总说要拆迁却始终没动静，到最后底层变成了仓库，二楼以上常年空置。楼顶的防水沥青板结龟裂，凹凸不平，稍不留意就能崴到脚。天台四周竖立着高大的广告牌，如今早已老旧不堪，风从大大小小的破洞和裂隙间穿过，发出长长短短的哨声。

我趴在楼顶边缘的护墙上探头俯瞰，下面是狭长的巷道。八号楼南边有条小胡同能拐进市场里面，走这条巷道的人基本都是抄近路去农贸市场的。巷道对面是一栋老式商住两用住宅楼，虽然有民宅的窗口朝向我所在的位置，但只要我足够小心不把身体探出广告牌，就不用担心会被人发现。

我试着把一条腿垂到楼外，双手紧紧扳住护墙内沿控制着身体重心，避免被大风掀下去。四层楼算不上高，但万一摔下去，后果也不堪设想。调整好平衡后，我发现没有想象中那么危险。

靠近楼角的外墙立面上有几颗锈迹斑斑的膨胀螺栓，不久前那里安装着一个近人高的户外灯箱，是早年间某位商铺业主打的广告。如今墙面空荡荡的，只能通过残存螺栓的排列大致看出是一个长方形的轮廓，它的四周布满了年深日久风雨斑驳的痕迹。

距离我最近的螺栓已经脱落了，墙面上只剩下一个小指粗的空洞。我小心地腾出一只手，去够稍远的一颗膨胀螺栓，几乎没怎么用力就拔了出来。这东西本该深嵌墙体相当牢固的，能这么轻易拔出来，说明大自然的风化作用破坏力惊人。

手里的膨胀螺栓只剩下缩在套筒里的后半截，连着固定螺母的前半截已经锈断了，断裂处状态自然，同样布满风雨剥蚀的锈痕，看不出有人动过手脚的迹象。

所有这些都证明一件事：在漫长时间的雨水侵蚀和风化作用下，固定灯箱的膨胀螺栓慢慢锈蚀腐烂。终于有一天，其中的某一颗螺栓最先从中间的承重点处断裂，接下来是另一颗，当剩余的螺栓再也承受不住灯箱的重量时，整个灯箱遽然坠落——砸在恰巧途经此地的沈娇面前。

一切看上去都那么自然，就像生活中每天都会发生的无数意外事件中的一起。

我望着楼下路过的一对情侣，想象灯箱落下去的情景。如果这时我高喊一声，他们应该会停住脚步、抬头观望，继而躲过这场看不见的灭顶之灾。

可是，当时沈娇并没有抬头观望。她是在正常向前行进的过程中毫无征兆地突然停下脚步的，就像内心得到了某种感召，迫使自己的身体做出应激反应。

一切又那么诡异。

走在人流如织的街上，心头再次生出异样的感觉。这种感觉从离开八号楼开始就若有若无地伴随着我，中间我曾数次驻足观察身边过往的人群，却未发现任何异常。但直觉清晰地告诉我，我被跟踪了。

此时的感觉比以往每一次都要强烈，说明跟踪我的人比之前更加接近。我强忍着没有回头，尽量控制脚下步伐不变。前面街角有个栅栏围起来的花圃，拐过去就是单车道的银杏斜街，那里人车稀少，藏不住人。

转过花圃，我继续前行，这里栅栏通透，遮不住视线。向前走出二三十米，我停下脚步，转身望向刚刚经过的街角。在心中默数十个数后，我猛然发力，向着来路狂奔。

全力冲刺下几十米的距离转瞬即至，我已经做好对方刚冒头就一拳袭在他脸上的准备了。然而现实是，街角后面并没有一个鬼鬼祟祟的脑袋探出来，那种蓄足力气打在空处的顿挫感让我胸中憋闷得难受。

晴空朗朗，阳光和煦，街上的行人神情安逸，步履从容，除了一位边走路边低头检查袋子里新买的蔬菜是否新鲜的大妈被突然冲出来的我吓了一跳，每个人的脸上都写着云淡风轻，只有站在街头狐疑地打量四周的我看起来像个傻瓜。

今天的气温不高，我却莫名地感到燥热，心头更像是有火在烧。走到银杏斜街中段，我在路旁公交站的候车亭前停住脚步。

这个候车亭是新更换的，从几乎未见磨损的白钢框架可以看出，更换时间不超过半个月，公告栏的玻璃上连张不干胶小广告都没有。与之相比，一旁的垃圾桶就很陈旧了，不但满是污渍，桶身中间还瘪进去一块。

我蹲下身，仔细打量垃圾桶的凹陷处，那里除了明显的擦痕，还附着了一些斑斑点点的绿色油漆。我用指甲抠了一下，没抠动，漆皮粘得很牢。我站起身，比量了一下高度，垃圾桶的凹陷部位大致到我的大腿中部。

我退后几步，不断调整角度观察，发现垃圾桶底下似乎有什么东西反光。我蹲下去，把手臂贴着地面伸进狭窄的缝隙，摸出一块火柴盒大小的黄色塑料碎片。我从衣兜里掏出半截锈蚀的膨胀螺栓，和塑料碎片并排放在手上，越看越觉得茫然。

一辆亮着空车灯的出租车驶了过来，司机降下副驾车窗，大声问："哥们儿，去哪儿？"

我摇摇头。

对方以为我在等公交，从座位里探着身子说："这趟线公交车少，上一辆车刚走，下辆车半个小时才能来……"

我依然摇头，目光落在出租车的转向灯上。

对方不死心："去哪儿？市内的话不打表，收你个起步价。"

不用对比了，我刚刚捡到的塑料碎片就是出租车转向灯的一部分，连同垃圾桶上的油漆斑点，也和出租车的外层涂漆一模一样。

出租司机仍在死磨硬泡："要是去远郊，往返算你单程。"

"西藏去吗？"我问。

"神经病！"对方终于放弃招揽我的生意，一轰油门扬长而去。

我颓然坐在地上，看向身旁垃圾桶的凹痕，这是半个月前那场车祸留下的唯一印迹。据肇事的出租司机说，他是为了躲避突然从路边蹿出来的一条狗导致车辆失控的。

那是条土狗，身子是棕色的，肚皮和爪子是白的，脑门有一条白色的竖纹——司机这样描述。我很想问问他，一条狗你都看得这么清楚，就没看到对面的大活人吗？要不是神奇的运气护体，沈娇早被你撞成一堆肉饼了。

可是由于监控探头角度受限，没有拍到横穿马路的狗。处理该事故的交警也没有在事发现场看到那条传说中的狗。那么，这起车祸真的是意外吗？

"陈律——"一个熟悉的声音在身侧响起。

我抬头望去，一辆后架上安装着外卖箱的粉色电动车轻巧地滑停到路边。

"你坐这儿干吗？等公交车吗？"小瑕掀起头盔，冲我投来疑惑的目光。

我怔怔地望着面前的单眼皮女生，一时不知如何作答，这是继我陪她去城外看望高雨母女后第一次见到她。

"看你一头的汗。"小瑕从外卖箱里拿出两瓶矿泉水，递给我一瓶。

我机械地接过来，瓶子外壁凝着露珠，入手冰凉。她拧开自己的那瓶，仰头喝水的时候，领口露出那枚独特的项链吊坠，映着正午的艳阳闪出熠熠的光。我第一次觉得它如此刺眼。

喝了两口水，我终于按捺不住，问出了一直深藏心底不敢触碰的问题："干吗戴个澳门硬币？"

"你知道是澳门的？"小瑕见我说出出处，开心地道，"这是我妈妈刚认识我爸的时候，我爸送给她的，你看——"小瑕从衣领里拿出硬币，给我看上面的福字，"幸福的福，寓意多好。"

小瑕用纤长的手指捻着硬币，说："这是我爸留下的唯一的东西了。我小时候，一次我妈妈收拾屋子，找到一个盒子，里面装的都是当初她和我爸谈恋爱时的东西，然后就一把火给烧了。我趁她不注意往外捡，可是烧得太快，只捡到了两枚福字硬币。"

　　"两枚？"

　　"嗯，本来还有一枚的，被我弄丢了。"

　　小瑕说着，小心地把硬币放进领口。我以为她又会提起寻找身世的话题，但是没有。她放下头盔，问我："你去哪儿？顺路的话我送你。"

　　"恐怕不顺路。"我挤出笑容，指向与她相反的方向。

　　"那下次见，我请你喝店里新推出的冰奶茶。"

　　"好。"

小瑕

"师傅,就在路边停吧,多少钱?"

"八块六。"出租司机递过二维码的同时,向车窗外荒芜的住宅区打量,"这一带早就动迁了吧,还有人住吗?"

"没什么人住,差不多都搬走了。"

"小姑娘你一个人在这儿住?哦,别误会,我的意思是这地方离道边太远,不好打车,你一会儿要是回去可以加我微信,我来接你,车费算你往返。"

"谢谢师傅,一会儿有朋友来接我。以后要是打车我找你。"

"好嘞。"

看着出租车驶出视野,我拐进路边的胡同,七折八绕地走了三四分钟,在一个洒满花荫的小院前停下。

刚打开院门,卡卡就跑了过来,在我脚边拼命摇尾巴。

"饿了吧?别急,马上就有好吃的了。"

我拿出一盒罐头,打开放在地上,卡卡立刻扑上去,边吃便发出呼噜噜的护食声。

我开门走进屋子。靠近墙角的桌子上放着一只褐色玻璃瓶。我小心地拿起瓶子,看到里面的膨胀螺栓表面布满细小的气泡,那是螺栓上的铁锈与稀硫酸反应后置换出来的氢气,初中化学课就讲过这个知识。我轻轻晃动瓶子,气泡散开,螺栓似乎没有太大变化,接近半个月的浸泡远未达到我想象中的溶解速度。

我放下瓶子，拿起旁边一根只剩后半截的膨胀螺栓，从断口处的斑驳痕迹看，这根螺栓的前半截是自然锈断的。它与浸在稀硫酸瓶子里的螺栓来自同一地方，只是不同的位置罢了。为什么只有安装那个户外灯箱的螺栓全部锈断了，其他的却没事？

"汪——"卡卡跟进来，抬头冲我叫。

"你渴了吗？"

卡卡呜呜地回应。

我放下手里的半截螺栓，给卡卡的水盆接满清水，然后坐在屋门前的台阶上，看着卡卡把长长的舌头卷起来一下一下地捞水喝。

卡卡是只流浪狗。我发现它的时候，它正在被撞翻的垃圾箱里找东西吃，样子好可怜，身上脏得没法看，没想到把它领回来洗完澡后，居然给了我一个惊喜。它的毛色很漂亮，从头到尾都是棕色的，肚皮和爪子是白的，最可爱的是脑门正中有一条白色的竖纹。这条竖纹的大小和位置与多年前埋葬在龙爪槐下的三花猫卡卡几乎一模一样……

"卡卡真的走丢了？"晚饭时，崔叔叔问。

"好几天没看见了。"妈妈说。

崔叔叔瞅瞅默不作声的我和小卓，安慰道："别难过了，喜欢就再养一只吧。"

"不养。"我和小卓异口同声。

"你们不是喜欢吗？睡觉的时候都恨不得抱着它。"崔叔叔有些奇怪。

小卓低着头不说话。

"再丢了更伤心。"我说。

"不养也好，下半年你们就上四年级了，要把精力用在学习上。"妈妈一锤定音。

说不上为什么，我从始至终都没打算把卡卡的下落告诉他们。

但是卡卡的离开，似乎带走了家里的好运。从那年夏天开始，崔叔叔的身体就开始出问题，时不时地感觉犯困，说话也提不起劲。妈妈认为他是工作太忙累的，整天琢磨各种安神补气的药膳。崔叔叔吃了，效果难说好坏，有时能精神亢奋得整宿不睡，有时一连数日都无精打采的。

妈妈有些急了，催着他赶紧去医院检查一下身体。崔叔叔总是说工作太忙抽不开身，今天拖明天，明天拖后天，实在拖不过去终于去了一趟医院，拿回来的检查报告显示一切正常。

与此同时，崔叔叔的事业也遭遇了前所未有的挫折。从他偶尔和妈妈提及的只言片语就能感受到正在面临的压力，一些常年合作的大客户被竞争对手抢走了，公司今年的效益比去年同期下降了一半还多。在这方面，妈妈帮不上忙，只好劝他先把身体养好。

崔叔叔每天早出晚归，比之前更加忙碌。本已微微发福的妈妈逐渐清减，眉宇间总是锁着一丝淡淡的忧愁。

夏天过去了，崔叔叔的生意依然毫无起色，隐约听到他跟妈妈提到破产两个字。从那之后，家里再也没有响过妈妈的琴声。

终于，在深秋的最后一场寒雨中，我们全家搬出了水岸江南别墅。别墅里的一切，包括那架妈妈喜欢的钢琴，还有家里的黑色奥迪车，都被崔叔叔变卖了偿还贷款。

雪上加霜的是，恰在这时，妈妈怀孕了。闻知消息的崔叔叔半天没说出话。

我们的新家在一个叫作南岗子的铁路住宅棚户区，位置夹在横穿这座城市的百里河与一条铁路线中间，地势蜿蜒复杂，如今的住户已经超过两千家。在一眼望不到头的低矮平房中，混杂着带有早期日式风格的老旧民居。它们都有共同的特征：灰色的瓦，青色的砖，绿漆的门，高而狭长的窗户，起脊的屋顶，还有和屋顶齐平的烟囱……实际上，除了那些民居，这里的很多建筑都是日伪时期留下的，包括铁路线、火车站、铁路涵洞，还有整片区域中最高的建筑——一座足有七层楼高的老式钢筋砼水塔，都是当初日本人修建的。

在这座水塔偏南不到一百米的狭窄巷子里，有一栋三开间的平房，是崔叔叔父亲的房产。听小卓说，他的爷爷奶奶都是铁路职工，但他从来没见过他们，两位老人在他出生前就过世了，他也从来没在这边居住过，这栋房子一直用来出租。

因此，对于新环境，小卓显得非常不适应。每到傍晚，整个棚户区被灰蒙蒙的炊烟笼罩，小卓会被空气中的细微粉尘呛得直咳嗽。由于住宅靠近铁路，列车进出站时的鸣笛，车轮碾过铁轨的巨大噪音都吵得人心烦意乱，相比原来清幽寂静的别墅区完全就是两个世界。不过最让小卓痛苦的，则是睡不惯火炕，无论身子底下垫了多少层褥子都觉得硌得慌，炕烧热了半夜会渴醒，炕烧冷了又会冻醒。他说自从搬过来，就没睡过一个好觉。

其实不光小卓，我也能感觉到崔叔叔对这里也不适应。最初的一个星期，他经常一动不动地坐在炕上盯着屋子里的某个地方发呆，牙关咬得很紧，抠在炕沿上的双手因用力过度指节变得青白，双腿也微微颤抖。我难以想象他内心承受着怎样的压力和痛苦，但是从曾经的日不暇给到现在的无所事事，我猜他内心的落差一定远远超过环境的变化。

相对而言，我和妈妈都是曾经吃过苦的，适应程度比小卓父子好得多，只有刚开始几天被巨大的铁路噪音吵得睡不着觉，很快也就习惯了。

尤其佩服的是妈妈，从始至终都没有抱怨过一句。她常说嚼得菜根百事可做，安顿好我们，就换上开补习班时穿的职业装去人才市场找工作了。结果当天就拿到了试用通知，在一家早教机构当前台助理。薪酬不高，妈妈看中的是日后有转岗当培训教师的机会，那是她擅长的领域。

在妈妈的带动下，崔叔叔也振奋起来，通过朋友的介绍在一家物业公司得到了一个技术员的岗位，具体工作是维护该物业公司名下社区的消防自动喷淋系统。平时没什么事，也不用参与值班，只要在系统出问题时及时处理就可以了。

冬天到了。妈妈顺利通过了试用期，为了能够转为培训教师不得不额外加很多班，经常晚上七八点钟回家，那时天早已黑透了。崔叔叔劝她不要这么辛苦，她总是摇摇头，说不累，然后进屋一头倒在炕上，连晚饭都不想吃。

遇到难得的休息日，妈妈哪里也不去，就静静地坐在窗前，虽然小腹已微微隆起，整个人依然美得像幅画，只是沉默的时间比以往更多了。好几次我看到崔叔叔想上前跟妈妈说话，都因妈妈的沉默而踟蹰，最终什么也没说。

在微妙的气氛中，我隐隐感觉到他们之间的裂痕。

搬家之后，崔叔叔接送我和小卓上下学的次数渐渐少了，妈妈更是每天早出晚归顾不上我们。好在新家距离学校很近，出门沿着河堤走十分钟左右，拐进一个禁止机动车驶入的铁路涵洞，出去转弯就是铁路一小，中间不需要横穿马路，不存在大人们担心的交通安全问题。

只是小卓变得有点任性，经常抱怨现在的家窄小破旧，抱怨现在的饭菜不好吃，抱怨爸爸很久没有给他买新衣服新鞋新玩具了，连步行上学也要抱怨路太远……说到底还是没吃过苦造成的。

一个周末的中午，下了入冬后的第一场雪。雪花不大，足足飘了一下午才给整个操场披上一层纯净的白毯。

放学后，我意外地看到很久没来接我们放学的崔叔叔出现在校门口。当时我的班级正在老师的带领下排队，小卓的班级还没从教室里出来。我抬起手冲崔叔叔挥舞示意，他没看见，却被老师看见了，挨了两句训。

我一边盯着崔叔叔在大群家长中的位置，一边回头看教学楼的出口，盼着小卓赶紧出来好一起回家。来回转头的工夫，忽然发现崔叔叔挤出人群向外走去。我怔了一下，随即反应过来今天是他打针的日子。看他那种刻不容缓的样子，我有些担心，跟随大队出了校门，顾不上等小卓出来，就朝崔叔叔离开的方向追去。

其实我一直想看看崔叔叔打针的诊所是什么样子，为什么只有去那里，崔叔叔的奇怪病情才能缓解。之前我问过两次，他都笑笑，没有回答，却让我更加好奇。

　　我远远地跟着崔叔叔的背影，偶尔伸手接一片飘落的雪花，看着它在掌心中快速融化。

　　不知不觉中，雪变大了。身边的路人和建筑越来越少，视野中一片苍茫，崔叔叔的背影逐渐模糊，洁白的大地上只留下一行不知通向何方的足迹。

　　我追寻着脚下的足迹，坚定地向前走。

　　终于，足迹到了尽头。我看到了一栋红色的房子——红色的墙、红色的瓦、红色的门，红色的窗棂前挂着两只红色的灯笼。

　　崔叔叔在房子前停住脚步，即将进门的时候，屋里有人问道："跟你来的人是谁？"

　　崔叔叔惊讶回过头："小瑕，你怎么来了？"

　　"小瑕？"屋子里的声音带着一丝阴险的意味。

　　接着，幽暗的门洞里探出一张狭长的马脸……

陈律

01

方一同打来电话的时候,我刚刚走出附属医院住院部的电梯。

自从那天去老周家找他聊天听说复查出了阴影,这件事一直在我心里压着,今天终于找到机会跑了一趟医院。接待我的是胸外科主任医师佟教授,当初老周的手术就是这位佟教授主刀。他听说我是老周的徒弟,很是意外。

"现在好多患者的子女在老人做完手术后问的第一件事是什么时候能出院,在他们眼里,癌症就是不治之症,手术和住院就是在浪费钱,因为医保不能全额报销。你作为徒弟还知道关心师父的术后身体状况,年轻人像你这样,很难得了。"

佟教授的一番话让我有些羞愧。实际上除了在医院里陪了几天床,顶多就是手术前后,我帮着师娘把老周从病房里推进手术室再把他从手术室推回病房,其他的并没干什么,连平时去老周家探望的次数都很少。即使今天,我来医院的目的也不完全是为了打听老周的病情。

佟教授告诉我,肺癌按恶性度由高到低依次分为小细胞癌、大细胞癌、腺癌和鳞状细胞癌,老周得的是腺癌,恶性度属于较轻的那种,而且由于发现早,手术很成功。至于复查时出现的阴影,也属于较为常见的现象,只要坚持服用靶向药就可以有效控制。

为了解除我的担心，佟教授还特意给我介绍了一些医学名词和数据，但是太过专业，我基本没有听懂。大致能理解的就是老周现在服用的这种叫易瑞沙的靶向药，是根据基因检测结果推荐的。这种药物尤其对腺癌患者疗效显著，对病灶的作用率远远高于其他类型的肺部肿瘤。有了这句话，我心里总算踏实下来。

告别了佟教授，我乘电梯来到14楼的骨外科住院部。

沈立山，沈娇的父亲。我找到他的时候他正在护士站给妻子办出院手续，手里攥着长长的住院清单。之前我们在绿岛公园发现沈娇遗体时见过一次，大概由于当时的全部身心沉浸在痛失爱女的悲恸中，此时见面他对我已经没了印象。

得知我的身份后，他问我的第一句话就是："娇娇的案子有进展了吗？"

"我们正在全力调查，争取尽早破案。"我有些歉然，这种空洞的辞令讲出来实在没什么说服力。

沈立山面无表情地"哦"了一声。我注意到他的鬓角和额头上方的发根变得霜白，浓重的一字眉中间竖着深深的悬针纹，方正的国字脸上疲态尽显，整个人比上次见到时苍老了好多。

"听方一同说阿姨的腿摔伤了，我来看看阿姨。"

尽管我特意提到方一同，沈立山似乎仍未想起我是他外甥的朋友，滞涩的目光在我脸上转了一圈，不置可否地点点头，迈步把我领到走廊尽头的单间病房。

隔着门上的玻璃，我看到房间内一个坐着轮椅的娇小女人正在整理病床上的个人物品，窗外斜射的阳光把雪白的床单映得晃眼。

听到开门声，女人转过头，光洁的皮肤和一双妩媚的桃花眼使她看上去顶多30岁出头，和沈立山在一起像父女多过夫妻，以致我的一声"阿姨"在嘴里转了好几圈才出口："我是方一同的朋友，正好负责这个案子……"

话未说完，沈立山上前抢过女人手里叠的毛巾被，责备道："不是让你多休息吗？这些东西我来收拾，万一把腿磕着，到时你想出院也出不了了。"

女人没有言语，而是笑着冲沈立山的背影吐了吐舌头，那一刻就像个被大人呵斥了的调皮少女。见我在看她，微笑着冲我点点头，没有因外人窥见自己被丈夫宠溺而感到羞涩。

她指着窗前的单人沙发让我坐，坐下的时候我看到还未撤掉的床头卡上写着患者名字，李静。

"您的腿怎么样了？"我问。

"胫骨骨折。"李静敲了敲裹在右腿上的石膏，梆硬的石膏壳子发出空洞的轻响，"医生说没有大碍了，可以出院，剩下的就需要时间恢复了。"

"听方一同说，您是摔在台阶上了。"

"那天下午娇娇从外面回来，一进家就找出上学时用的拉杆箱，往里面放衣服。我看她像要出门的样子，可是问她去哪儿她也不说，收拾完东西就往外走，见我追出来，连电梯都不等顺着楼梯跑下去了。我追得急了点，一下就踩空了，当时老沈还没下班，是邻居们把我送来的医院。"

"是我把她宠坏了。"沈立山手里拿着尚未叠完的毛巾被，木然地坐在病床上。

"女孩嘛，宠是应该的，何况我们就这一个孩子。"李静把丈夫的手拉过来，用一只手握着，另一只手覆在丈夫的手背上。

见我投去探询的目光，李静轻声说："在老沈之前，我和前任有过一个孩子，不到半岁就夭折了，我离婚也是因为这个，所以我不怎么懂做妈妈。而且对娇娇来说，我的年龄有点尴尬，叫妈妈叫姐姐都不合适，有些时候明明知道她做的不对，我却不知该怎么说。其实说到底，还是我的责任导致娇娇和我处不来。"

"你已经尽到当妈的责任了。"沈立山颓丧地摇头，"是娇娇不懂事，只想着她妈，从一开始就不肯接受你。"

李静在丈夫手背上轻轻拍了一下,说:"娇娇想她亲妈有什么不对的,说明孩子重情义。倒是你对她管得太严了,干吗因为跟你吵了几句就把她的生活费停了?"

李静转过头对我解释:"那会儿我和老沈刚在一起,娇娇正上初中,已经是大姑娘了。听她姥姥说,娇娇从小花钱就大手大脚的,没怎么受过限制。这下突然把她的生活费停了,而且是因为娇娇对我的态度,他们爷俩才吵起来的,你说孩子心里会怎么想?肯定是爸爸把钱都花在那个新找的女人身上,连自己的亲闺女都不要了。这要换了我,也宁愿住校,不愿回家。"

沈立山烦躁地摆手打断妻子:"谁说不给她花钱了?你别听那些闲话,私立学校的费用不比公立的贵十倍?"

李静幽幽地叹了口气:"可是人家都会说,是我这个当后妈的把孩子逼走的。"

"你怎么又说这些?都说了和你没关系。"沈立山愈发不耐烦,或许因为我这个外人在场,妻子的话令他脸上有些挂不住。

"好好,不说了。"李静温和的眼光看向我,"你今天来是不是有事?"

我赶紧趁机转入正题:"沈娇转学前,您听到她提过彪哥这个人吗?"

"没听过。"李静摇了摇头,随即望向沈立山,见丈夫也是一脸茫然,问道,"这个人和娇娇的案子有什么关系吗?"

"暂时不清楚,目前只知道沈娇初二那年过生日的时候,他送给沈娇一部新款苹果手机。"

夫妻俩的眉头同时皱起来。沈立山的脸色尤为难看,停了片刻,道:"这事娇娇从来没跟我们说过。因为学校不让孩子们带手机,所以我一直没给她买,直到娇娇转学去外地,为了方便联系,我才给她买了一部手机,国产的。你说的彪哥是娇娇的同学吗?"

我想了想,觉得没必要隐瞒:"不是同学,应该是社会上的朋友。"

沈立山的脸顿时黑成了锅底，李静握着丈夫的手也抓得更紧。一个初中女生结交社会上的朋友，这本就不是什么好事。况且，什么样的朋友会平白送她价值数千元的手机？这个彪哥的目的是什么？即便这事发生在七年前，如今当事人已经不在了，但这样的联想仍令人感到不安。

突然响起的敲门声打破了尴尬的沉默，一名护士探头进来说："家属可以划医保卡了，缴完费就能出院了。"

沈立山闻言，一言不发地走了出去。我也打算告辞，起身时见李静神情犹豫，似乎欲言欲止。

"您是不是想起什么了？"我以为她想到关于彪哥的线索。

"其实……那天下午老沈没有上班。"

"您摔伤那天？"

"嗯。"李静迟疑地点了下头，"我住院的第三天，方一同来看我时无意中提到的，他说那天是老沈开车把娇娇送去他家的。"见我发愣，她勉强笑了一下，"老沈应该不知道我摔伤了，否则他肯定会第一时间送我去医院的。"

说话的时候，李静把目光移向窗外，我猜是不想让我看到她眼中的忧伤。

我没有等沈立山回来，默默退出病房。

02

下行的电梯中人满为患，混合了来苏水的怪异气味充斥着狭小的空间。揣在裤兜里的手机响起来，却因身体被周围的人死死挤住掏不出来。手机铃声在我尽快到站的期盼中转入沉寂。好不容易下到一楼，我被人群裹挟着出了电梯，掏出手机一看，是方一同打来的。

我回拨过去，对方只说了句"看视频"就挂了。我这才注意到朋友圈里有一条未读的视频信息，点开看了一会儿，心头骤然生出一种莫名的恐慌。

平心而论，我不是个神经敏感的人，很多时候还比较粗心，而且限于年龄和阅历，远未修炼出见微知著、落叶知秋的本事。但是基于之前不止一次提到的悲观性格，加上我进入警队前曾经遭遇的一次重大坎坷，终于使我熬过了几乎主宰了我整个青春的叛逆期。作为最直接的收获，就是我性格中原有的莽撞和冲动，变成了谨慎和多疑。

多疑放在谁身上都不是讨喜的性格，朋友之间交往的前提是信任，身处警察更应如此。多疑意味着猜忌，如同一个人躲在暗处偷窥外面的世界，时间久了不但会本能地畏惧阳光，心理变得阴暗，更会让人觉得你在酝酿阴谋。或许老周正是看出了这一点，所以才有了那天的告诫。

可是这一次，我实实在在地嗅到了阴谋的气息。

方一同发来的视频不长，只有不到三分钟。拍摄时间是晚上，地点是某个公园内的冷饮摊附近，拍摄对象是一个约莫四五岁的胖墩墩的小男孩。拍摄的人手法不好，也许并未走心，镜头一晃一晃的，小孩子本就不安分，喜欢四处乱跑，镜头也就跟着四下乱晃。偶尔胖小子停下了，颠簸的影像才略显平稳。

无论怎么看，这就是某位家长给自己孩子拍摄的一段生活小视频。在当今网络时代，这种用手机录像功能记录子女成长经历的做法再普通不过。只是这段视频的画质太糟糕，完全没有长久珍藏的必要，哪天手机内存不足了可能就随手删除了。

方一同不会无聊到给我发一段毫无意义的东西，还特意打电话让我看，但视频里的胖小子我并不认识。我仔细回想了和方一同交往以来，他身边出现过的那些亲朋好友家的小孩子，没有一个能对上号。就在我忍不住想要快进的时候，忽然画面中有个熟悉的身影一闪而过，我赶紧倒回来，拖住进度条一点点慢放。

随着视频中小男孩的跑动，镜头转到冷饮摊对面，那里是一片并不宽阔的草坪，草坪后面是幽暗的树林，就在草坪与树林交界的边缘，站着我刚刚看到的身影——沈娇。

原来这才是方一同让我看的东西。我仔细观察画面，发现沈娇跟前还有一个人，两人似乎在交谈，但对方的大部分身形被沈娇挡住，加之所处位置光线太暗，看不清楚。

我松开进度条，视频继续播放。大约过了一分钟，画面再次随着跑动的男孩回到草坪上。这次镜头回归的时间简直恰到好处，沈娇的身影刚进入画面，就被她挡住身形的那个人狠狠抽了一记耳光。沈娇似乎被打傻了，直愣愣地站在原地，直到对方转身离去，才蹲在地上掩面而泣。

在那个人转过身的一瞬间，我看清了，是小瑕。

视频虽然没有标注日期，但不出意外的话，这就是沈娇遇害当晚发生的事。如果参照当天的监控记录，这段视频的拍摄时间应该在沈娇遇害的半小时之前。也就是说，当天小瑕出现在绿岛公园的监控中并非偶然，她是去找沈娇的，至于她和沈娇谈了什么，又为何会打对方耳光，就无从猜测了。

纵观整个视频，小瑕和沈娇只出现了这两次，每次都不过五六秒钟。这很好理解，因为这段视频是男孩家长给自己孩子录的，主角自然是画面里四处乱跑的胖小子，小瑕和沈娇是作为拍摄背景被无意中记录下来的。

话虽如此，可我总觉得哪里不对劲。几乎是无意识地，我从兜里掏出香烟点燃，不知不觉中把整支烟抽完，直到传来难闻的烧海绵味才霍然惊醒。我发现自己已经离不开这东西了，当初发誓戒烟的理由如今想起来只觉得荒唐好笑。

扔掉烧变形的过滤嘴，我再次重审这段已经观看了多次的视频。或许是方才心思放空的关系，这次视频刚播到一半，我猛然醒悟不对劲的地方在哪了——视频的拍摄者从头到尾都没有说过一句话，我连拍摄者是男是女都无法分辨。

这是不正常的，尤其当画面里的男孩被地上的小土包绊了个趔趄的时候，拍视频的人没有发出一点声音，也完全没有上前关心或查看一下的意思。倒是画面外隐约传来一声女人的惊呼，侥幸没有摔倒的男孩朝惊呼的方向看了一眼，又咯咯笑着继续跑起来。

视频在这里出现了第二个漏洞，这个胖墩墩的小男孩全程都没有和视频拍摄者发生过一次目光交流，仿佛拍摄者是个陌生人。

陌生人？这个念头从我脑海里跳出来的瞬间，立刻引发了一连串的疑问：也许视频拍摄者并不是这个小男孩的家长？这段视频是偷拍？而且是打着偷拍别人家孩子的幌子，其真正的拍摄对象是沈娇和小瑕？既然是偷拍了，为什么不直接拍她们，反倒把如此重要的信息隐藏起来？视频拍摄者费尽周折，最终想把这条信息传递给谁……

想到这里，我的手不禁哆嗦了一下。盯着已经暗下去的手机屏幕，我忽然觉得浑身发冷，难道——这信息是传递给我的？

小瑕

靠近角落的餐桌前坐着一家三口。面朝外的是一对母子，别看儿子已经高中毕业了，妈妈却一点也不显老，腰肢纤细，眉眼弯弯，尽管没化妆，但依然很耐看。身边的儿子比她足足高了一头，清秀的五官像极了妈妈，只是右侧颧骨下方多了颗黄豆大小的痣，眼神中也蕴含着同龄男生中少有的腼腆和羞涩。之所以知道他已经高中毕业，是因为他刚刚拿出一份录取通知书。离得有点远，我没看清学校的名字，但封面的五角星表明录取他的是一所军校。

坐在男生对面的爸爸是个身形粗壮的汉子，尽管看不到正脸，但能明显感觉到他难以抑制的兴奋和一丝丝紧张。在看到大红色的录取通知书时，他特意把一双长满老茧的双手在裤子上蹭了又蹭，才小心翼翼地接到手里。轻轻翻看了好几分钟，突然抬手把儿子拉过来，在对方的后脑勺上狠狠地揉。

男生似乎很享受这种亲昵的"蹂躏"，隔着桌子尽量把身体向前探，为了让爸爸揉得顺手，同时朝身旁的妈妈做了个鬼脸。妈妈满眼宠溺地看着面前的爷俩儿，脸上挂着如释重负般的欣慰。这大概是她人生最幸福的时刻吧。

餐馆里的人不多，除了躲在柜台后面打瞌睡的服务员，只有我和那一家三口两桌食客。马路对面是这个男生毕业的全市最好的重点高中，由于正值暑假，校门紧闭。毕业季本是餐饮业一年中最红火的时候，如今的升学宴比年夜饭的价格还要贵。但这种红火不包括开在学校附近的小餐馆，漫长的寒暑假期是这些以学生为主要客源的商家生意最萧条的时候。

选择在这种冷清的地方庆祝儿子考上军校是很奇怪的事情。没有亲朋好友的祝福，收不到宾客的红包，无法在人前炫耀自家子女的出色……但这些似乎都不影响那一家三口的好心情。看着他们把头凑在一起低声交谈，神情间掩藏不住刻意压制的兴奋和喜悦，我突然有几分失落。不是后悔当初过早地辍学，而是格外羡慕一家人能够聚在一起，那种其乐融融的感觉真好。

曾几何时，我也享受过同样的幸福。可惜，这样的时光太短暂了。

变化是从什么时候开始的呢？我说不上来，但是在我收到那件羽绒服后，小卓就不再叫我姐姐了。

那是我第二次跟随崔克昌去诊所打针。仍是放学后，距上次大雪漫天的周末相隔不到一个星期，路边的背阴处仍残留着尚未消融的积雪。

和之前不同的是，这天我和小卓同时下课。但在校门前，崔克昌让小卓自己先回家，小卓不肯。或许他不愿独自一个人待在本就不喜欢的家里，因为当时妈妈还没下班；或许他认为爸爸故意撇下他带我出去玩，抑或偷偷去吃什么好吃的。总之，小卓嚷着闹着要跟我们在一起，甚至不惜像小时候那样冲他爸爸撒娇。但这些都不管用，在小卓抱着爸爸的胳膊不让走时，我第一次看到崔克昌动手打了他。

一记响亮的耳光抽在小卓脸上，把他打得愣在原地。我也愣住了，眼看着泪水顺着小卓脸上流下来，我想上前帮他擦干，崔克昌却死死地攥着我的手。小卓呆呆地站立了好几秒钟，突然哇的一声哭出来，转头向家里跑去，我则被拖着朝相反的方向渐行渐远。

第二天，崔克昌给我买了一件羽绒服，是价格昂贵的进口品牌。我不想要，但他当着妈妈和小卓的面坚持要我穿上。我勉强把羽绒服套在身上试穿，崔克昌才明显吐了口气，尽管他的眼中闪烁着愧疚和不安。小卓则头也不回地走进对面的房间。

那天开始，无论上学还是放学，小卓都不再和我一起走了。

我感觉到小卓对我的嫉妒。

妈妈自然也感觉到了，她试图通过母爱来修复我和小卓的关系，比如带小卓去吃他很久都没吃过的快餐，甚至特意请了半天假打算带他去市里新建的游乐园，但小卓都不去。

那段时间，一到周末小卓就往外跑，天黑透了才无精打采地回来，谁跟他说话都不搭理。妈妈想让崔克昌问问小卓一整天去哪儿了，得到的答复却是不用管他。妈妈放心不下，有一天悄悄跟着小卓出门，终于弄清了。原来这些天小卓是去找他的妈妈，但一次也没有见到。

妈妈本来就是冷清的性子，对什么都不感兴趣也不关心，如今小卓变得不再乖巧听话，妈妈的热情自然开始消减。那种淡淡的、漠然的神情又回到了脸上，眼睛里也渐渐失去光彩。确切地说，除了肚子里的孩子，妈妈对其他事情都不再上心，包括小卓，包括崔克昌，也包括我。

她现在的身子越来越沉重，走路也越发加着小心，由于双腿经常浮肿，白天甚至不敢喝水，怕频繁地上厕所导致耽误好不容易得到的培训讲师的工作。即便这样，到了晚上，她的小腿仍是一按一个坑，好半天才能恢复。

这个即将出世的孩子同样也是崔克昌的精神寄托，他常常把耳朵贴在妈妈隆起的肚子上听胎息，一脸沉醉地扳着指头算预产期，热切地期待新生命的到来。唯有这个时候，妈妈眼中才会现出一丝久违的温柔，而小卓则一声不响地冷着脸走开。

和妈妈日益臃肿的腰身相比，崔克昌快瘦成了衣服架子，除了每次刚打完针的头几天能保持精神健旺，其余时间整个人就像那些日子里我的天空一样，暗郁、阴沉。

终于，在河水解冻的暮春时节，妈妈和崔克昌分房睡了。我和妈妈住西屋，崔克昌带着小卓住东屋。我心里原本有无数话想趁着独处的机会跟妈妈说，可是却不敢说。因为我再次从妈妈身上感觉到了如水般的寒气，最终不得不把那个秘密重新埋在心底，独自忍受着心被撕扯成碎片的痛苦，继而化作最恐怖的梦魇在夜半更深时悚然惊醒……

"服务员，结账。"角落里的一家三口结束了低调的庆祝。

妈妈和儿子率先离开。临走时，那个腼腆的大男生来到爸爸面前，父子俩紧紧拥抱了一下。

过了几分钟，一直背门而坐的爸爸缓缓站起身。酒精的刺激将他的脸红蔓延到全身，也令他胸前的狼头文身在半敞的衣襟里显得格外狰狞。他目光警惕地四下望了望，然后一瘸一拐地走出餐馆，上了一辆出租车。

我赶紧结账出门，骑上电动车远远跟在后面。

约莫20分钟，出租车停在一处路口。对方下了车，走进路旁的城中村。望着他步履蹒跚的背影，我忽然想起很多年前的夏日午后，在派出所院子里见过的那个脸膛红红的老警察。

我犹豫了一下，还是跟进了城中村。

十分钟后，我拿出手机拨通姜琳琳的电话："姐，有条送餐信息你记一下。火腿三明治、抹茶酥皮泡芙、巧克力布丁，外加一杯椰香奶茶，订餐人王女士，要求今晚九点送达，地址是……"

陈律

01

开车去找方一同的路上,放在仪表盘上的手机嗡地震动了一下,漆黑的屏幕亮起,弹出一条信息。我以为又是方一同发来的,拿起来一看,却是条短信,发信人是李言,不由得纳闷这家伙有事怎么不打电话,发什么短信?随手点开扫了一眼,惊得我一脚踩在刹车上。车子顿时横在马路中间,差点令后面的车辆追尾。

我顾不得身后司机的咒骂,立刻回拨过去,铃声刚响就被挂断了,显然对方身边有人,不方便说话。我立刻掉转车头,向城东的马家洼子方向开去。

马家洼子是我们分局辖区内仅存的城中村,因其地势低洼得名,也因地势低洼导致地下水渗透性强而迟迟未得到开发。站在与之毗邻的马路上,放眼望去尽是层层叠叠的屋顶。和四周闪耀着现代化工业之光的高楼大厦比起来,这片老旧杂乱的棚户区宛如一座被时间遗忘的孤岛。

在这座孤岛中的一个僻静小院里,一具奇怪的尸体被暂时安放在白色苫布上。先于我到达现场的丁珺正带着手下在屋子里做最后的微物证据搜集,严鹏和小武则蹲在尸体旁上下打量。

死者是个体格粗壮的中年男性,年龄大约四十出头,上身赤裸,下身穿一条肥大的沙滩短裤,一只脚光着,另一只脚上套着塑料拖鞋。

说他奇怪，是因为尸体的头部和整个上半身的皮肤呈现出苍白、膨胀和皱缩现象，这是在水中长时间浸泡的结果，使得文在死者胸口的原本神态狰狞的狼头看上去像一只哈士奇。

尸体的下半截身子没有接触到水，却更加古怪，两个膝盖糊满了血迹，烂糟糟地几乎找不到一块好皮。血肉模糊的股四头肌上布满细小的孔洞，而且两条腿的粗细也不相同，右腿的肌肉明显呈萎缩状态，脚踝处跟腱松弛，致使脚掌不自然地歪向一边。正因为此，导致搬运尸体时这只脚上的拖鞋滑落了。

"脚筋被人挑了，是旧伤。"严鹏见我盯着尸体的右腿看，随口解释了一句，然后翻着眼睛问我，"你怎么来了？"

一句话问得我满嘴苦涩："这个人和8·26案的被害人沈娇曾经有过交集。"

"什么时候的事？"

"七年前。"

严鹏哦了一声不言语了，也没问我从哪儿得到消息来的现场。

"这是怎么弄的？"我看向尸体腿上奇怪的孔洞，那应该是被一件颇具分量且表面带有尖刺的物体砸出来的，但我想象不出那东西是什么——除了狼牙棒。

"用这个。"小武从身边拎起一只特大号证物袋，里面装着一个四分五裂的外壳沾满了褐红色血渍的榴梿。

"不光腿上——"小武隔着苫布把尸体的手掌翻过来，"这儿也有。"

我这才注意到死者的手背同样被砸得皮开肉绽，由于在水里泡过，泛白的伤口不见丝毫血迹。

"少说十来斤。"小武掂了掂袋子里的榴梿，咂舌道，"这得多大仇？把人砸成这样不说，还要按到浴缸里淹死？"

"不见得是寻仇。"严鹏面无表情地接了一句。

"那是什么？"小武问。一个胸口文着狼头还被人挑断过一根脚筋的家伙明显不是善类,要是没有几个仇家实在说不过去。

严鹏眯缝着眼睛盯了尸体好一会儿才开口:"我觉得更像逼供。这种皮外伤看着血刺呼啦的,挺吓人,实际上并不严重,连骨头都没断,唯一造成的伤害就是疼痛,真要是寻仇就应该把剩下的那根脚筋挑了,我猜凶手在淹死他之前想从他嘴里问出点什么。"

我心里一顿,严鹏这番话让我对他有了刮目相看的意思。这家伙平时嘻嘻哈哈的看起来有些不着调,功利心也重,关键时刻眼光倒毒。可是眼下我没心思欣赏别人,彪哥的突然遇害打了我一个措手不及。之前我拜托李言在他所里的户籍系统中查一下彪哥的户籍档案,本打算找机会跟对方见一面,看看能不能挖出有价值的线索,没想到期待中的见面变成了这种结果。

想到李言,我忽然意识到,来了半天怎么没看见他?我向一名维持现场秩序的派出所警员询问,对方指着门前的巷子说,好像往东边去了。

警戒线一直拉到巷子口,外面围满了看热闹的人群。我分开人群,走出去不远,眼前出现一个不大的空场,四周砌了一圈水泥台子,上面摆着各种蔬菜水果,台子后面却不见人,卖菜的都跑去巷口看热闹了。

李言正站在空场边上的一根杆子底下抬头观望。因为休班,这家伙今天穿了一身便装,还特意戴了一顶棒球帽。

"坏了。"他指了指杆子顶端耷拉下来的摄像头。那上面有砖头砸中的痕迹。

不等我询问,他拍拍身边的水泥台子,骗腿坐上去,用手在面前比画了一圈:"这个空场——白天菜市场,晚上跳舞场。彪哥,哦,他的本名叫邓彪,今年42岁,六年前搬来这里,租了现在住的房子,白天就在这里摆摊卖水果。"

"六年前呢,他都干了些什么?"

"太早的记录查不到,只知道他初一没念完就辍了学,第一次坐牢是22岁,与人斗殴,打断了人家一条腿,还好没落下残疾,判了一年三个月;出来不到一年,又把一个人捅成重伤,判了两年十个月;最后一次是他32岁时,因为诈骗罪被判了两年半,不过有人说他这次是替别人进去顶罪的。"

我在心里盘算了一下:"也就是说邓彪最后一次放出来是七年前?"

李言点头:"准确地说,邓彪是七年前的3月份出狱的,校园坠楼案是同年8月底发生的,可是同年9月,他就消失了。再次出现是一年之后,他的脚筋被人挑断了,应该是在道上混不下去了,才躲到这里摆摊卖水果。"

这番辉煌的经历听得让人头疼,我按着太阳穴说:"邓彪的亲属现在是什么状况?"

李言习惯性地摘下帽子,用力搓了两把光头,没好气地说:"他哪儿还有什么亲戚?邓彪父母早亡,原来还有个小他六岁的弟弟,叫邓文。这小子是个读书的材料,师范毕业后打算当老师的,但是因为他哥哥隔三岔五就进监狱,没有学校愿意招收,他就去了山区当支教。直到邓彪最后一次出狱的半个月前,邓文出车祸死了。"

"邓彪没有老婆孩子吗?"

"这事说来有点狗血。邓彪原来有个女人,据说是歌厅认识的。邓彪前两次进监狱都是因为她跟别人打的架,以致孩子出世都没看到第一眼。这女的一边哺育孩子一边等丈夫出来,同时还要照顾正在上学的小叔子,看上去挺有情义。不过到了邓彪第三次出狱,事情到底还是发了,也不知道他从什么地方觉察出来的,偷偷做了个亲子鉴定,结果发现已经10岁的儿子实际上是自己的侄子。"

确实狗血了!我咽了口唾沫,问:"然后呢?"

"还能怎么样?自然是离婚了。邓彪虽然是个混不吝的家伙,但做事挺仗义,自己净身出户,把房子还有正在经营的一间烟酒零售店都留给那女的了,说到底大概还是怜惜弟弟留下的这点骨血吧。"

李言深深叹了口气:"我们教导员说,邓彪的名字起得不好,彪乃虎所生,却以虎子为食,两者天生相克。而白虎属大凶,主刑罚,命中注定他这辈子牢狱缠身,不得善终。"

"你还信这个？那他弟弟的名字不错，怎么还死在哥哥前面了？"我笑着拍拍他的肩膀，"别这么唯心啊，老李。"

"我也不想信，但有些事情解释不清。"

"比如？"

"算了，说了你也不信。"李言烦躁地摇摇头，重新把棒球帽扣在脑袋上，又抬头瞅瞅头顶的监控，不确定地问我，"你说能录下点啥？你们的人看一眼就走了。"

我望着吊在摄像头尾巴上的网线，心里也没底："就算摄像头没坏，角度也偏了，砸它的人肯定会绕着走。而且邓彪家门前的巷子西边也有出口，我就是从那边过来的，一路上没看到有监控。"

李言拍拍身旁的监控立杆，说："这一带都是平房，摄像头的高度足够，之前我问了一圈，都说原来的角度能覆盖到巷子口，回头我找来看看。"

正说着，围在巷口的人群向两边散开，丁珺带着手下走出来，几个人把邓彪的尸体抬上车。小武跟在后面，边走边向留守警员交代注意事项。

严鹏不知在琢磨什么，低着头磨磨蹭蹭地拖在末尾，瞥见我在空场边上，脚下一趔拐了过来，眼睛看着上方的摄像头，嘴里问我："老韩回来没有？"

"不知道，电话打不通。"我以为他会多聊几句案子的，他却声都没吭一下就转身走了，也没和我身边的李言打招呼。

"跟我来，给你看样东西。"李言板着脸从台子上跳下来，他似乎对严鹏的目中无人看不顺眼。

我跟着他重新走进巷子，此时围观的人群已经散去。经过邓彪家门口时，我看到两名留守警员在院子里闲谈，案发现场的屋门贴上了封条。

李言把我领到接近巷尾的一户人家院墙外，四下瞅瞅，低声对我说："这家没人。"

没等我明白什么意思，李言突然小跑两步，在对面的墙壁上蹬了一下，猛地跃起翻上墙头，随即消失在屋顶。

我愣了好一会儿也没见李言从上面露头,只好硬着头皮也翻了上去。刚要直起身,却见李言蹲在远处的屋顶冲我招手,同时做了个噤声的动作。我赶忙弯下腰,放轻脚步踩着脚下的屋顶来到他身边。

听到下面传来的人声,我发现又绕回了邓彪家。下面说话的是那两名留守警员,我们现在身处的是邓彪家西厢房的屋顶,这个位置比邓彪居住的正房低了半米有余,刚好能透过敞开的窗户看到屋内的浴缸。

我正纳闷来这儿干什么,李言扯了扯我,示意我看一旁的墙壁。那是脚下的屋顶与正房连接的地方,有几团粉笔头大小的黑色痕迹。我用手捻了一下,粘了一指头焦炭状粉末,顿时认出是捻灭烟头时留下的。痕迹非常新,看得出时间不长,大概率是昨天夜里留下的,数量至少有七八个,可是在附近的屋顶上一个烟头也找不到。

李言见我看清了,冲我摆摆手。我跟着他原路返回,顺着墙头溜下来,从另一头出了巷子。

"你怎么看?"他边走边问。

我想了想说:"应该不是凶手留下的。邓彪死前受过折磨,不管动机是什么,足以证明凶手肆无忌惮,且很大可能与邓彪认识。而屋顶上的这个人……"我沉吟着措辞,"很谨慎,临走时知道把烟头带走,似乎是个旁观者。"

"和我想的差不多,这人肯定不是凶手。从烟头数量看,他至少在屋顶停留了两个小时以上,很有可能目击了凶手杀人的全过程,却无动于衷,既没有阻止凶手,也没有报警。那么,这个人是谁?"

我摇头,感觉很难猜测,问道:"你是怎么发现屋顶上的捻烟痕迹的?"

"我上屋顶是为了确定监控探头的拍摄角度,无意中看到的,因为痕迹太新,周围又没找到烟头,就觉得不对劲。你打电话的时候我正在屋顶上,怕引起别人注意,就没接。"

"这事你没告诉别人?"

"没有。"李言顿住脚步,看着我说,"我想转岗,转刑侦。申请已经递交了，要是能破个案子会有加分。"

"为什么告诉我？"

"这案子我一个人破不了，能协助你破案对我也有帮助。"

真的是这样吗？我忽然想到一个问题，还没来得及张口，李言已经大踏步地向前走去。

02

傍晚，天下起雨来。雨不大，却带来了入秋后的第一缕凉意。

方一同孤独地站在小路尽头的门廊下，廊柱的灯光透过绵绵秋雨，映在他苍白的脸上。

"没开车？"他问。

"走走。"我指指被雨水淋湿的脑袋，"让它活动活动。"

"上楼吧。"他掏出钥匙，准备开门。

"不了，这里很好。"我摇头，心里想着一路上思考的问题，竟不知如何开口，一时陷入了沉默。

方一同侧头瞅我："你是不是有话要问？"

"是。"沉默片刻，我说出了心中的顾虑，"但我怕你告诉我的答案是假的。"

"我不知道那条视频是谁拍的。"

"你妹妹出事后，我看到你在朋友圈里发公告，征集案发当晚的现场视频，我本以为不会有结果的。"

"网上的论坛、贴吧我也发了，收到了不少，但都没拍到我妹妹。只有这条，是朋友圈转过来的，我不知道拍摄者是谁。"

"我想问的不是这个问题。"

"那是什么？"

"沈娇出事前，你舅舅为什么把她送到你家来住？"

"看来你见过我舅妈了。"

"你说的没错,她真的很年轻。"

方一同转过脸去,目光望向廊檐外面的雨,悠悠地道:"你有过和死亡擦肩而过的经历吗?"

"在警校实弹射击,同学领枪的时候意外走火,子弹擦着我脑门过去的。"

"就这一次?"

"你恨我不死啊?这种面临死亡的机会大多数人一生都碰不到一次……"蓦然间,我知道他想说什么了。

方一同偏过头看着我,伸出三根手指:"娇娇一个月内就碰到三次。"

我沉默不语。

方一同继续道:"天兴农贸市场墙外的八号楼,是娇娇每天上下班的必经之路。突然有一天,楼上年久失修的灯箱掉下来,所有人都认为是个意外。娇娇的姥姥家在银杏斜街,偏赶上她住在姥姥家的那几天,而且刚好是她刚从公交车上下来的时候,就遇到了失控的出租车。好吧,暂且相信出租司机的说法,他是为了躲避那条该死的狗导致车辆失控的,这件事也算作意外。由于受到了惊吓,娇娇不敢再住姥姥家,搬回到自己家住,每天上下班都坐出租车,也不再走八号楼前面的小路了。只是因为她和我舅妈关系紧张,不愿吃对方做的饭菜,于是下班后就在小区对面的包子铺打包回家。可是谁能想到,开了20多年都平安无事的包子铺居然碰到了粉尘爆炸。"

"粉尘爆炸?"

"由于当天下雨,在后厨干活的老板把门窗都关了,挂在墙上的电风扇吹倒了案台上的一袋面粉,封闭空间内扬起的面粉被灶台明火点燃,形成了粉尘爆炸。这是消防部门现场勘查后得出的结论。"

"可是当时沈娇和老板都不在店内。"

"那是因为恰好当时摆在店门口的蒸锅被路人撞倒了,店老板跑出去查看,娇娇也跟着出来看热闹,才无意中躲过一劫。我很想说这次也是意外,但是,你信吗?"

"你怀疑有人谋害沈娇?"

"我只是不相信连续三次意外都是巧合。"

方一同从上衣口袋里摸出香烟,我掏出打火机帮他点燃。他把香烟递给我,我也点了一支,还给他的时候我才注意到他臃肿的肚腩已经消减了大半,原本痴肥的脸庞在灯光下出现了棱角。

默默地抽完一支烟,他接着说:"包子铺爆炸后,娇娇把她最近的遭遇告诉了我舅舅,我舅舅找我商量。让娇娇搬过来住是我的主意,因为我这里距舅舅家比较远,而且我这处房子是去年新买的,年初才装修完,我一共没住过几次,外人很少知道这个地方。不像我舅舅家,娇娇就是在那里长大的,她姥姥家也是如此,很多人都知道娇娇去外地读书前经常探望她姥姥……"

"你说的很多人是指?"

"那些熟悉娇娇的人,"方一同缓慢而坚定地说,"包括制造意外的人。"

"你是不是有怀疑对象了?"

"之前没有,现在有了。"

"你是说视频里打你妹妹的那个人?"

方一同悲伤地点头:"帮我找到她。"

"时间对不上。"我犹豫了一下,决定有限度地透露一点信息,以避免节外生枝,"我在监控中见过她。她是当晚8点钟离开公园的,你妹妹的遇害时间最早只能推到晚上8点半。"

"半个小时足够了!"方一同大声咆哮起来,"绿岛公园除了正门和那几个出口,其他地方都没有监控,那天的土坎你也看到了,随便找个地方就能爬进来,半个小时足够她绕开监控回来杀人了!"

"兄弟,求求你,帮我找到那个女人。"方一同死死抓住我的肩膀,哀求道。

我的肩膀很痛,同样疼痛的,还有我的心。

03

韩长庚的电话还是打不通,这家伙好像凭空消失了。奇怪的是,钟队似乎也忘记了前几天要找他算账的事,甚至在召集大家讨论邓彪案情的时候都没想起他。

和上次沈娇的案情通报会的寒酸场面不同,今天的会上除了几名在外出任务赶不回来的同事,队里的人差不多到齐了,屋子里挤得连下脚的地方都没有。

听了带队出警的严鹏的简述,我才知道报案人是一名个体小货车司机。该司机主营市内短途水果运输,长年往返于城郊水果批发市场与市内各水果超市等固定销售点之间,邓彪是他的众多客户之一。

案发当日,该司机按照前一天邓彪的电话下单给对方送货。到了马家洼子的小市场,他见邓彪的水果摊位空着,遂找到其家中,发现院门虚掩,屋门敞开,进屋一看,邓彪的上半身整个泡在放满水的浴缸里,人早死了。他立刻拨打110报案。辖区派出所出警的同时,将警情上报分局。当休班的李言得知消息再通知我赶到现场的时候,报案人已经做完笔录离开了。

法医报告显示,邓彪的死亡时间为前一天晚上23:30至00:30之间,同时证实其身上的皮外伤为生前所致,所有受损部位的肌肉组织均呈现多次击打和反复碾压的特征。至于凶手选择榴梿作为施害工具,完全是就地取材,在屋顶发现捻烟痕迹的西厢房就是邓彪存放水果的库房。遗憾的是,在那个血迹斑斑的榴梿上,没有提取到除被害人以外的生物检材,说明凶手很谨慎,没有用裸手去抓它。

上述内容和我在现场了解的差不多,唯独让我意外的是丁珺在阐述邓彪死因时,突然间提到一句,被害人的左后脖颈有一块0.5厘米的电击伤。也就是说,邓彪是被人电晕后溺死在浴缸里的。

我差点以为自己听错了,但是紧接着,尸体的局部高清照片就投影到大屏幕上。看着那个熟悉的黄豆粒大小的浅白色表皮创口,我不由自主地打了个激灵，后面丁珺说了什么一句也没听见。

"你怎么了？"坐在我身边的大张捅我。

"啊？"我脑子里仍一片混沌，见他直盯着我看，这才意识到不知什么时候我把手放在脖子上不停地摸，仿佛那里也被电击过似的，我赶紧把手放下。

"钟队让你发言呢。"大张冲我使了个眼色。

我抬头看去，只见丁珺已经坐回自己的位置了，屋内所有人的目光都集中在我身上。整个会议室静悄悄的，对面的严鹏一脸好奇地瞅着我，钟队的脸上已经写着不耐烦了。

大张好心地小声提醒我："严鹏说你手上的'8·26案'的被害人和邓彪曾经有过交集，钟队让你挑重点介绍一下情况。"

我连忙站起来。关于8·26案的详情不用多介绍，虽然今天在座的绝大多数人都没有参加当初的案情通报会，但会上的内容以会议纪要的形式发了下去，大家对案情都有一定了解。关于韩莹莹坠楼的始末，日前我已经向钟队做了汇报。既然他这个时候让我挑重点说，言下之意就是用不着提与本案无关的内容，于是我只着重讲了七年前邓彪帮助沈娇打跑追求她的外校男生和送给对方一部苹果手机的经历。

虽说是着重讲述，但我所知的信息也仅限于这两次有限的接触。看得出来，大家听得云里雾里，钟队则一直皱着眉头没有言语，眯着眼睛看大家七嘴八舌地讨论，中间穿插着严鹏对邓彪的介绍。

其实也没太多可说的，邓彪的主要人生经历就是坐牢，干过最长的工种是给KTV或夜总会看场子。后来不知是得罪了谁，被挑了脚筋，在夜场混不下去了才躲起来以卖水果为生。家里安置浴缸开始是为了缓解伤腿肿痛，时间久了也就养成了泡澡的习惯，否则在东北的平房民居中，是看不到几户人家使用浴缸的。

邓彪遇害时，左右邻居没有听到呼救的声音，同时未在现场发现强行闯入和挣扎搏斗的迹象，说明邓彪极大可能认识凶手，在没有防范的情况下被对方快速制服。

对于邓彪的死因，大家的意见分成两派。一派支持严鹏的看法，认为是逼供后灭口。理由是凶手将施害部位选在膝盖、大腿和双手这些不致命的地方，就是利用施害产生的剧痛对被害人进行拷问。

另一派认为是仇杀。理由也很充足，一个退出江湖多年的混混儿有什么值得被人逼供的秘密？要是真有这样的秘密，恐怕也活不到今天了。倒是邓彪早年间打打杀杀，必定结下了不少恨他不死的仇家，如今被人寻到，也算死得其所了。至于邓彪身上的伤，无非是仇家在杀死他之前故意施加的折磨，当作收取寻找他这么多年的利息了，没什么好奇怪的。

说到底，邓彪的案子很普通，在我们分局罗列的大要案清单中根本排不上号。唯一让案情变得复杂的，就是邓彪脖颈上的电击伤，这是无法忽视的与8·26沈娇溺亡案共同的特征。不过直到散会，钟队也没提要将两起案件并案调查的话。这就意味着，沈娇的案子仍由我协助韩长庚负责，无须他人插手。

可是韩长庚不在，有些事就没法做，比如在某些正式场合下对当事人的讯问，要求必须至少两名警员同时在场才能进行。像我之前那样半公半私地独自与沈娇同学的接触对话，一方面是依仗自己铁路中学学长的身份，其实更大程度是沾了二叔的光。如果谈话对象换成毫无关系的陌生人，这招就不灵了。

不过凡事各有利弊，此时韩长庚不在，反倒给予了我在行动上的极大便利。因为有些事情当着韩长庚的面不方便做，比如现在我手里的这本台账，就是刚刚从琳琳西点屋里偷出来的，尽管下手去偷的另有其人，但怂恿对方这么做的却是我。

做出这个决定的原因是临下班的时候，消失了两天的李言突然跑过来，给我看他存在手机里的马家洼子的治安监控录像。

屏幕上的时间是案发当晚20:37，距邓彪被害不到三个小时。此时监控探头还完好地安在空场前的立杆上，角度刚好覆盖了邓彪家的小巷出口。跳完广场舞的大爷大妈三三两两地从镜头前走过，隐入各条幽暗没有照明的小胡同里。过了大约十分钟，远处路灯下几个纳凉聊天的人也散了,空场中一片寂静。

又过了几分钟,一辆后架上安装了外卖箱的电动车驶入画面。我的心一下子抽紧。可能是晚间路上车少的关系,小瑕没有戴头盔,这使她的容貌毫无遮挡地暴露在监控镜头中。

眼看着画面中的小瑕骑着电动车消失在邓彪家的巷口,我的呼吸不由得急促起来,偷偷瞥了一眼身旁的李言,他的表情没什么变化,看样子并未认出小瑕。我稍稍松了口气,毕竟校园坠楼案已经过去了七年,就算当初的印象再深刻,也挡不住时间的流逝,当年那个身材瘦弱的初中女生如今已长成亭亭玉立的大姑娘了。别说李言,连我初见小瑕时不也是差点没认出来吗?

监控录像没有声音,除了镜头前盘旋舞动的飞蛾显示着录像仍在播放,整个世界如同按下了暂停键一般安静。扫了一眼屏幕上的时间,距小瑕进入邓彪家的巷口刚刚过去不到两分钟,我却有种度日如年的感觉。我迫切希望小瑕赶快从巷子里出来,最好赶在监控探头被砸之前出来,这样就可以洗清她的嫌疑——从始至终,我都不相信小瑕是杀害沈娇抑或邓彪的凶手。

然而事与愿违,就在我这个想法越来越强烈的时候,画面猛地一晃,接着,镜头下坠垂直朝向了地面,这段录像也戛然而止。

"我就截到这儿,后面什么都没拍到。"李言说。

我默默地把手机还给他。从目前的情况看,砸监控的这个后来者应该就是两起命案的背后真凶了,可是整件事情依然疑点重重。

首先是那个九命猫视频。

凶手的动机很明显,就是要把谋杀案伪装成意外事故。可是由于制造意外所需的时机过于精准,也许冥冥中真的有运气这种事,每次都被沈娇以毫厘之差躲了过去。在经历了连续三次失败后,凶手终于失去了耐心,干脆亲自在绿岛公园下手了。正是凶手最后的鲁莽一击,使那段几乎毫无破绽的九命猫视频变味了,也令方一同认定了这是一场处心积虑的针对沈娇的谋杀。

如果单从结果推断,凶手似乎想把杀人嫌疑嫁祸给小瑕,可是这里存在一个无法解释的bug:马家洼子的摄像头是在小瑕进入邓彪家的巷口之后被砸掉的。也就是说,只要看过这段视频的人都知道,小瑕被人跟踪了。这还怎么嫁祸于人?

此外,还有诸多不严谨的细节,比如绿岛公园的监控录像和方一同收到的朋友圈视频,都只能证明沈娇溺亡那晚小瑕曾去过绿岛公园,但无法证明她杀了人。以及邓彪身上的那些伤,会让人相信是一个21岁的年轻女孩抡着十来斤重的榴梿一下一下砸出来的吗?栽赃嫁祸的手法如此粗糙,是个人就能看出来,而设计出那么多精妙的意外事件的凶手为什么意识不到这个浅显的问题?

最让人想不通的是,那个躲在邓彪家屋顶抽烟看热闹的家伙是谁?他和凶手抑或小瑕又是什么关系?

"发什么愣?"见我半天没说话,李言催促我,"有什么主意赶紧说。我估计这段录像瞒不了多久,你们的人早晚会注意到这个监控探头,那天来的两个棒槌不拿它当回事,不代表其他人也不当回事。咱们要是想查什么得趁早。"

看来这家伙没说假话,他真的想转岗,要是能抢在严鹏之前把这个案子破了,他的转岗请求成功率无疑会大增。不过源于内心的某种感情,我不希望他去调查关于小瑕两次出现在命案现场的原因,甚至不想让他知道小瑕的存在。如果可能,这件事我连韩长庚都不打算告诉。既然眼下李言没有认出小瑕,那太好了,就当作小瑕从来没有出现过吧。

于是,我说:"这件事还是要从邓彪的社会关系入手,如果知道当年他是被谁,因为什么挑断了脚筋,我想对案情进展一定有帮助。"

"七年前的事情……"李言现出些许为难的神情,习惯性地抬起手去摸光头,手指触到帽檐想起今天穿的是制服,怕影响形象,又把手放下。

"好吧,我去查,有消息了告诉你。"李言转身走了几步,突然回头看向我,"对了,小瑕为什么会出现在现场?"

我的呼吸一滞。还以为这家伙的心思像他的外表一样粗犷,原来他早已认出小瑕了。

"小瑕那里……我去查。"我故作轻松地说。

无论是调查小瑕的作案嫌疑,还是证明她的清白,我都不愿假手于人。我说不清自己这样做的原因是什么,只知道大部分与梁朴有关。

对于这位曾经的班主任,我的感情很复杂,最开始是愧疚。虽然真正算起来我并不欠他什么,但他是我20多年生命中遇到的为数不多的真正值得敬佩的人之一,我一直为自己没有在他活着的时候去看望他感到遗憾和深深的自责。然而七年前的校园坠楼案撕开了道义的伪装,我难以想象他怀着怎样的心态在侵犯了自己的养女之后又道貌岸然地去给那些和我一样爱戴他的学生们讲课。初闻此事,羞愤、震惊如熊熊之火将我心中的尊崇与敬仰烧得丝缕无存。

可是随着案情深入,事情变得扑朔迷离。梁朴的跳楼之举似乎也有了两种解读:对警方来说,无疑是畏罪自杀;对他自己而言,未尝不可以说是以死明志。同样一个人,究竟是道德楷模还是衣冠禽兽?我无法分辨。但是,我愿意做点什么,不为别的,只求心安。

除此,也有对小瑕的同情。尽管这个女孩有着野草般坚韧顽强的生命力,但过往的遭遇使她像一只全身布满绺裂的瓷器,外表看似晶莹坚固,其实已经到了崩坏的边缘,稍有不慎,就会被野蛮的外力击得粉身碎骨。无关其他,这仅是出于雄性荷尔蒙中天然蕴含的保护欲,我不忍见到世间美好的事物毁于蒙冤、猜疑和野蛮。

04

车门一开,一阵淡雅的香气随着周岚钻进副驾。我把刚刚拍完照的台账递给她。她接过去却没有着急下车,而是满脸好奇地看着我。

"怎么了?"

"你是警察吧?"

"如假包换,你叔叔是我师父。"

"警察也偷东西?"

"不是偷,是借。"这一点绝不能含糊,我正色道,"因为我去不方便,那个西点屋的店主不但认识我,还很熟。这本台账很重要,可能涉及一起连环命案的线索,但眼下又不能通过警方的正规搜查渠道去获得……"

"所以让我和闺蜜去偷?"

"是借。"

"算了,不用跟我解释。反正要是被人发现了,我就说你是主谋。"周岚脸色红扑扑的,虽然她一再强调这种不告而取的行为就是偷,但似乎并未把它看得有多严重,甚至因为自己参与这件事带来的新鲜刺激感到兴奋。

我刚要道谢,忽听她幽幽地冒出来一句:"不般配。"

"什么?"

"我说你俩不般配,她应该不是你喜欢的类型。"

是说姜琳琳吗?我不禁语塞。

当初在师父老周的热心撮合下,我和他的侄女周岚处了一段时间的对象。彼此印象不错,没有成功的原因是无论我怎样努力,都缺少一种怦然心动的感觉。分手后得知,周岚的感受与我惊人的一致。这让我如释重负,否则还真不知如何向老周解释分手的原因,老周这样诚挚待我,我不想让他难堪。我和周岚或许会成为很好的朋友,但注定无法成为恋人。

因为经常会在老周家里碰到对方,起初我俩还有些尴尬,后来也就习惯了,偶尔提及从前,还能把当初处对象时的窘态和趣事当笑话来讲,反而觉得轻松不少,算是真正朝朋友的方向发展了。

这次"借"台账,由于我不方便露面,第一时间想到的就是请她帮忙。她也爽快,二话不说就带着闺蜜来了。她让闺蜜找借口缠住姜琳琳,自己趁机偷用我事先准备的空白笔记本把放在柜台上的台账替换了出来。

不管怎么说，这个人情要领，表达的方式自然是吃顿好的。我在脑子里搜索了一下，想好了一家新开的饭店，问道："今晚你有空吗？"

周岚却挺直了脊背，警惕地看着我说："我已经有男朋友了。"

我再次哑然。

"我得走了，再不回去我闺蜜就露馅了。"周岚推开车门匆匆去了，脚步有些慌乱。

夜幕降临，气温变得微凉，路灯的昏黄光晕笼罩着寂静的街巷，白日里的喧嚣和燥热都随着夏天的脚步悄然远去。道路两边泊满了过夜的车辆，我把哈弗停在一辆贴着装修广告的面包车后面，独自躲在幽暗的车厢里，眼睛盯着不远处早已打烊的西点屋。

早在一小时前，打扮入时的姜琳琳踩着日落的最后一丝光线，一边讲着电话一边上了出租车，不知赴什么人的约会去了。小瑕则关门落锁，卸下电动车的电瓶，拎进屋去充电。接着，店内灯光熄灭，紧邻的卧室灯光亮起，小瑕的身影淡淡地映在窗帘上，看样子今晚不需要上门送货了。

我一直比较奇怪，蛋糕面包这些只能当点心吃的东西，又不是真正的饭食，怎么会有那么大的外卖需求？大晚上的也有人点这些东西？可是我仔细查看了台账——其实就是一个普通的16开笔记本，记录的不是店内财务收支和商品营销，而是每天需要上门送货的顾客信息——居然真的有登记。

火腿三明治、抹茶酥皮泡芙、巧克力布丁，外加一杯椰香奶茶，这就是邓彪遇害当晚一位与邓彪同巷居住的顾客点的餐品。备注的送餐时间是晚9点前，这与监控拍到的小瑕出现在马家洼子的时间吻合。账本上的字体整齐娟秀，笔迹和谐一致，应该出自姜琳琳之手。

我以第三方委托市场调研的名义给顾客打了电话，绕着弯子询问了一圈，结果属实。这位姓王的女士是市内一家商场的品牌销售组长，当天下晚班后由于疲倦不愿在家做饭，就点了这些东西充当晚餐。之前她曾不止一次在琳琳西点屋下过单，看来对姜琳琳的手艺相当认可。

我还是不放心，又挑选了台账中其他时间段的信息进行核实，重点是不久前与小瑕在街头的两次偶遇。可无论是我感觉被人跟踪的银杏斜街，还是陪小瑕去西郊找高雨的那天中午她请我吃冷面的金达莱餐馆，那附近确实都有客户在琳琳西点屋下单，时间全能对得上。只有沈娇溺亡的那晚，没有需要上门的单子——这倒显得更加真实，就那么一家小店，生意再好，也不可能每天晚上都顾客盈门。

总之，小瑕的行踪看不出丝毫可疑。可越是这样，我心里越不踏实，太完美了，小瑕每次出现的时间和地点都有非常合理的注解。难道真的是巧合？还是，小瑕并不如我想象中那般无辜？

我知道，自己多疑的毛病又犯了。

终于等到了夜深，整个世界安静下来，唯有躲在墙缝里的蟋蟀在为秋日的到来，也为自己余下不多的生命振翅高歌。

我从车上的简易工具箱里取出螺丝刀，下了车若无其事地朝西点屋走去。小瑕的电动车静静地停在已经熄了灯的窗前。我蹲在路灯的阴影里，快速拆开电瓶仓底部的挡板，挡板下面的空间是安放电动车控制器和走全车线路的。再次确认了四下无人，我从兜里掏出一个GPS定位器。

这东西是我反复权衡后在局里申请的，说到底，我还是信不过那本手工记录的台账。定位器体积不大，只有半盒香烟大小，内嵌电池可以维持最长25天待机，卫星信号如果暂时中断，也能随时搜索附近的Wi-Fi信号联网，精度足以识别出一辆车在马路上是否逆行。重要的是安装方便，无须外接线路，背后的钕铁硼磁铁可以把它吸附在任何铁质框架上不虞脱落。

伸手拨开绕在车架旁的电线，准备把定位器放进去，却感觉手指碰到了什么东西，熟悉的形状让我心里莫名地一震。咬咬牙，用力往外一拽，我手上又多了一个GPS定位器。

怔怔地盯着它看了好一会儿，我舔舔干燥的嘴唇，迅速把自己带来的定位器放好，拆下来的挡板恢复成原样，赶紧回到车上。本打算安完定位器就立刻离开的，但我忽然想留下来，看看拿走那个GPS后会不会发生点什么。

　　月色幽冥,长夜寂静。不知是心理作用还是身体疲惫造成感官下降,今天晚上特别安静,一丝风也没有,连不久前聒噪不休的虫鸣都消失了。

　　我把下巴搁在方向盘上,目光毫无焦点地望着窗外,脑子里盘算着这些天发生的事情。时间长了,眼睛瞪得酸疼酸疼的。昏黄的路灯、狭窄的街巷,逐渐在视线中模糊在一起。连日来心中的不安与疑虑在无边困意的裹挟下,暂时消失不见,眼皮越来越重,我终于在不知不觉中沉沉睡去……

小瑕

"卡卡,回去!对,回去!"

看到卡卡乖乖地跑回窝里,我打开院门,对送货师傅说:"没事了,卡卡胆子小,不敢咬人,您进来吧。"

"这一带动迁人都搬走了,姑娘自己在这儿住,晚上不害怕吗?"送货师傅扛着面粉跟我走进院子。

"我是帮人看房子,白天有时间就过来瞅一眼,晚上不在这儿住。"

"不住人买这么多面粉干吗?加上前两次,这不到半个月我就给你送三次面粉了,每次一百斤……"

"过两天有工人干活,准备把房子翻修一下,怕到时候人多事多顾不过来,就把米面提前准备了。"

"都动迁了还翻修房子,这是要当钉子户啊。"

"谁知房主怎么想的呢?师傅,帮我放门口台阶上吧。"

"放门口?我还是给你送到屋里吧,不然我走了,你一个人搬不动。"

"谢谢你了,师傅。一会有人过来,能帮我搬。"

"那好,放这儿了。以后需要什么打个电话就行,你不用大老远地往店里跑了。"

"知道了,谢谢师傅。"

关好院门,我吐了口气,以前没发现送货师傅这么多话啊,看来下次又要换一家超市了。

卡卡颠颠地跑过来,在脚边挨挨蹭蹭。我小心地避开它,掏出钥匙打开屋门,吃力地把两袋面粉搬进屋里,拖到墙角摞好。看着眼前快要摞满一整面墙的面粉,不期然地生出一种满足感。

屋子里好闷,我走到墙边按下开关,头顶的吊扇嗡嗡旋转起来,风力很足,额头的汗很快就干了。

我关掉风扇,走到屋外,眯起眼睛打量这栋老房子。门窗太旧了,有些地方严重变形,最大的缝隙几乎能伸进一根手指,不修整的话会四处漏风。木质门板的漆面也被风雨侵蚀得厉害,到处是爆开的漆皮。还有房子的外墙,不知用的什么涂料,掉得东一块西一块的,像是得了牛皮癣,最好再重新粉刷一遍。已经入秋了,天气很好,应该很快就能干透。

唉,要干的事情真不少,得抓紧时间了。

卡卡抬头瞅着我,嘴里发出呜呜的声音。我知道它想和我玩,但我实在没有心情,蹲下去把它抱在怀里轻轻揉了揉,然后放下。卡卡似乎感受到我低落的情绪,乖乖地趴在我脚前,把下巴搁在爪子上打盹。

梁朴被带走前似乎预感到了什么,他把自己所有的存款全部转到了我的儿童银行卡上。那是张借记卡,可以存取款,不能透支,是我年满14周岁当天他特意带我去银行办理的。梁朴笑着说以后每年他都会往里面存钱,要给我攒嫁妆,要看着我风风光光地出嫁,还要帮我带他淘气的外孙……

可是,你为什么说话不算数?你不是要看着我风光大嫁吗?你不是说要抱外孙吗?你为什么不等到那一天?你以为把自己的存款都转给我就可以推卸责任了吗?孩子生下来要喝奶粉、用尿布、玩玩具,还要开发智力,哪样不花钱?孩子大一点要入托、要上学,要择校、要补课、要打针看病,你以为留下的钱够这些花费吗?我还想把你当提款机取一辈子钱呢;我还想生第二个、第三个孩子,让你永远当我免费的保姆;我还想带你去旅游,去看遍这个世界的风景;当我们归来时,我推着坐在轮椅上的你,沐浴黄昏最美的夕阳……你为什么不等到那一天?

不知不觉中,我泪流满面。我仿佛中了诅咒,凡是对我好的人都死了。每一次都是得到又失去。如果爸爸可以选择的话,我希望就是梁朴的样子。

辍学后的第二年,我去找了李言。他没有食言,把他知道的关于校园坠楼案的一切都告诉了我。虽然其中存在太多疑惑,但我终于第一次知道了事情的原委,也知道是梁朴用自己的死,换来案件的终结。

忘掉过去,好好活着——我不愿辜负梁朴用生命发出的劝慰,尽管心有不甘。我再次感受到刻骨的孤独。如果妈妈还活着就好了,可是上天从来没有眷顾过我和妈妈。

我摸出衣兜里的一个小纸包,犹豫了一下把它打开,里面是一块高粱饴,水分早已风干,在阳光下呈现出琥珀的光泽。这是最后一块了。我把它放进嘴里,慢慢地含着,不知过了多久,终于有一缕濡湿的甘甜触动了味蕾。我鼻子一酸,这是妈妈的味道……

自从晚上分房睡觉之后,小卓更不怎么和我讲话了。在他眼中,崔克昌对我这个继女远比对自己的亲儿子好得多,平时不是带我出去吃好吃的,就是给我买好看的衣服和玩偶。同样过生日,我得到的是一个最新款的MP3播放器;他得到的仅是一顶印着蜘蛛侠图案的太阳帽……尽管如此,小卓还是非常喜欢那顶蓝色的帽子,几乎天天戴着它上学。虽然不久前被崔克昌打过耳光,但在情感上小卓仍然依恋着对方,或许这就是父子连心的天性吧。说到底,我和妈妈终究是外人。

小卓的眼睛依旧如我初见般清澈,唯独看向妈妈高高隆起的腹部时瞬间变得阴郁。而我的神经,在充斥着压抑躁动的空气中日益麻木,直到那一天——妈妈流产了。

妈妈是在下班的路上摔倒的。当天和往常一样,我刚放学就被等在校门口的崔克昌接走陪他去诊所打针,小卓独自回了家。天色擦黑时,邻居发现了昏倒在距家门不远的河堤上的妈妈,立刻叫了救护车送到医院。

据妈妈回忆，当时感觉后腰被针刺了一下，腿一软就摔倒了，后面就什么都不知道了。

可能是交感神经兴奋造成的瞬间麻痹，属于植物神经功能紊乱的一种，这种情况在孕妇和身体较弱的人身上很常见。医生这样解释，因为在妈妈说的位置没有发现出血点，衣服上也没找到针眼。

虽然医生尽了力，孩子仍没有保住。更坏的消息是，妈妈以后再也不能怀孕了。听到这句话，妈妈的精气神瞬间就被抽走了。崔克昌面色灰败，久久地一句话都没说。不知为什么，我脑海中浮现出小卓微微上翘的嘴角和隐藏在那双清澈眼眸中的幸灾乐祸。

深夜，等妈妈睡着后，我悄悄爬起来，站在炕上踮起脚尖，轻轻掀开绷在顶棚上充作吊顶的塑料条，把手伸到房梁上摸索。那里藏着两年前我答应小卓保管的电击器。搬到棚户区之后，我就把它偷偷藏在这里，除了小卓，我没有告诉任何人。

东西还在，我不由得松了口气，暗自对自己产生不该有的怀疑感到自责。但是紧接着，我整个人僵在原地。电击器仍在原来的位置，但是放置的方向却反了。

这绝不是我的记忆出现了错误，而是从小到大我所有的习惯动作都与常人相反，因为我是天生的左撇子。

小卓不是。

陈律

01

梆梆的敲窗声把我从深沉的睡意中惊醒。揉揉眼睛,天光已经大亮,车外站着一名身穿制服的年轻警员。昨夜停满车辆的街巷空旷了许多,挡在我前面那辆贴着装修广告的面包车不知什么时候开走了,把我这辆车孤零零地显露出来。往侧前方看,西点屋已经开门了,姜琳琳在打扫卫生,小瑕的电动车不见了。

我打着火,降下车窗。

"七点前把车开走,这条街不让停车。"年轻警员故意让我看到他手中的空白违停罚单,满脸的不耐烦。

对方有些面熟,想了一下,原来是上次在辖区派出所陪同我和方一同查监控的那位。既然没认出我,我也懒得攀交情。

"这就走。"

刚把方向盘转到一半,又被对方叫住:"等一下。"

我以为被他认出来了,脚下踩住刹车,却听他说:"你后胎没气了。"

下车一看,果然,外侧的后车胎瘪瘪地趴在地上。顺着轮胎纹理找了不到半圈,就看到一个硕大的钉子帽嵌在车胎上。

由于昨晚光顾着盯梢没吃晚饭,只在半夜嚼了几块车里剩下的饼干,换个备胎就把我累得浑身直冒虚汗,该找个地方填填肚子了。

新蒸好的包子从白气缭绕的笼屉里端出来,又白又胖看着就有食欲,我一口气连吃四个。羊汤的味道也纯正,上面漂着奶白色的油花,撒一把胡椒粉下去,喝一口头上就见了汗。

奇怪的是这么好的羊汤居然没人点。食客倒是不少,都是冲着店门口的包子来的,也不在这里吃,在外面交完钱就打包带走。整个屋子里空荡荡的,除了我只有店主的儿子,一个五六岁大的小男孩。我在这桌吃包子,男孩抱着遥控器指挥他的玩具车满屋乱跑。

我四下看看,窗明几净,这家店是新装修的。透过敞开的门能直接看到里面不大的厨房,架子上整齐地码放着面口袋,灶台清爽洁净,连明显的油污都没有,对面墙上空出来一块,看位置原来那里安装过壁扇,新装修后取消了。

为什么没人呢?难道羊汤有问题?我又尝了一口,好喝,忍不住又尝了一大口。当我边咂摸着滋味边把碗放下,猛地看到面前多了一个人,嘴里的羊汤差点喷到那张脸上。

"小瑕在哪儿?"方一同面无表情地望着我。

我完全没有想到会在这里碰见他,咳了好一会儿才慢慢把气喘匀。

方一同从兜里掏出手机,解锁后点开一张照片,把手机贴着桌面推到我面前。我张了张嘴,什么也没说出来。

屏幕上是铁路中学初中开学典礼时的班级集体照,我在走访当年的初二三班的学生时不止一次见到这张合影,很多人把它视为青春的留念保存至今。即使穿越了七年时间,照片中熟悉的铁路中学校服依然令我倍感亲切。就算闭上眼,我也能准确说出小瑕在照片中的位置,最后一排左数第六个。遗憾的是,有两名花季少女缺席了同学们的毕业季。

方一同垂下目光,看着照片慢慢说:"娇娇的同学有一些已经联系不上了,不过大多数人我都找到了,甚至比你找到的还要多。我给她们看了那天晚上的朋友圈视频,虽然七年时间让人的外貌发生了很大变化,但至少一半同学认出了视频中的两个人,一个是娇娇,一个是小瑕。她们非常惊讶小瑕为什么要打娇娇的耳光。"

说着,方一同神情漠然地抬起头:"这也是我要问你的问题。"

我答不上来。

方一同抿起嘴角,问:"是不是和那起校园坠楼案有关?"

他连这件事都知道了,我的心一沉,慢慢摇头道:"小瑕不是杀害你妹妹的凶手。"

"你怎么知道?"方一同呆滞的目光转动了一下,"这不是你身为警察应该说的话,除非拿出证据。"

他似乎料到我会继续沉默,接着道:"我知道你们警察有纪律,所以我不会问和案情相关的东西。但我也不喜欢无意义的争辩,你只要告诉我在哪儿能找到小瑕就行了。你放心,我不会做出格的事情,只想亲口问问她为什么要打我妹妹。"

这个答案我也很想知道。我不止一次地想过找小瑕谈一谈,但是理智让我压下了这个念头。我有种强烈的预感,小瑕就是维系凶手与被害人之间的那根线。这个时候接触小瑕,无异于打草惊蛇,一旦小瑕这根线断了,凶手就会永远消失在我的视野中。

我理解方一同失去亲人的痛苦和迫切抓到凶手的愿望,可是面对诘问,我只好恳求道:"查案交给警方来做,我保证一定会还你妹妹一个公道。"

方一同挺起身子靠在椅背上,眯起眼睛打量我,毫无表情的脸上出现了细微的变化:"你喜欢她?"

"什么?"

"你喜欢上她了吧?曾经的小师妹。她是你高中班主任的养女,你们在一起至少度过了两年的补课时光。怎么样,那段时光幸福吗?如今久别重逢是否依然恍如昨日?"

"一同……"

方一同竖起手掌打断了我:"你有喜欢任何人的权利。只要她不是害死娇娇的凶手,做兄弟的会真心地祝福你。如果你还把我当兄弟的话,告诉我,她在哪儿?"

我再次陷入沉默。

"陈律——"方一同缓缓站起身,胖大的身形给我带来沉重的压迫感。他居高临下地看着坐在椅子上的我,一字一字地道,"你会后悔的。"

望着方一同怆然离去的背影,我觉得似乎哪里不对劲,偏又说不出来。我使劲用手指揉捏眉心寻找这种感觉,隐约间眼前一暗,有人坐在了方一同刚刚坐过的位置。

我放下揉捏眉头的手,眼前出现了一颗油亮的光头。

"老板,一屉包子一碗羊汤!"李言大声冲门口的店主喊了一声,神情间掩不住地兴奋。

我不动声色地瞅着他:"你查到什么了?"

李言压低了声音神秘地说:"最近有人在查廖娟的下落。"

"廖娟是谁?"

"邓彪的前妻。前几天你们局里的棒槌给我打电话,说是要处理邓彪的后事。由于邓彪没有亲属,就想到了他的前妻,因为廖娟的住址在我们所辖区,所以让我找她问问能不能来。"

李言口中的棒槌指的是严鹏,看来这家伙对出现场那天严鹏没搭理自己记上仇了。"结果呢?"我问。

"廖娟搬家了。之前她经营了一间烟酒零售店,平时吃住都在店里,已经开了好多年,我在她那儿还买过烟。不过这次去的时候店门锁着,邻居说半个月前就关了。我问了房东,房东也不知道人去哪儿了,房租马上到期了,他还在等着廖娟来续租,要不是前几天也有人找他问廖娟的下落,他还不知道廖娟的店已经关了。"

"那人是谁?"

既然前面提到了搬家,就证明廖娟不是失踪,但让我在意的是恰好这个时候也有人找廖娟，会不会是凶手通过廖娟打听邓彪的下落？虽然两人已经离婚七年，但廖娟未必不知道前夫的住址。

事后想来，李言的这番话里藏着一个很大的漏洞，但被我忽略了，因为当时我的心思全在那个查找廖娟下落的人身上，我非常担心他下一刻说出小瑕的名字。

幸好，李言给出一个完全出乎我意料的答案："是个律师。"

"律师？"

"实际上那是家商务律师事务所，说是受客户委托，要起诉廖娟负债潜逃。"

"委托他们的是谁？"

"是一家叫天一商贸的公司。"

"没听过。"

"它的第一任老板你应该知道，叫崔克昌。这家公司就是他和赵小曼离婚后创办的，崔克昌破产后就低价转了出去。接手这家公司的是一个叫王金利的建筑承包商，他和刚才说的那家律所是长期合作伙伴。如今天一公司做得比崔克昌那时还大，据说规模在附近几个市排第一。但这次委托律所的不是王金利，因为他已经在医院里躺了两个多月了，听医生的意思可能熬不过这个月底。王金利没有儿子，他的几个女儿女婿为争家产都快打起来了，连病危的老爸都顾不上，没心思找别人的麻烦，而且这些子女都不认识廖娟。"

"就是说有人借用了天一公司的名义？"

"应该是这样。那家律所收到的是盖着天一公司合同章的委托函，和他们联系的人自称是天一公司总经办的，除了通过一次电话，律所的人从头到尾没见过对方。"

我愣了半天也没想明白这是怎么回事，只好问道："你找到廖娟了吗？"

"找到了。"李言拿起我放在桌上的香烟，抽出一支点燃，又把上来的包子推到一边，随手取过一只空的醋碟，往里面点了点烟灰，接着说，

"廖娟暂时搬到了一个朋友家住,她儿子今年考上了军校,前阵子刚走。那孩子不错,继承了他爸的一肚子墨水。从这点上说,还真是邓文的种,要是随了邓彪,这会儿恐怕已经出去混社会了……"

李言没说怎么找到廖娟的,看来他有自己的消息渠道。他不说,我也不好过多打听,只是觉得他的感慨发得有些无来由,语气中明显带着几分欣慰,而且听他话音也不像仅仅到廖娟的店里买烟而与对方认识这么简单。

"你好像没说到重点,廖娟为什么要搬到朋友家住?"

李言用力吸了两口烟,吐出来的烟雾把他的脸包裹起来,悠悠的声音从烟雾后面传来:"现在名烟名酒的生意越来越难做。廖娟早就想把店关了,但是这家店离她儿子就读的高中不过5分钟的路程,方便她就近照顾儿子,所以一直坚持到了现在。至于搬到朋友家住,是因为她想把家里的房子卖了,打算到她儿子考上的那所军校的城市落脚,一边打工一边继续照顾儿子。这是为人父母的苦心,儿行千里母担忧嘛。"

忽然间,李言进门前那种怪怪的感觉又冒了出来,但没等我细想,就被对方抛出来的问题打断了:"你猜那个律师是什么时候开始查廖娟下落的?"

"还能是什么时候?左右不过是案发的前几天……"看到李言似笑非笑的表情,我有些不确定了,"难道不是?"

"邓彪死后的第三天。"

"案发后才找廖娟?就是说这件事和邓彪的死没有关系?真正委托那家律所的客户也不是凶手?"

"是不是凶手不知道,但这件事未必就和邓彪的死没有关系。假如邓彪手里有什么东西是凶手想要的,凶手杀死他之后没有找到,下一步会怎么做?邓彪没有亲属,唯一和他有过亲密关系的人就是前妻,你们局里处理他的后事都会想到联系廖娟,凶手也这么想有什么奇怪的?"

这个说法不知是李言自己琢磨出来的,还是借用了严鹏的见解,反正对于凶手杀死邓彪的动机,两人看法颇为相似。但是邓彪到底掌握了什么东西，能让他在退出江湖七年之后仍被凶手觊觎呢？

我低头想了一会儿，还是没有头绪，却突然意识到刚才的不对劲出在哪儿了："今天怎么谁都能找到我？老李，你怎么知道我在这儿的？"

李言瞪大眼睛指着门外道："你的车就停在外面，有什么不知道的？对了，还有谁找你？"

02

廖娟很朴素，人和衣服都很朴素，下坠感很强的暗灰色冰丝长裤搭配宽松的黑色半袖T恤将她清丽的素颜衬得端庄肃穆，丝毫看不出年轻时辗转风尘的痕迹。

"看不出来啊。"小武背靠在墙上小声嘀咕。

这小子其实比我还小一岁，是我的警校师弟，但是由于我在二年级时因故休学一年半，到我毕业的时候，他已经成了我的前辈，经常晃着肩上的一杠一星在我挂的两道拐面前炫耀。与我和老周的师徒关系不同，小武和严鹏只是搭档，这一点与我和韩长庚很像。而且两人的性格完全不搭界，严鹏蔫得要死，除非领导亲自交代的事情，平时遇到事能躲就躲；小武则精力旺盛得要命，一天到晚盼着碰到大案要案，恨不得把自己活成个炮仗。

我瞄了一眼站在邓彪尸体前的廖娟。说实话，她的侧影很耐看，尤其逆着光的时候，虽已年近四十，依然腰肢纤细，双腿笔直，完全看不到这个年龄女人常见的臃肿和粗笨。

"你小时候还尿过炕呢，我也没看出来你长大后能当警察。"我贴着小武的耳边怼他。

"你见过我尿炕？"小武的声音有点大，站在廖娟身旁的严鹏转头瞪了一眼，我俩同时把嘴闭上。

严鹏把头扭回去，恢复成满面戚容。廖娟脸上却是淡淡的，看不出悲伤,也看不出在想什么。从一开始严鹏给她介绍案发经过,廖娟就是一副事不关己的样子,只是偶尔轻轻点下头,既没有流泪也没有发问。当严鹏问起邓彪生前的状况,她一概摇头表示不知道。连来法医室看邓彪的尸体,还是严鹏主动提出的,仿佛此刻躺在解剖台上的邓彪就是个陌生人,这让打算从她嘴里套话的严鹏有些无所适从。

静静地站了半分多钟,廖娟开口说了第一句话:"请问卫生间在哪儿?"

"出门左转走到头就是。"严鹏抽着鼻子告诉她。廖娟背上挎包,推开门不疾不徐地去了。

"她可能真的什么都不知道。"小武冲神情不爽的搭档说,"当初和邓彪离婚时闹到派出所去了,可见两个人早就恩断义绝了。"

严鹏撇着嘴没吭声。

我有些奇怪:"因为什么闹到派出所了?"

"我也是前几天去红旗派出所调邓彪的户籍资料时听说的。当年他们住的那套房子,房本上写的是两个人的名字,属于夫妻共同财产。但两人都想据为己有,让对方把户口迁出去,谁也不让谁,就吵起来了,邓彪还动手打了廖娟。幸好是在派出所,被大家给拉开了。所里的老人至今还记得这事。"

"后来呢?"

"邓彪拿了廖娟补偿的几万块钱,把房子让出来了。"

闻言我有些呆滞。李言曾经告诉我,邓彪是主动净身出户把房子留给他老婆的,压根没提钱的事,甚至连自己名下的那间烟酒店也过户给了廖娟。为此李言还夸他仗义,怎么今天突然换了说法?

"不对。"严鹏眯起眼睛,下颌微微上扬,以他惯有的思考问题的姿态说,"离婚这种事到了民政局婚姻登记处就能办,有必要闹到派出所吗?房子归谁都没定下来,跑来过什么户?还有,邓彪那种人在什么地方不能打老婆,偏在警察面前打?坐了那么多年牢他什么不懂,敢动手打人不怕拘他?"

小武被问得愣住。我也瞠目无言。

严鹏仰着脸想了一下，问道："廖娟的儿子叫什么名字？"

"邓汝玉。"小武赶忙说，"三点水一个女字的汝，玉石珠宝的玉。"

"汝玉……"严鹏连着念叨了两遍，没再言语，背着手在原地踱了几步，忽然转头看向我，张嘴刚要说话。这时门"呀"地一响，廖娟走了进来，严鹏把到了嘴边的话咽了回去。

廖娟的神色依旧平淡如水，她没有走向解剖台，而是径直来到我们面前。随着脚步临近，我隐约闻到一股淡淡的暗香。

"就按你们说的办吧，三天后下葬。"她冲严鹏轻声道。

"有什么需要帮忙的，你尽管言语。"

"没什么要帮忙的，就不给你们添麻烦了。"直到出门，廖娟的目光都没在邓彪身上停留。

下楼时，我问严鹏："刚才你想说什么？"

严鹏顿住脚步，偏过头瞅着我，似乎已经忘了这事，过了片刻才想起来："哦，我想问你查没查到马家洼子的监控是什么人砸的？"

原来他已经知道监控内容了，可笑李言一直把他当棒槌。我想着要不要下次见面时提醒那家伙一下，无意中瞥见严鹏眯成一条线的眼睛，不禁心里一跳。直觉告诉我，严鹏刚才想说的绝对不是这句话。

"还没有。"我说，"砸监控的人很谨慎，画面里什么都没拍到。"

"不着急，慢慢来，会找到线索的。"严鹏随手在我肩上拍了拍。

这种敷衍的安慰起不到丝毫作用，反而让我内心更加焦虑。严鹏虽然性格蔫了吧唧的，不讨人喜欢，但绝对是眼睛里不揉沙子的主儿，相信他一定和我一样，注意到了廖娟从卫生间回来时隐隐发红的眼角以及脸上多了一层淡妆——为了掩饰刚刚哭过的痕迹。或许正是这个发现，令严鹏临时改变了原本想要对我说的话。

他原本想要对我说什么呢？我想不出，但这至少表明，严鹏在邓彪的案件中掌握了某些我不知道的东西。那会是什么呢？

03

临近傍晚突然变起天来,厚重的乌云在城市上空翻滚,气压低得让人喘不上气。我避过横穿马路的电动车,快步走进连通铁道线南北的地下涵洞。此时晚高峰刚过,涵洞里行人寥寥,莹白的灯光照在偶尔匆匆而过的面孔上,在逼仄的空间内显得不太真实。

一阵低沉的隆隆声由远及近,像是远方响起了闷雷。转眼间,隆隆声到了头顶,整个涵洞都在微微震动。我知道,一列火车正在经过涵洞上方的铁道。声音持续了差不多一分钟,应该是一列满载的货车,车厢至少在60节以上。方向自西向东,是开往关内的列车,车上拉的多半是煤,或者木材,都是关东大地的特产,也是我从小看惯的景象。

涵洞出口在即,我再次看了一眼手机上的坐标显示,小瑕的电动车仍停在南岗子。那里是崔克昌破产后带着全家短暂居住过的地方。令我感到不安的是,小瑕已经超过两个小时没有移动位置,我想不出她停留这么久的原因,不得已只好亲自走一趟。为了谨慎起见,我没有开韩长庚的哈弗,而是打了辆出租,而且特意隔着铁道线就下了车。

走出涵洞右转,穿过稀疏的杂木林,前行两三分钟,登上河堤,泛着波光的百里河出现眼前。在百里河与铁道线中间,就是曾经的南岗子铁路棚户区。对这个地方,我既熟悉又陌生。熟悉是因为当年上小学的时候我家住在铁路附近,放学后我去火车站找在那里工作的父亲,等他下班后一起沿着长长的铁轨走路回家。中间走累了坐在铁路桥上小憩的时候,就会看到这片广袤的棚户区笼罩在朦胧缥缈的淡蓝色炊烟中,感觉宛如仙境。陌生则是因为尽管我无数次从这里经过,却从未深入其中。

如今这里的棚户区早已拆迁,但规划中的滨河公园项目不知什么原因开工不久就被叫停,只残留了开挖到一半的地基和两栋看不出什么建筑的水泥框架。工地上的荒草长到了齐腰高,低飞的燕子在草梢间一折一掠地穿梭,每走一步都能蹚出一大窝蚊虫。

在一大片茂盛的野生向日葵旁,我看到了小瑕的电动车。人不在,车后架上的外卖箱也不在。我四下张望,这种鬼地方也有人叫外卖?

"陈律——"声音来自上方。

我循声望去,身后的向日葵丛中矗立着一座足有七层楼高的老式钢筋砼水塔,四根高大粗壮的水泥支柱被疯长的爬山虎覆盖得密密实实,如同一个叉开腿站立的绿色巨人。小瑕坐在高高的水箱边缘,双腿垂在外面晃呀晃的,看得我心里发紧,生怕她一不小心掉下来。

"你跑那上面去干吗?快下来!"

可能由于声音从低处向高处传播损耗太大,小瑕没听清我喊什么,只是一个劲儿地指着爬梯的方向招手让我上去。

这座水塔是日伪时期的产物,曾经为包括南岗子在内的广袤区域提供给水,早已废弃多年,不知为什么一直没有拆除。我走到近前抬头仰望,缠绕在钢筋爬梯上的藤蔓已被扯开,看上面的踩踏痕迹和被扯断的枝蔓,小瑕肯定不是第一次上去了。

我犹豫片刻,开始手脚并用地往上攀。刚开始不免心中惴惴,害怕爬梯不够结实,总担心下脚重了会把钢筋踩断。试着爬了几级,感觉比想象中坚固,除了抓一手铁锈,踩上去丝毫不见松动,令人心中安稳。爬到一半我手脚慢了下来,天兴农贸市场八号楼的户外灯箱不断在眼前闪现,那东西怎么才安装几年就连膨胀螺栓都锈断了?

"怎么这么慢?"小瑕从爬梯上方探出头来。

"来了。"我收起心思,加快了速度。

眼看着就要登顶,忽然听到轻微的咔嚓一声,没等反应过来,脚下猛地一空,身体向外栽去。我的脑海中一片空白,完了!爬梯断了……

小瑕

在陈律踩断爬梯的前一刻,我忽然想到了一个问题,这使我在他身体下坠的瞬间,及时抓住了他的手。

近在咫尺,我看到了他额头上渗出的冷汗和眼中流露的恐惧。一个念头突兀地冒了出来:如果我这时松手,一切都结束了吧?不!我迅速把这个念头压了下去,使尽全身力气拼命向后一仰,陈律借力顺势翻了上来。我俩同时仰面跌倒,躺在水塔顶上大口地喘气。

"你爬这么高干吗?"陈律的声音透着心有余悸。

"忘了提醒你,有根钢筋不结实。我上来没事,你就不行了,因为你体重比我大得多。"我站起身,重新回到水塔边缘。

"哎——"

"干吗?"

"危险。"他指着我坐的地方说。

"怕了?"我扬起眉毛瞅着他。

陈律没说话,走过来学着我的样坐下,把腿垂到水箱外面。明明双脚在微微发抖,还故意甩了两下,好胜的样子和上学时没什么分别。我忍住了没笑,将目光移开。阴沉的暮色下,蜿蜒的百里河无声地流淌,笔直的铁轨发出喑哑的光,再过去是繁忙而明亮的火车站台,更远处是城市密集的高楼和黛青色的山丘轮廓。

"你以前经常来这儿?"他问。

"小学四年级的时候,我和妈妈在这里住过不到一年,就在那儿——"我指向曾经居住过的位置,并不远,直线距离不到100米,如今那里已经变成了野生向日葵的花海。

"那时候没什么玩的,就跟着住在这附近的孩子们比赛爬这座水塔。好多男孩子爬到一半就不敢继续了,到最后只有我自己上来了……"

我想起第一次爬上来的时候,别说靠近边缘,就是站在水塔正中间两腿都软得直打哆嗦,眼睛根本不敢往下面看,那时我才发现原来自己没有想象中的勇敢。在那之前,我一直以为自己比同龄孩子成熟和能吃苦,因为我从妈妈那里学会了很多东西,同龄孩子做不到的事情我闭着眼睛就能做到。结果我高估了自己,单单是攀爬水塔的过程就耗光了我所有的勇气,也让我忘记了爬上来的目的是想从这里跳下去……

"对了,上次说请你喝我们店里新出的奶茶,给——"

我努力拉回思绪,从外卖箱里拿出一杯用冰袋包裹的奶茶,递给他时他却没有反应。抬头看去,见他愣愣地盯着外卖箱里的某个角落,顺着他的目光,我看到刚才拿东西时不小心露出来的一盒香烟。我忙把箱子盖上。

"抽烟有什么不好意思的?"他接过奶茶,把吸管插进去,毫不在意地说,"我认识的好多女人都抽烟。"

"你认识好多女人?"

"说错了,是见过,我见过一些女人会抽烟。"他一边纠正刚才的说法,一边就着吸管大大吮了一口,"嗯,好喝。"

"别打岔,那个抽烟的女人长什么样?说说你们怎么认识的?"我揪住这个话题不放。

"我没特指某个人。"

"你脸红了,证明我猜对了。"

"对个大头鬼!你个小屁孩整天胡思乱想什么呢?"陈律一下捏住我的鼻子,狠狠地一拧。

"哎呀!讨厌!"我疼得眼泪瞬间就下来了,扑上去在他肩上胳膊上乱掐。那一刻，仿佛又回到了七年前的校园时光。

"疼，疼！别掐了！再掐我就从这儿跳下去了。"

"你跳，不敢跳是小狗。"

陈律作势向前探了一下身子，随即缩了回来："不敢。"

"被我说中了吧？恼羞成怒就是心虚的表现。"

"是有这么个人，上警校时认识的，我因此休学了一年半。"

"你的同学？警花？"

"不是同学。是社会上的一个女人，比我大四岁。"

"你们俩……？"

"曾经有段时间，我们几乎天天在一起。"

"后来怎么分开了？"

"我们是因为一个很偶然的机会认识的，而且……她不是一个人生活。很多因素凑到一起，注定了我们不可能有结果。"

"可怜的家伙，好不容易开始了人生最美好的初恋，喜欢的对象却是个有夫之妇。怎么样？她是不是很有成熟女性的魅力？"不知为什么，我心里忽然有点发酸，语气也情不自禁地变得刻薄。

"不是你想的样子。"陈律没有发怒，脸上浮现出无尽的落寞，几大口就把杯子里的奶茶喝光，擦着嘴角说，"她老公在她9岁的时候就死了。"

"9岁？她9岁就嫁人了？"

"以后有机会再跟你说吧，那是个可怜的女人。"陈律从兜里掏出香烟，背过风点燃后，又从烟盒里抽出一支，连同打火机很自然地顺手递给我。

我犹豫了一下，接过来，却因为风大怎么也点不着。他伸手要帮我挡风，我索性把他嘴上的烟夺过来放进嘴里，刚吸了一口就被呛得连连咳嗽。陈律不说话地瞅着我笑。

"笑什么？"我白了他一眼。

陈律自顾自地把手里的烟点燃，然后特意转到我面前看了一眼，笑着说："你别说，单眼皮看惯了也挺好看的。"

我没料到他冒出这么一句，不由得又被烟雾呛得咳嗽起来，他抬手把我指间的香烟抢走，远远扔了出去。

"你干吗？"

"不会抽烟就别学人家装大人。"

"谁说我不会抽烟？我只是……唉……"我突然失去了和他争辩的兴趣，"你说得对，我根本就不会抽烟，只是想妈妈的时候才来这儿坐坐，顺便点支烟拜拜她。她就是在这里过世的。"

"她那年多大？"

"33岁。"

"这么年轻，得的什么病？"

"我妈不是病死的。"我沉默了一会儿，决定告诉他，"是自杀。"

陈律转过头惊诧地看向我："为什么？"

"为了解脱。"我轻声道。

陈律张大了嘴，似乎想说什么，最终没有说出来。

河面上的风大了起来，裹挟着水的凉意，我不由自主地打了个寒战。

"冷。"我说。

陈律迟疑了一下，往我身边挪了挪。我轻轻靠在他身上。他微微一僵，我拽过他的胳膊搭在自己肩膀上，让他搂着我。他的臂弯好暖。我抬起头，看着他脸庞的侧影。

"看什么？"他问。

"你像一个人。"

"像谁？"

我笑笑，没再说话。

天更暗了，远方亮起城市的灯火，璀璨辉煌。我们默默地靠在一起，久久无言。

半晌，陈律的声音在深沉的暮色中响起："那个人对你怎么样？"

"谁？"

"崔克昌。"

我的心倏然向下沉去。我从未在他面前说过关于崔克昌父子的任何事，连这个名字都没提过。

见我没反应，陈律接着说："你们搬到这儿住是因为他破产了。"

我无法继续沉默了，慢慢道："他对我比对小卓还好。虽然破产了，还给我买很贵的进口羽绒服，那个价格足够买两三件国产的，但他只给我买了，小卓没有。过生日时，我的礼物是MP3，小卓的礼物只是一顶帽子。你知道小卓是谁吧？"

"崔克昌的儿子，和你同岁，生日比你小一个月。他现在怎么样？你们还有联系吗？"

"我们小学四年级的时候，他在上学的路上意外掉进河里淹死了，就是下面这条河。那天早上的风比现在还大，小卓的帽子被风吹跑了，他下到河边去捡，结果失足了。"

"那崔克昌……"

"就是因为小卓的死精神受到了刺激，从此失踪了。"

望着下面幽暗的百里河，我仿佛看见当年走在河堤上的自己，攥紧了手中的电击器向前面小卓的背影追去……

陈律

01

邓彪的葬礼出乎意料的简单,除了严鹏、小武和我,家属方只来了廖娟一个人。她的儿子邓汝玉考上了军校,在邓彪遇害的第二天刚走,廖娟说怕耽误儿子开学报到就没告诉他大伯死亡的消息。这个理由让满怀好奇的严鹏说不出话来。

我听小武说,本该发放给邓汝玉的丧葬费由廖娟代领后直接买了块墓地,就在与殡仪馆一墙之隔的墓园里,说是等儿子放假回来的时候择日下葬。这么做虽然有点不合规矩,但没人说什么。因为廖娟想把邓彪的墓地和他弟弟邓文的位置挨在一起,自己又添了一部分钱。至少在这一点上,廖娟很对得起已经离婚多年的前夫了。

只有四个人出席的葬礼自然用不到能同时容纳数百人参加的告别大厅,即使在仅能装下十余人的小告别室,仍觉大得发空。尤其是安静到诡异的气氛,令见多识广的葬礼知客直发蒙,整个屋子里别说有人痛哭失声,连个掉几滴眼泪意思一下的都没有。知客再三确认了不会有其他人来,才在严鹏的示意下开始了仪式。

"开眼光,看四方。"

"开耳光,听八方。"

"开鼻光,嗅妙香。"

"开口光,吃牛羊。"

"开心光,亮堂堂。"

"左手开光抓钱粮,右手开光写文章。"

"开脚光,脚踏莲花上天堂。"

知客每念一句开光咒,廖娟就跟着轻声念一句,同时手拿棉签蘸着白酒在邓彪身体对应的部位擦一下,然后站在一旁看着知客象征性地给死者化妆。

告别室里冷气开得十足,只穿了半袖衫的我冻得直打哆嗦,感觉骨头缝里都往外冒寒气。同样穿了件半袖衫的小武也有点受不了,紧紧抱着胳膊缩在一角。严鹏这家伙似乎早有准备,衬衫外面套了件夹克,淡定地站在纸棺前看着知客操弄。

廖娟仍是日前那身素素的打扮,没化妆,只是将过肩长发挽了起来,脸上多了副墨镜。半袖T恤下裸露的皮肤在空调冷气中泛起细密的寒栗,她似乎浑然不觉,平静的面容依然看不出悲喜。知客化完妆了,她仍长时间地站在原地,默默注视着邓彪的遗体,好半天,才冲知客点了下头。我和小武同时吐了口气,知客也如释重负,赶紧招呼等在门外的殡仪服务员进来。

来到户外,秋日的阳光猛烈地扑在身上。我狠狠打了几个喷嚏,身上的鸡皮疙瘩掉了一地,方才沁入肌骨的寒意随之一扫而空。

等待火化的工夫,我们几个躲到广场旁边的松树底下抽烟。没抽几口,严鹏就接到队里打来的电话。说了什么不知道,撂下电话,他从车里拿出事先准备的一束鲜花,让我临走时交给廖娟,然后带着同样一脸蒙的小武匆匆去了。

被人忽视的感觉让我心里发闷。看着乱哄哄地聚在广场上等待参加告别仪式的人群,听着指不定从哪儿突然响起的家属极尽夸张地震天哭号,尽管我对邓彪毫无好感,此时也有些不是滋味。这个曾经混得挺风光的家伙,当初不知结交了多少狐朋狗友,临走时却冷冷清清,没有子女,没有亲戚,没有朋友,只有个给他戴过绿帽子的前妻前来送别。甚至都不用等再过几年,恐怕现在就没有几个人还记得邓彪的名字了吧,这样的人生可谓失败到极致了。

继而想到梁朴,也是差不多的情形,没有子女,没有朋友,上学时听说他和家里的亲戚也没什么往来。如今能偶尔想起他的还有谁呢?什么雁过留声人过留名,除了那些被写在煌煌史书中的大人物,有谁记得曾经随波逐流的芸芸众生,这白云苍狗间又能留下多少被后人记住的红尘故事?

胡思乱想中,终于等到廖娟领了骨灰出来,之前那名知客也在。两人站在告别大厅门前的台阶上四下张望。知道是在找我们几个,我忙拿了花迎过去,无奈广场中人太多,还没到跟前,廖娟大约以为我们已经走了,便抱着黄绫包裹的骨灰盒和知客一前一后朝墓园的方向走去。

我一愣,不是说要把骨灰寄存等邓汝玉放假回来再下葬吗?跟着走了一段路,发现没错,两人确实进了墓园。我越发纳闷,下葬有什么见不得人的?为什么不愿意告诉我们?

远远地跟着他们到了墓地,果然有猫腻。在一块刻着邓彪名字的墓碑前,已经有墓地管理员和一个脸膛红红的老者提前等在那里。老者的身体似乎有些虚弱,一手扶着墓碑,一手攥成空拳在后腰不停地捶,发出砰砰的空响。

奇怪的是廖娟见到老者只点了下头,也不说话,便示意可以下葬了。知客拿起事先准备好的一只大公鸡,解开捆在鸡脚上的绳子,扔出去放了生,随即边唱着往生咒边将骨灰盒放进墓穴,最后由墓地管理员手脚利落地封好墓穴盖板。

待到知客和墓地管理员完成仪式离开,身边没有外人了,廖娟一头扎进老者怀里失声痛哭起来。老者轻轻拍着她的后背,神情悲苦,宛如安慰失去丈夫的女儿。

那老家伙是廖娟的父亲?我不由自主地嘀咕,年龄看起来像。但没必要躲起来啊。见到警察躲着走,莫非身上有案子?

"别瞎寻思,那是我师父,红旗派出所的前所长和教导员。"身边突然响起熟悉的嗓音。

"你们和邓彪两口子是老相识了吧？"我斜楞着面前熟悉的光头。这家伙今天一身便服，没戴帽子，锃亮的头皮被太阳晒得发红。

李言嘿嘿一笑，丝毫没有被我窥破隐私的尴尬，望着不远处的老者，说："邓彪前两次入狱都是我师父亲手抓的，廖娟的生活也是我师父关照的。尤其是邓彪第二次入狱后，被他捅成重伤的那小子花钱雇人去他家里报复，要不是我师父得到了消息及时赶到，廖娟和肚子里的孩子都没了。看到我师父总揉后腰了吧，就是那次被对方拿刀捅的，伤到了腰椎。本来邓彪对我师父心存怨恨，从那之后，他的态度就变了，把我师父当成家里的长辈一样看待。连他儿子的名字都是我师父给起的，汝玉，艰难困苦玉汝于成的意思。"

这就对了，我点点头。自从李言第一次提到廖娟的家庭状况时流露出的熟稔程度，我就隐约感觉他们不是仅仅通过在超市买烟认识这么简单。

但是随即，我扭头向他看去："儿子？邓汝玉不是邓彪的侄子了？"

李言也意识到自己说漏了嘴，立刻想要岔开话题，道："对了，你不是想知道邓彪的脚筋是被谁挑断的吗？告诉你，就是……"

"别打岔！先说邓汝玉，他到底是邓彪的儿子还是侄子？"

李言没言语，目光不自然地转向别处。

我眯起眼睛瞅着这个心虚的家伙："我想想啊，邓彪遇害那天你给我介绍情况的时候，说他这个人做事仗义，自己净身出户，把房子还有正在经营的烟酒零售店都留给廖娟了，原因是怜惜弟弟留下的骨血。可是我们队里的小武，哦，就是你说的那两个棒槌中年轻的那个，他了解到的情况却是邓彪两口子为了争房子都闹到派出所去了，邓彪还当场动手打了廖娟。当时老严，就是另一根棒槌，纳闷邓彪在什么地方打老婆不好，为什么偏要当着警察的面打，而且闹离婚应该去的地方是民政局，他们俩为什么特意跑到派出所去大吵大闹。当时我也没想通这个问题。"

"现在想通了？"李言笑得有些猥琐。

"假设你和小武的答案中有一个是正确的话，我倾向于你说的那个。"

"你这么信任我？"

"不是信任与否的问题,而是我能感觉到你想调岗的意愿是真实的,因为你对侦破邓彪的案子表现出强烈的欲望。刑事案件几乎每天都在发生,为什么你偏偏挑了邓彪的案子?因为你对这个案子有信心,信心来自于你对邓彪过往的了解。这个时候就别否认了,你刚刚已经说知道邓彪的脚筋是被谁挑断的了。"

我摆手打断想要插话的李言,继续说:"回到之前的话题。在社会上混的人有几个不爱面子的?邓彪被自己老婆戴了绿帽子,而且出轨对象又是自己的亲弟弟,这种丑事换了谁愿意嚷嚷得满世界都知道?结合老严的怀疑,离婚这种事到民政局就能办了,为什么他们两口子非要闹到派出所去?"

李言的笑容逐渐收敛,看着我说:"你知道为什么?"

"因为邓彪想让派出所帮他证明,邓汝玉和他没有血缘关系,这种事民政局是不管的。"

李言脸上没有了戏谑的表情:"证明这个有什么用呢?"

我叹了口气:"除了政审还能是什么?如果不知道邓汝玉刚刚考上了军校,我还想不到这一点。其实前阵子我和我师父也讨论过类似的话题,家长冲动之下犯了罪,却影响了子女一辈子的前程。邓彪的弟弟就在这方面吃了亏,他想当老师却因为哥哥的坐牢经历没有学校愿意招收,同样的遭遇邓彪愿意再次发生在自己儿子身上吗?不过血脉是天生的,光靠一张假亲子鉴定是骗不过政审流程的,最好的解决办法就是有强力部门替自己背书。只要不被当场拉去做鉴定就没什么担心的,因为叔侄关系不包括在直系亲属之内。即使有些岗位要求严格,多数情况下还是能够通过政审的。做父母的为了自己的孩子连性命都能付出,只要邓彪两口子没有冷血到六亲不认的地步,为了给邓汝玉创造一个光明美好的未来,夫妻离婚和被人耻笑算得了什么呢?"

李言正色道:"你对事情的看法超出了我对你的预期,说说,你通过这件事还看出了什么?"

我想了想,说:"既然你想通过破邓彪的案子来实现转岗的目的,那就自己去破好了。以你目前掌握的这么多线索,一定能赶在老严他们前面破案,可是你为什么对谁都没说在邓彪屋顶发现旁观者这件事,却偏偏告诉了我?当时我就觉得奇怪,可是你没给我开口问你的机会就急急忙忙地走了。"

"现在你可以问了。"

"唉,到了现在还有什么可问的。你无非是想把我也拖到邓彪的案件中来,让我认为邓彪的死是当初校园坠楼案的延续。目的是让邓彪的死看起来不那么显眼,更深一层的目的则是为了让人们忽略邓彪过往行为中的某些细节。比如邓彪两口子通过离婚和自污来换取儿子的清白,如果这件事曝光,之前所有的努力和这么多年的罪都白遭了。说起来这孩子还真当得起'艰难困苦玉汝于成'这八个字啊。"

李言沉默半响,说:"其实我没打算瞒你,包括我和我师父也商量过想要把这些事情告诉你,可是想到关系着汝玉这孩子的未来,我们都不知道该怎么向你开口。"

我嘿了一声:"老李啊,别把人家都当成棒槌。看出廖娟对邓彪还有感情的不止我一个,严鹏已经怀疑邓彪闹离婚的目的了。"

李言烦躁地搓着光头说:"不管他,只要抢在他前面把案子破了,就没人关心这件事了。"

"你现在该告诉我是谁把邓彪的脚筋挑断了吧。"

"是他自己。"

02

李言的师父叫邢跃进,今年67岁,他原是红旗派出所所长,十年前退到二线任教导员。退休后被所里返聘搞警民联调,前年才由于身体原因彻底退下来,如今看起来就是个再普通不过的老人。

用邢跃进的话说,邓彪是他看着长起来的。邓彪的父亲生前是化工厂的保卫科科长,两家住在同一条胡同,无论日常工作还是居家过日子,双方都没少打交道。邓彪的父亲临死前拜托邢跃进帮忙看着自己的儿子,不要让他走上歪路。因为邓彪从小就表现出顽劣的一面,不爱上学,整天惹是生非到处跟人打架。邢跃进答应了,也因此操碎了心。邓彪对他平时的关心照顾根本不领情,甚至怨恨他亲手抓捕自己,直到第二次入狱后遭到报复,邢跃进为保护他的家人受了伤,他那颗冰冷的心才逐渐被焐热。

对于邢跃进的这些讲述,我并不在意。其实有些话我不太好当面说出来,就是邓彪两口子通过离婚和自污的方式来换取儿子政治面貌的清白。我相信这个主意绝不是连初一都没念完就辍学的邓彪想出来的,也不是十几岁就辍学赚钱的廖娟能想到的,唯一能想出这个主意的人只有邢跃进。

可能就是这个原因,李言把我介绍给邢跃进和廖娟后,就以所里有事为借口匆匆走了。

我猜李言也是后来知道的这件事,当师父的不会坑自己的徒弟。那个时候邢跃进正在所里返聘,出了事自己担着就好,没必要多拉一个人下水。这也是李言明知道邓彪那么多往事却迟迟不肯告诉我的原因,也是他们爷俩为什么躲在这里不愿露面的原因,他们不希望别人知道自己与邓彪的关系进而引发联想,最终导致邓汝玉的身份曝光。

可是连我自己也没想到,我居然鬼使神差地跟着廖娟来到了墓园窥见她和邢跃进见面的一幕。李言见瞒不住了,不得已向我和盘托出这些往事,同时觉察到我此时的想法,干脆让廖娟亲口告诉我邓彪自断脚筋和退出江湖的原因。

"因为邓汝玉被绑架了。"摘下墨镜的廖娟,露出红肿不堪的眼睛。她深情地凝视着墓碑上的名字,缓缓回忆起七年前改变了她家人命运的夏天。

七年前的5月中旬,邓彪第三次也是最后一次走出监狱。

他这次入狱的原因和传闻中略有出入。实际上邓彪第二次出狱后就在邢跃进的劝说下准备走上正道——跟人合伙开了一家水产养殖场。他对经营一窍不通，听信了合伙人的忽悠，把多年积蓄全部投了进去，然后坐等到了秋天分账。结果他的合伙人自己压根一分钱没掏，养殖场的租金和早期投放的虾苗全是用邓彪的钱支撑起来的。说白了就是个很普通的融资诈骗的套路。邓彪以为自己是投资人，殊不知像他这样的投资人一共有50多个，钱到了合伙人的账户，大家全成了韭菜。合伙人为了表达对邓彪的诚意，特意给他安了个股东的名头，因此邓彪不但被割了韭菜还要替人家顶缸。虽然结案时警方追回了大部分资金，邓彪最后还是以诈骗罪被判了两年半。传闻中所谓的替人顶罪就是这么来的。

邓彪出狱后痛定思痛，知道论玩脑子和耍心眼儿自己一辈子都会被别人牵着走，也不想再走回打打杀杀的老路，于是在一位狱友的介绍下，去了一家私人信贷公司做业务员。

邓彪很清楚这份工作是怎么回事，就是替高利贷公司催债。可是真正上岗后他才发现公司面对的客户几乎全部是年轻女性，其中绝大部分是高校女学生，以拍裸照作为要挟，不愁贷款人赖账，简单地说这家公司就是个非法放校园贷的团伙。

了解这些内幕后，邓彪感觉像吞了苍蝇般恶心，就在他想要退出的时候，无意中从同事口中得知这个团伙的老大叫金生水。对于这个名字邓彪并不陌生，金生水早年靠什么起家的不清楚，他听说这个名字的时候是与红房子三个字连在一起的。

红房子是本市一家高端私人会所。金生水就是这家私人会所的老板。后来听说会所开不下去了，但邓彪怎么也没想到金生水居然转行放起了高利贷。

事后回想起来，邓彪觉得人家是故意把这个信息告诉自己的，目的是震慑像自己这种新招来的手下。尽管对金生水没有更多的了解，但是能放高利贷的有几个好人？哪会这么容易让自己退出？只好先忍下来看看情形再说。好在金生水还算讲信用，入职时承诺的高薪一分不少地发放下来。不到半年时间，邓彪就用挣到的钱盘下了一家烟酒零售店，算是给在家带孩子的廖娟找到了出路。而且这几个月很少有暴力事件发生，邓彪唯一参与的暴力事件,是帮一名在公司贷款的女中学生揍跑了骚扰她的校外男生。

听到这里,我忍不住问:"那个女中学生叫什么名字?"

"沈娇。"廖娟几乎是脱口而出。

我惊讶她能这么清楚地记住七年前的细节,廖娟却淡淡地道:"后面还会说到她的。"

真正令邓彪决定退出,是8月底的一天下午,他像往常一样带着年仅10岁的邓汝玉去离家不远的公园草坪上踢球。父子俩玩得很高兴,邓彪把球踢给儿子的时候用力有点大,邓汝玉没接住,眼见球滚到草坪旁边的灌木丛里,就跑过去捡。邓彪趁机点了支烟,谁知一支烟快抽完了,邓汝玉也没回来,去灌木丛里找,没有,再绕着整个草坪找了一圈,还是没看到儿子的身影。

邓彪的汗顿时就下来了。能在自己眼皮子底下悄无声息地把人掳走,这是遇到高手了。他第一时间做的不是报警,而是确认了自己的手机有电有信号,然后坐在原地等待电话响起。不报警的原因自然是怕对方撕票,混了这么多年,自己得罪的人太多,一想到上次家人差点遭到报复就不寒而栗。他打算等到天亮,要是对方不联系自己,再去找邢跃进求助。

邓彪的判断是对的。没到20分钟,绑匪就打来了电话,让他马上去草坪角落的垃圾箱里找一个报纸包。邓彪依言拿到了报纸包,打开一看,里面竟是六千元钱。邓彪蒙了,绑匪给事主钱从来没听说过。正在发愣,手机又响了,这次绑匪提出的要求比见到这六千元钱更奇怪。

对方要求邓彪联系沈娇——廖娟再次提到了这个名字——让她偷取同寝室另一名女生的内裤放到一个同班同学家里,并用那六千元钱偿还沈娇的贷款。所有这一切要在天黑前完成,否则就再也见不到他儿子了。

邓彪混了这么久也没遇到过如此诡异的事情。但他清楚此时对方正在附近监视着自己,因为对方在电话里根本没说禁止他报警之类的废话,并且他刚从垃圾箱里拿到钱,第二个电话就打过来了,只要自己稍加犹豫,对方可能真的会下死手。所以他没有迟疑,立刻打电话把沈娇约出来,说明了上述要求，并以公开裸照相要挟。沈娇尽管不情愿，还是照做了。果然，太阳落山后不久，邓彪在绑匪的电话指引下找到了被藏在公园一辆清洁车里的儿子。

邓汝玉进入灌木丛就被人迷晕了，一直昏睡到邓彪找到他，除了睡得太久感觉有点饿，没受到太多惊吓，邓彪甚至为此感谢对方手下留情。

绑架虽然有惊无险地过去了，但是离奇的经过让邓彪心里不安，总觉得事情没完，似乎还有后续，于是特别留意这件事，结果没过两天就听到梁朴跳楼自杀的消息。经过多番打探，终于知道了那起校园坠楼案的情况。令他心惊的是，那条自己指使沈娇偷取的女生内裤竟成了逼死梁朴的铁证。

"直到这时，邓彪才把汝玉被绑架的事情告诉我。"尽管事情已经过去了七年，廖娟说到这里声音仍微微颤抖，"因为放暑假，邓彪经常带他出去踢球，往常四五点钟就回来了，唯独那天天黑了才回家，但我根本没有多想。"

廖娟闭上眼睛平静了一会儿呼吸，接着道："直到发生了那起绑架案，我们才发现以往自己太自私了，认为只要彼此喜欢，愿意在一起就够了，反正我们又不在乎对方的经历，却从来没有为孩子的将来着想过。汝玉的学习一直很好，他的理想是长大后参军，每次他在电视里看到阅兵仪式都兴奋得不得了。可是参军需要政审，直系亲属有过服刑经历是过不了政审这关的，于是我和邓彪就想出了那个主意……"

"不用替我遮掩，那个主意是我想的。"一旁很少说话的邢跃进忽然接过话头。

"邢叔——"

邢跃进摆摆手，叹道："不管过去有什么经历，谁愿意这么糟蹋自己的名声，唉，为了这孩子，这些年你们背负的太多了。"

廖娟目光复杂地看了他一眼，接着说："邓彪想彻底退出，就需要给金生水一个交代，在金生水面前自断了一根脚筋。从那以后，我带着汝玉生活。邓彪就像躲在黑暗里的老鼠一样，不敢在阳光下露面，想孩子了就跑到我的烟酒店外面远远地看一眼,却不敢进来。实在想得厉害了,才偶尔约我们出来偷偷见一面,跟做贼似的专找没人的地方,生怕被人撞见。这样的见面一年也不过五六次,每次见面都是他们爷俩最开心的时候。不过辛苦没有白费,汝玉的政审一次就过了。录取通知书下来的那天,我们在汝玉学校门口的餐馆吃了顿饭,那是这么多年我们一家三口第一次坐在一起吃饭……"

廖娟说不下去了,泪流满面。

多年的忍辱负重,终于如愿给儿子换来一个光明的前途,可是就在生活即将回归正轨的时候,邓彪却死于非命。我心中五味杂陈,不知这是造化弄人还是因果循环。

廖娟抹去泪水,迟疑着说:"邓彪怀疑金生水可能知道绑架汝玉的人是谁,但他没问。"

我理解邓彪的想法,就算问明白了也没有任何好处。事情已经过去了,他不可能去报复人家,一切为了儿子。

临走时,我把手里的鲜花放在墓碑前。这里,埋葬着一个终生一事无成的混混儿,也埋葬着俗世间一个平凡的父亲。

03

临近黄昏,天阴了起来,似乎要下雨,路上的行人加快了脚步。坐在对面仓库门前观街景的打更老头扇着被风扬起的尘土,站起身颤悠悠地走进门去。

我从屋顶的护墙上缩回头,坐到角落里。

等待是最难熬的,尤其当不确定对方是否出现的时候。我再次看了一眼手机,GPS定位显示小瑕的电动车仍留停在琳琳西点屋门前。但我知道,小瑕今天一整天都没去店里。姜琳琳说,小瑕早上请假了,不知去了哪里。

我仔细研究过小瑕一周以来的行动轨迹，从中找到几个轨迹高度重合的点，表明小瑕一周内经常来这些地方，其中重合度最高的就是马路对面的仓库，小瑕几乎每天都会在这里停留好几个小时。可是我今天观察了快一整天，仓库里除了那个脊背佝偻的打更老头，没见到其他人出入。

如果不是无意中查到了一条信息，我很可能会怀疑自己的判断。这源于我始终想不明白的一件事，以崔克昌超凡的商业能力，为什么会把亲手经营到业内首屈一指的公司搞到破产，最终落得妻离子散的下场。张春生说他年轻好色，赵小曼说他不嫖不赌，这些我都没有找到切实的依据。如果他们所说的属实，也不至于短短几年就把偌大的家业彻底败光吧？

为此我走访了很多人，崔克昌的亲朋故旧找不到，能找到的多是当初与他打过交道的同行和客户。大家一致的看法是崔克昌这个人聪明、会做生意、懂得让利，而且崔克昌的生意几乎是一瞬间就败下去的，当大家得知他的产业低价转给王金利的时候，很多人都懊悔没有早点听说这事，否则自己就接手了。

我本想听听王金利本人的看法，但我赶到医院的时候医生已经下病危通知了，几个女儿女婿都守在ICU门外等待最后的消息。简单和她们交谈了几句，结果发现这些人根本不关心除了继承财产外关于公司的任何事。倒是王金利的二女儿告诉我，她父亲的公司不是直接从崔克昌那里接手的，中间经过了一次转手，这个中间人姓金，她以前和父亲去过一次这个人开的私人会所。

那一刻我突然开窍似的多问了一句，她父亲接手的产业都有哪些？对方说别的不太清楚，不过她知道最早崔克昌名下有块地，那里建了一座仓库，由于目前面临动迁会有很大的升值空间。她本以为早就过户到了父亲名下，结果前阵子发现父亲的资产里面并不包含那块地。这就意味着那块地被中间人自己留下了。

我在公证处查到了关于那块地的《厂房土地买卖合同》的副本，乙方的名字是金生水。

巧的是，这处位于城市边缘二手钢材交易市场的仓库恰好是当初我和韩长庚蹲守张小海的地点之一。

不过我没心情琢磨金生水和张小海之间存在什么瓜葛,如何抓捕张小海自有一门心思想要立功的严鹏小武和钟队他们去考虑,我现在正被眼前的一堆乱麻搅得脑仁疼。

如果假设小瑕是杀死沈娇和邓彪的凶手,把替梁朴复仇理解为小瑕的动机,这样就能够把案件的主线串起来。

我不清楚小瑕从哪里察觉到当年中途转学的沈娇与梁朴被陷害致死有关,但她一定在这次与沈娇的见面时得到了证实,方一同收到的沈娇被扇耳光却不敢还手的视频可以解释这一点。

对于小瑕如何找到隐居多年的邓彪,我找到了一个佐证,是以局外人的思路想到的。我挨个走访了邓汝玉的高中、初中和小学老师,获知在邓彪遇害前,小瑕曾经找到他们询问邓汝玉的升学轨迹。我猜测小瑕是通过跟踪邓汝玉进而发现了邓彪的行踪,因为廖娟说儿子考上军校后一家三口团聚庆祝了一次。支持这个想法的原因是小瑕在小学四年级时,刚好转学到邓汝玉所在的铁路二小,当时邓汝玉刚上小学一年级。一般来说,相差这么多年级的孩子是不会在一块儿玩的。所以这个条件成立的前提是小瑕在某个特定的场合下,接触并记住了这个小师弟。我想象不出那是什么样的场合。

跳过这一点,剩下的都是令人头疼的问题了。当年绑架邓汝玉的人是谁?从他愿意出钱替沈娇偿还校园贷来看,这个人似乎不想把事情闹大,或者说不愿惊动邓彪背后的老板金生水。他的目的非常直接,就是陷害梁朴。动机呢,是什么?他和邓彪遇害当晚躲在屋顶上的旁观者是不是同一个人?如果是同一个人的话,那么杀死邓彪的就只能是小瑕了。但这又涉及动机,七年前的绑架者变成了七年后的旁观者,受害者是同一个人,这中间发生了什么?

所有这些问题的答案都无从猜测,我现在唯一能做的是,验证自己的想法是否正确。邓彪不知道绑架者是谁,他怀疑金生水知道。如果小瑕真的是杀害沈娇和邓彪的凶手,她接下来要找的人就是金生水。最近一周的

GPS行动轨迹证明了这一点。我此时就躲在金生水仓库对面的二楼屋顶，等待小瑕的出现。

远处传来沉闷的雷声，风也大了起来。我期望我的等待落空。

一辆黑色的宝马车停到仓库门口，金生水从车中下来。这是个相貌普通身材匀称的中年人，没有发福的肚腩，也没有颐指气使的神态，唯独宽阔的额头和那双阴鸷的眼神令人过目难忘。我在他的户籍档案照片上看到那双眼睛时，感觉似乎看到了某种夜行野兽。

打更老头打开院门，金生水走了进去。司机把车开上路旁的便道。我向道路两侧张望，没有看到小瑕的影子，不禁长长舒了口气，松开沁满冷汗的双手。

在廖娟说出那起绑架案之前，尽管有越来越多的线索把嫌疑指向小瑕，我都坚定地认为小瑕不是杀害沈娇和邓彪的凶手。可是那场诡异的绑架案揭开了梁朴之死的真相，我才发现此前所谓的坚定只是自己内心深处的不情愿而已，它源于不知何时我对小瑕产生的说不清道不明的特殊情感。小瑕此刻没有出现，几乎让我有一种重获新生般的获救感。

离开之前，我再次看了一眼对面的仓库和楼下的长街。由于即将下雨，街上行人步履匆匆。一堵老旧的红砖墙上贴着二手钢材交易市场的搬迁通知和去往新址的示意图，金生水的宝马车就停在示意图前，司机坐在驾驶室里打着电话。前阵子乱七八糟堆在道路两侧的废弃线缆、木制工字盘和生满红锈的破铁架子被清走了不少，清出来的场地变成附近居民的临时停车场。对面的仓库院子里，打更老头颤颤巍巍地朝亮着灯光的办公室走去。

没来由地，我感觉似乎哪里不对劲。我说不出这种感觉的来源是什么，但潜意识告诉我，这种感觉很重要。我决定多等一会儿。

时间一分一秒地过去。天空中的雷声越来越近，我的内心也越来越不安。

一道闪电划破长空，豆大的雨点落了下来。街上的行人抱着脑袋向前跑。宝马车的尾灯亮了一下，一个面色青白长着狭长马脸的汉子从驾驶室里钻出来，锁好车，朝仓库院门走去。在他身后不远，出现了一个头戴太阳帽的纤细身影。我没看清那个身影从哪儿冒出来的，但一眼就认出了那是小瑕。她到底来了！

热血一下子涌到了头顶，我起身准备从事先看好的落脚地跳下去。无论小瑕来这里的目的是什么，无论她是不是杀害沈娇和邓彪的凶手，我都要阻止她。

踩上护墙的刹那，心脏像是被什么刺了一下，一种极度危险的感觉从心底升起。猛地，我闻到空气中一股淡淡的烟草味，几乎同一瞬间，一只强劲有力的手从后面捂住了我的嘴。我的右手被对方的胳膊架在外面使不上力，我急忙反过左手抓住对方的衣领，打算来个大弯腰把对方背过去。不料对方早有防备，侧过肩膀顶住我的后背，同时手上发力，同样打算给我来个背口袋。

我拼力弓起脊背，不让对方得逞。这是纯粹的力量比拼，一时谁也奈何不了谁，但对方占有先发制人的优势，我感觉脊背被慢慢扳直。

越过身前的护墙，我看到小瑕从身上拿出了什么东西握在手里，同时加快了脚步。我想大喊她的名字，嘴却被紧紧捂住发不出声音。

雨越下越大，小瑕距前面的马脸汉子越来越近，眼看就要追上对方。就在这时，一辆白色越野车咆哮着从对面方向驶来，疯狂地向小瑕冲去。

我的呼吸顿时窒住，甚至忘记了身后的偷袭者，力量松懈的一瞬，对方的膝盖重重顶在我的腰眼上。我眼前一黑，除了乱冒的金星什么都看不见，耳边听到脊柱发出痛苦的呻吟和汽车撞击的轰然巨响。

那一刻我发了狠，拼尽全力在护墙上一蹬，带着对方向身后的地面砸去。对方的身手比我想象中灵活，向后摔倒的瞬间就松开了手闪到一旁，只把我自己狠狠拍在了地上。左胸传来的剧痛差点令我背过气去，感觉像是伤到了肋骨，吸一口气都钻心地疼，奇怪的是此刻的脑海竟异常清醒。我以自己都难以理解的惊人毅力和速度滚到对方身边，抱住对方的一只脚猛地向上一掀。对方猝不及防被我撂倒。但是下一刻，对方的拳头就落在我的下巴上。我下意识地朝对方猛踹了一脚，也不知踹到了哪里，对方闷哼一声，跳起来跃上了护墙。

一道炸雷陡然在头顶响起，紫色的闪电照亮了对方瘦削的脸孔。

我一下张大了嘴巴："老韩——"

韩长庚面无表情地看了我一眼，纵身跳下屋顶。

我只惊呆了一瞬间，空白的脑海里就回荡起刚才那声车辆撞击的巨响。我跌跌撞撞地扑到护墙前，朝声音响起的方向望去，一眼就看到了小瑕充满惊诧的面容。

在小瑕面前有两辆撞在一起的车，一辆是之前疯狂冲向她的白色越野车，另一辆是横在她身前的银灰色轿车。印象中好像方一同有这么一辆同款轿车。两辆车的另一侧，是同样惊骇不已的马脸汉子。猛烈的撞击惊呆了路人，有胆子大的缓缓向现场靠近，仓库里的打更老头也闻声出来，站在院门口观望。

雨水霎时模糊了视线，继而顺着腮边流进嘴角，居然是咸的。这时我才感觉到剧烈的心跳和胸口灼热的刺痛。我捂住胸口艰难缓慢地喘着气，由衷地感谢上苍帮助我阻止了小瑕。虽然我不知道那个马脸汉子是谁，小瑕为什么把他视为目标而不是金生水，但是没关系，我会找她问清楚的。这一次我不再顾忌任何事情。

从小瑕出现到我此时狼狈地站在这里，看似中间发生了这么多变故，其实总共不过一两分钟时间，但在我的感觉中仿佛度过了一个轮回那么长。

我抬起手臂向小瑕挥动，隔得有点远，她没看到。我低头朝地面望去，寻找之前的落脚点，却一下看见了韩长庚，他好像摔伤了腿，脚步蹒跚地向对面仓库走去。

我刚要张嘴叫他的名字，忽然听到有人大喊了一声"张小海——"，声音从仓库门口传来。没等我反应过来，那个面色青白的马脸汉子猛地飞起一脚，踹翻了即将靠近他身边的一名路人，掉头朝相反的方向跑去。与此同时，不知从哪儿钻出来五六条身影，一窝蜂地追了下去。追在最前面的两个人赫然是严鹏和小武。

这边的韩长庚已经踉跄着冲过了马路,他的目标是站在仓库门口的打更老头,方才喊出张小海名字的就是他。然后,我惊奇地看到一直佝偻着脊背的打更老头突然挺直了腰杆,冲韩长庚冷笑了一下,闪身进了仓库,动作之快完全不输年轻人。

我这才意识到之前感觉不对劲的地方就在这里——打更老头被调包了!这个人的外貌身形和白天坐在仓库门口观街景的打更老头很相似,但比对方年轻得多。紧接着,看到韩长庚也追进了仓库。

此时我的脑海一片混乱,彻底搞不清眼前的状况,咬着牙从屋顶跳了下去。尽管跳的时候把手搭在护墙上做了缓冲,落地时仍被胸口的剧痛震得险些昏过去。

我挣扎着爬起来的同时,一个满头是血的中年男子也从白色越野车里钻出来,瞅着竟有几分眼熟。没等我想起来是谁,却看到他手提着一柄尖刀朝小瑕走去。小瑕似乎被眼前发生的一切吓傻了,呆呆地站在原地不动。

"小瑕——",我趔趄着冲上马路,同时用尽全力喊了一声。

隔着茫茫雨幕,我看到小瑕抬头冲我的方向望过来,似乎还笑了一下。幽暗的天色中,小瑕的面孔如此明媚动人,仿佛映着光。

那是我昏迷前最后一次看到小瑕。接着,我被身后的一辆车撞得飞了起来。

04

"那天到底是怎么回事?"坐拥着深秋的阳光,我问对面的韩长庚。

这家伙现在是我的病友,不过他今天就要出院了,临走前特意来看我。那天晚上他从屋顶跳下来时摔断了腿。不过在那之前,他的右腿就有伤,否则区区二层楼的高度对他来说构不成障碍,他曾经从更高的地方跳下来过。

我的伤比他重得多，肋骨断了三根，其中一根刺穿了胸膜。医生说我命大，要是再深一点就刺进心脏了。所幸送医及时，没有引起血气胸。我的伤不止于此，还有腰椎小关节错位，右臂桡骨骨折，右腿胫骨骨裂，肱二头肌拉伤，左脚踝脱臼，好像还有脏腑移位什么的，医生说了我也没大听懂，至于其他的皮外伤相比起来就不算什么了。总之，现在的我就像一个被流浪狗撕咬过的破烂玩偶，除了内脏还算健全，浑身上下找不出几块好地方了。

那辆把我撞飞的车不是故意的，司机是个五十出头的大叔，当时刚好开车从那里路过，由于风急雨骤疏于观察，没有留意到突然冲到马路中间的我。事后，他还带着水果花篮来医院看我，说知道我是正在执行任务的警察后，他吓得差点去警局投案自首，连家里的后事都交代好了。很风趣的一个人。

我发现自己似乎很有老人缘，能与年长我很多岁的人聊到一块，反倒和同龄人没有太多可说的。

我在医院里昏睡了一天一宿，第二天夜里醒来的时候发现守在床边的竟然是二叔。我问他的第一句是家里知道我住院吗，二叔说要是天亮我还不醒的话就会通知我家里。我这才放下心来。

由于我在警校期间休学那件事，和家里的关系闹得很僵。尤其和我爸，他认为我是孽子，养我这么多年不如养条狗。我已经两年多没回家了，只是逢年过节给我妈打电话时顺便问候他一句，彼此态度敷衍得如同陌生人。还是二叔了解我，他要是通知了家里，我妈肯定会哭死。至于我爸，我都不知道见面之后该说什么。我的老人缘里唯独不包含我爸。

二叔告诉我，其实我没有一直昏睡，中间醒了几次，每次醒来都恶心呕吐，吐完了就接着睡。医生说是脑震荡造成的，除了会头疼一两天没什么大碍。确实头疼，但不是一两天，整整一周我都感觉脑袋里有个电钻似的。直到入院第八天才感觉好了些，但不敢抬头，一晃就晕。看来凡事不能全听医生的，尤其公安医院的医生，他们见惯了生死，像我这种程度的伤势在他们眼里大概和发烧感冒差不多。

住院这段日子里有好多人来看我,除了队里的同事,还有师父老周和师娘。他们老两口特意把周岚也带来了,让她留下照顾我,看来要把我发展成他们侄女婿的心思一直未死。

周岚倒是没说什么,大大方方地接替了我二叔。白天忙前忙后地推着我做各项检查,取药和化验单,帮我翻身换衣服,晚上还要替我盯着点滴的进度,起夜时扶我去厕所,累了就在旁边的空床上小睡一会儿。她睡得很少,几乎没有连续睡几个小时的时候,有人进门就会立刻惊醒。我劝她回家休息,她摇头,整天笑呵呵的,似乎看到我倒霉很开心。

只有一次,我午睡醒来时看到她拿着我的CT片子悄悄垂泪。我开玩笑地对她说:"既见君子,云胡不喜?"

她翻着好看的杏核眼说:"梁上君子也算君子?这下遭报应了吧?"

我知道她指的那次偷琳琳西点屋台账的事,随即想起当天她逃之夭夭的情形,问她:"你男朋友是干吗的?有空介绍我认识一下,我帮你把把关。"

她却反问道:"谁说我有男朋友?"

她说完这话,我俩一齐愣住。眼看着一坨红晕染上了她的脸颊,我有些不知所措。恰好这时方一同来看我,周岚趁机溜出去了。

那天晚上的两车相撞不是巧合。方一同走进病房的那一刻,我就醒悟到这一点,同时想起为什么会觉得白色越野车的司机眼熟了——那是方一同的舅舅沈立山。如果他没有被撞碎的风挡玻璃糊了满脸的血,当时我就认出来了。

方一同告诉我,一直视小瑕为杀害沈娇凶手的不是他,而是他的舅舅。方一同手机里收到的朋友圈视频他舅舅也看到了。因为警方迟迟未能破案,在得知小瑕和我是学生时代的校友后,沈立山就偏激地认为我在包庇小瑕,于是决定亲自为自己的女儿复仇。而方一同那时找我的目的很简单,就是想问问小瑕为什么扇沈娇耳光。可是被我误会他要对小瑕不利,一直没有告诉他关于小瑕的确切信息。

无奈之下方一同只好整天开车跟着舅舅，防止对方做傻事，结果真的在关键时刻救下了小瑕——当沈立山驾车撞向小瑕的时候，他加速冲到小瑕跟前，用自己的车身挡住了沈立山的越野车，随后又在沈立山下车持刀要杀小瑕时及时拦住了对方。

"你舅舅怎么知道小瑕会在那儿出现？"

"我舅舅当然不知道，但是你知道，他跟着你就是了。"方一同说着，从兜里掏出一样东西。

我不禁咽了口唾沫，还真是螳螂捕蝉黄雀在后。瞅着他掌心里的GPS定位器，我问道："如果那天我没开车呢？"

方一同黯然道："这世上有如果吗？有的话娇娇就不会死了。"

"你舅舅现在怎么样？"

"伤没事，头皮被风挡玻璃划出一道口子，缝了八针，已经愈合了。人现在……"方一同的声音低下去，"在看守所。他这叫谋杀未遂吧，听说最轻也得判个缓刑。唉，估计他这会儿恨死我了。"

"不会的，等你舅舅平静下来就会明白，实际上你是救了他。"

方一同忧心忡忡地点点头。

我岔开话题："对了，你知道当初沈娇为什么要转学吗？"

"我记得以前告诉过你，她跟我舅妈不和，在一起就吵架。"

"真正的原因呢？"

"她借了非法校园贷，没敢告诉我舅舅，私下跟我说了，我给她拿了三万块钱把贷款还上了。她怕这事在学校里曝光被同学和老师耻笑，执意跟我舅舅要求转学，用的就是跟她舅妈不和的借口。"

沈娇的贷款连本带利明明只有六千元，那个神秘的绑架者通过邓彪的手已经还上了，她却在自己表哥这里又骗走了三万元。一瞬间，我对这个女生的最后一丝同情也消失了。

想了想，我没有把她陷害梁朴的事情告诉方一同。就让活着的人对逝者留下一个美好的记忆吧，戳穿真相太残忍。

住院第四天，小武来看我，我才知道那天晚上发生了很多事。不过当他以惯有的嘲谑口吻告诉我金生水死了的时候，我忽然觉得这个世界不太真实。

那个令邓彪这种狠人都视为传说中的大人物，那个有着一双夜行野兽般眼神的阴鸷男人，居然悄无声息地被人溺死在自己养着风水鱼的鱼缸里。警方发现他的时候，他的脸和脖子被鱼缸里的血鹦鹉啃噬出密密麻麻的伤口。好在时间不算太长，这些伤口并不影响对容貌的辨认，要是在鱼缸里泡一个晚上，估计想核实他的身份就只能验DNA了。

以金生水的死亡时间推断，杀死他的基本可以认定就是那个冒充仓库打更老头的家伙。不过直到现在，警方都没有找到关于他的任何有用线索。

真正的打更老头没死，只是被打晕了，后脑勺挨了一板砖。他是金生水的远房族叔，没有子女，金生水安排他在仓库打更算是一种照顾。虽然平时走路颤颤巍巍让人看了担心随时会倒下，却远比我恢复得快，送到医院就醒了，第二天早上抽完血就一口气吃了四个花卷三个茶鸡蛋，还喝了两碗鸡蛋羹，不像我是全靠输液撑过来的。

张小海——那个面色青白长着一张狭长马脸的汉子，也死了。

这里要说到之前钟队他们从外市带回来的黄毛。在大张等人坚持不懈的努力下，这小子终于供认那部张小海小号的手机不是他逛街时偷的，而是前段时间——队里破获那起特大毒品走私案后，他的上线通过快递寄给他的，要求他收到手机后每天不定时开机随意打几个电话。这个所谓的上线，是指黄毛参与非法校园贷的上线。因为经过严格的审讯发现，黄毛对张小海贩毒一事并不知情，他甚至压根就不认识张小海。

把手机寄到外地开机，明明是张小海为转移警方视线耍的一手调虎离山计，动机明确，时间节点也对，却偏偏没有证据支持这个说法。而那个叫田文雄的上线，早在黄毛被抓回来的第二天就潜逃了，至今尚未落网。

虽然没有挖出关于张小海的更多线索，不过黄毛无意间供述的关于非法校园贷的信息引起了钟队的高度重视。

黄毛手机里的第三张身份证，那个20岁的女大学生，就是田文雄送她回来的当天在校园操场服毒自杀的。

一想到那个女生的惨死，钟队就非常后悔没有早点撬开黄毛的嘴，决定暂时放下张小海，先全力拔掉这颗危害社会的毒瘤。邓彪葬礼那天严鹏接到的电话就是钟队打来的，要求他立刻参与行动。

钟队在金生水名下所有产业的外围都进行了人员布控。严鹏和小武被派到位于二手钢材交易市场附近的仓库蹲守。

说来也巧，这个仓库之前我和韩长庚也曾经蹲守过一晚。那时候这里被怀疑是张小海可能藏身的窝点之一，后来随着张小海的手机信号在外市出现就撤销了行动。

那天晚上，严鹏小武等人看到金生水回到仓库后没打算立刻动手，可是随即发现和金生水同车的马脸汉子与传闻中张小海的体貌特征非常接近。由于此前没有人见过张小海，严鹏不敢擅自决定，在他打电话请示要不要先把此人控制住的时候，方一同和沈立山的奇怪车祸就在面前发生了。紧接着听到有人喊出张小海的名字，马脸汉子先一步做出了反应，抬脚踹倒一名试图接近他的警员，拔腿就跑。这一跑就坐实了他的身份，严鹏带着人随后紧追。由于事发突然，加之当时的雨太大，到底还是让熟悉地形的张小海跑了。

"跑了？你不是说他死了吗？"

"别急啊，张小海确实死了。"小武笑道，"而且死得……很奇怪。"

在张小海逃脱严鹏等人追捕后的大约两小时左右，警方接到群众报案，称位于城南新区一处待拆迁的民房发生了爆炸。死者正是张小海。根据事故现场还原显示，那间屋子里堆了整整一面墙的开了袋的面粉，屋顶安装了一部大功率吊扇，爆炸时门窗都被关死。

"粉尘爆炸？"我想到了这个熟悉的字眼。

小武掏出手机，让我看现场的照片。

我信手划动屏幕。接连七八张都是从不同角度拍摄的爆炸现场的照片，黑黢黢的看不出个轮廓。

"那间屋子里几乎没什么多余的东西，除了靠门口的墙角有张桌子。丁法医在桌子上找到两根膨胀螺栓，一根是半截的，一根是完整的。他说完整的那根曾经在硫酸里泡过，不过装硫酸的瓶子被炸碎了。"

再往下翻，是一张从户外拍摄的爆炸民房的全景，虽然到处布满烟熏火燎的痕迹，但明显能看出这栋房子的墙壁和门窗都是红色的，屋檐下还挂着两只被火舌舔过的大红灯笼。

"附近的居民说，那一带正在动迁，这栋房子已经空了很长时间，平时很少有人来，最近从这里经过的时候发现被人漆成了红色的，我们现在还没联系上房主。"

"还找到什么了？"

"就这些。哦，还有这个——"小武在手机里翻了翻，又找到一张照片，拍的是一盒没有被完全烧毁的香烟，"这个牌子的烟咱们这边很少见，应该是张小海平时拿来害人的，里面的烟丝被致幻剂泡过，一支的剂量就足够让人昏睡两三个小时。"

"肯定是张小海的。"我说，虽然我在某个外卖箱里见过这个品牌的香烟。

"那天到底是怎么回事？"我用手遮住透过树叶洒下来的斑驳耀目的阳光，看向坐在对面一言不发的韩长庚。那天他出院前来看我，显然有话对我说。不过看到那张皱在一起的苦瓜脸，似乎还没有做好开口的准备。

我决定先挑起话题："那条九命猫视频是你做的吧？"

韩长庚默默点了下头。

"那三起意外你都留了后手。"

"看出来了？"

"开始没看出来，被你绕住了。设计三起同样的意外不难，难的是如何让意外发生又不能真的把人伤到。重点是不伤人，想通这点就明白了。"

韩长庚侧头看着我，似乎在听我解释。

"天兴市场八号楼上的户外灯箱，它落下去的瞬间，沈娇本来正在向前走却突然有个停步的动作，这个动作就是破绽。什么情况下人在正常行走时会突然停住呢？最简单的答案就是恰在此时身上的手机响了，这是正常人的下意识反应。你只要在她停步的时候挂断电话，同时把灯箱推下去就好了。至于监控没有拍到沈娇往外拿手机的动作，是因为当时她被掉在面前的灯箱吓了一跳。换成谁都会吓一跳的，哪还顾得上看手机？况且这个时候手机已经不响了。这个方法你用了两次，第二条视频沈娇在公交车站接到的电话也是你打来的，目的是为了延迟她过马路的时间。等你看到出租车开过来的时候，及时挂断电话，把流浪狗放出去惊扰出租司机，使对方撞上公交车站。场面看似惊险，实则安全。对了，第一条视频还有个破绽，固定户外灯箱的膨胀螺栓没有那么脆弱，是你提前换成了已经锈断的螺栓。不过要把八颗膨胀螺栓全部换掉，同时不在墙面上留下明显的破坏痕迹，这项工作应该很耗时。"

"确实很耗时，我用了一个星期才全部换完。第三条视频呢？"

"形成粉尘爆炸的条件并不困难，那家包子铺全都具备。你要做的只有一件事，提前把包子铺老板儿子的玩具车遥控器偷走，再找机会把玩具车藏在厨房案台的面粉袋子后面。等到沈娇进店时故意撞倒店门外蒸包子的笼屉，确认老板和沈娇出门查看，你再按下遥控器让玩具车推倒厨房里的面粉袋子，然后，砰——我跟老板核实过了，爆炸前他儿子的玩具车遥控器已经丢了好几天，然后玩具车也找不到了。爆炸后他又给儿子买了一套新的玩具车，他至今都未怀疑粉尘爆炸是人为造成的。不过老韩啊，你搞的这一出可让人家损失不小哦，那么好的羊汤都卖不出去了，这还没算重新装修店面的钱。"

"这些用不着你操心。我选择那里是因为能最大程度保证人员安全，沈娇到店的时间恰好是老板娘去幼儿园接孩子，店里人最少的时候。"

"做了这么多，你的目的是什么呢？"

"你明知故问。"

"我知道你想通过网络传播让小瑕看到这条九命猫视频，告诉她沈娇回来了。然后呢？你确定小瑕能带你找到当年你女儿坠楼的真相？"

"不确定。但我要是什么都不做，就永远不会知道真相。"

"方一同收到的视频也是你拍的吧？"

"正因为看到小瑕扇了沈娇耳光，我更加确定自己的判断是对的，当初的案子里有我不知道的真相。可是我发现自己知道的越多，就离真相越远。"

"为什么要把那条视频传给我呢？"

"两个原因。第一，你和小瑕是校友，关系很亲密，而且你对梁朴这位曾经的班主任有感情。由你参与调查可能会发现一些我发现不了的东西。"

"第二个原因呢？"

"第二个原因以后再说，你就不想知道我在跟踪沈娇制造那三起意外的时候发生了什么吗？"

我的心思几乎全部都在小瑕身上，听了这话不由一愣："发生了什么？"

"还有一个人，也在跟踪沈娇。"

"谁？"

韩长庚遗憾地摇了摇头："有一次我差点就抓住了他，但最后被他以自残的方式逃走了。当时我把他按在一处栅栏上，已经制住了他，可是就在我腾出一只手掏铐子的时候，那家伙突然把被我用腿压住的胳膊按进栅栏上的一根铁刺里。铁刺扎穿了他的胳膊，也扎穿了我的腿，趁我吃疼的时候他带着那根铁刺跑了。就是这条腿，伤到了韧带。要不然你以为那天晚上我从屋顶跳下来就能把腿摔断？"

看着韩长庚把手臂放在自己的伤腿下面复原当时的情景，我忍不住地倒吸冷气，那种场面想想就觉得疼。

"开始我以为他是冲着沈娇来的，后来发现不像。他要是想杀死沈娇有的是机会，却都没有下手，因此我判断他的目标另有其人。"

"他的目标是小瑕？"

韩长庚黯然点了下头:"虽然我判断对了,但却没能阻止沈娇和邓彪的死。那天晚上我跟踪小瑕去了绿岛公园,亲眼看着她在夜光跑道那里找到沈娇,两人在草坪上说了会话。我趁机拍下视频,小瑕打完沈娇耳光后就离开了公园。我担心那个人可能会袭击小瑕,就跟着她一路回到琳琳西点屋,没想到我前脚刚走,沈娇就出事了。"

我长长吁了口气,终于有人能够证明小瑕不是凶手了。既然沈娇的死跟小瑕没关系,邓彪也应该如此。果然,韩长庚的讲述证实了我的猜测。

那天晚上韩长庚距离小瑕和沈娇比较远,没有听到二人具体说了什么以及小瑕为什么要打对方,不过接下来他就从小瑕和邓彪的见面中知道了原因。

小瑕通过邓汝玉的升学轨迹查到对方所在高中并获知他今年顺利考上军校,继而跟踪到邓汝玉一家三口聚餐庆祝的场面,最后尾随至邓彪的住处——这一切都在韩长庚的视线内发生。

当晚小瑕进入邓彪家后,韩长庚用砖头砸掉外面的摄像头,然后潜伏到邓彪家西厢房的屋顶,透过敞开的窗户听到邓彪对小瑕讲述了七年前那桩离奇的绑架案。邓彪不是因为对梁朴的死心怀愧疚才说出这一切的,而是被小瑕抓住了七寸,以公开邓汝玉的政审材料作假相要挟才开口的。这也是韩长庚至今没弄明白的事,小瑕是怎么知道当年邓彪两口子通过离婚和自污的方式来切断与儿子关系的。

小瑕离开邓彪家后,韩长庚汲取了上次绿岛公园的教训,没有立刻离开。他隐隐有种直觉,凶手杀死沈娇的目的是为了嫁祸小瑕,这种手法和七年前邓汝玉的绑架案很相似,说不准凶手和当年的绑架者就是同一个人。韩长庚一直在邓彪家屋顶守了两个多小时,确认无事后才离开。结果悲剧再次上演,他前脚刚走,邓彪就遇害了。

潜伏在金生水仓库对面的那晚,韩长庚之所以出手袭击我,是因为他发现那个调包后的打更老头就是在他手底下以自残方式逃走的家伙,自然也是杀害沈娇和邓彪的嫌疑人。他怕我出声惊动对方,所以阻止我叫住小瑕。但是由于之前韧带有伤,他跳下屋顶时摔断了腿,没能第一时间冲过去抓住对方，反被对方发现后叫破张小海的身份，引出蹲点的严鹏等人追击，趁着混乱再次逃走。

至于这个连环杀手到底是谁，目前完全没有头绪。

不过对韩长庚来说，这是他第一次触碰到校园坠楼案的真相。当得知沈娇偷取了自己女儿的内裤去栽赃梁朴，他心中原本对沈娇遇害产生的愧疚就荡然无存了，同时第一次觉得错怪了梁朴。但他依然不认为梁朴是无辜的，即使没有发生过梁朴曾经猥亵自己女儿这件事，至少凶器上女儿的血迹和梁朴的指纹都是真实存在的。此外，还有那枚福字硬币，是他跪在女儿的坠楼现场痛哭哀号时无意中发现的。由于硬币掉落在女儿身下的泥水里，抬走遗体的警察没有留意。

韩长庚后来整理遗物时，在韩莹莹的手机里看到她在梁朴家中随手拍的照片。其中一张小瑕跟梁朴的合照中，两人脖子上都戴着同一枚福字硬币。因此，韩长庚开始了长达七年的对小瑕全方位的跟踪调查。我之前在小瑕电动车里找到的GPS定位器就是韩长庚安装的，却被我拆下来随手贴在一辆面包车上。害得韩长庚不但接连几天失去了小瑕的行踪，还跟着那辆搞装修的面包车跑了好几百公里的冤枉路。

遗憾的是，长久的坚守没有换来关于校园坠楼案的进展。就在韩长庚日益绝望的时候，忽然发现曾和女儿同寝室的沈娇回到了本市。凭借多年的办案经验，韩长庚直觉沈娇当年的转学有隐情，决定试探一下，于是就有了那个在网络上疯狂转发的九命猫视频。

韩长庚开始策划这件事时，就跟队长钟庆魁做了坦诚沟通。钟队同情他的遭遇，出面把沈娇溺亡案从案发地所属分局要了过来，却没想到事情从一开始就脱离了掌控。

韩长庚从脖子上扯下那枚早已摩挲得锃亮的福字硬币，拿在阳光下看了一会儿，递给我："有时间帮我还给小瑕，这是属于她的东西。"说完，转身走了。

他的腿没有完全好利落，走起路有点吃力，但是脚步一如既往的坚定。我知道，他又要投入那场延续七年的战斗了。我衷心希望他能早日结束这场战斗。

05

身后传来脚步声,我慌忙把手里的香烟扔到地上,还没来得及踩灭,就听见周岚嗔怪的声音:"我就下楼取个片子的工夫,你又跑到阳台上抽烟!"

我转身给她一个大大的笑脸,她却瞅都不瞅我一眼,板着脸说:"有人来看你。"

我以为来的又是小武,这小子最近没事就往我这儿跑,没想到一抬头看见的竟是拎着果篮的姜琳琳。

"你们慢慢聊啊,我去找医生看看片子。"周岚把我扶到床边坐下,就找借口出去了,出门前还在姜琳琳背后冲我做了个鬼脸。

我招呼姜琳琳坐下,问道:"你怎么来了?"

她把手里的果篮放在柜子上,说:"你上次打电话说住院了,就想过来看看你,一直没腾出时间。今天正好从这儿路过,就上来了。你的伤怎么样了?"

不知是不是错觉,我感觉今天姜琳琳的神态有点异样,似乎怀着很重的心事,说话时缺少了平时那种干脆爽利的劲头。

"谢谢你,好多了。对了,小瑕上班了吗?"自从三天前我能自己下床后,就给小瑕打电话,却一直没有打通。

姜琳琳轻轻摇头:"我今天来是有件事想跟你说。其实……我不是小瑕的表姐,梁朴也不是我大伯。"

我一下怔住。

姜琳琳抬头看向我:"琳琳西点屋的真正主人是小瑕,我只是她招聘来的店员。对外宣称我是老板,小瑕是打工的店员,这是我通过面试后小瑕提出的条件。"

"为什么?"

"附加条件是不许问原因,作为交换是薪水很高。我需要这份工作,就答应了。不过根据我这几年的观察,小瑕似乎在躲避一个人,她需要把自己隐藏起来。"

"躲避谁?"

姜琳琳摇头。

我忽然想到一个问题:"那小瑕每天上门送货的信息都是真实的吗?"

"所有的地址都是真实的,但有个别顾客的姓名电话是假的。前几年手机卡不需要实名购买的时候,小瑕一下买了十几张,她把这些号码都转移呼叫到自己的手机上。要是有人拨通这些号码,她就会以事先编造好的顾客身份应答。"

我不由得张大了嘴巴:"那你们的台账……"

"小瑕会把她编好的信息告诉我,由我誊抄在台账上。说实话,我也不清楚她这样做的目的是什么,感觉似乎在给自己制造某种时间空当。"

我想起前几次见到姜琳琳时欲言又止的表情:"这些话你是不是早就想对我说了?"

"是。那些手机卡小瑕买回来后一直在缴月租费,但从来没有使用过,直到两个月前,小瑕开始利用它来编造假信息。稍微想一下,谁会给她编造的这些不存在的顾客打电话呢?小瑕利用这些假信息制造的时间空当来做什么呢?我越想感觉越不好,怕她出危险,想告诉你又不知怎么张口。"

姜琳琳走后,我再次拨打小瑕的手机,依然关机。然后我发了疯似的给身边所有认识小瑕的人打电话,但是自那个风雨如晦的傍晚后,没有人见过她。

小瑕失踪了。

闭上眼,面前浮现出映在幽暗雨幕中的那张明媚动人的笑脸。我突然生出一种预感,那天晚上可能是我今生最后一次见到小瑕。满腔酸楚顿时涌上喉间，噎得我无法呼吸。

我拼命把这个念头埋在心底，每天装作若无其事的样子。没人在的时候就看手机、玩游戏、浏览网上各种稀奇古怪的八卦新闻，想办法把脑子填满；有人来探望我的时候，我就拉住对方寻找话题不停地聊天，大声地说笑，常常把对方搞得莫名其妙，最后在我苍白浮夸的笑声中匆匆逃走。之后，就再也没人来看我了……即便如此，我的每一天都在惶恐不安中度过。

周岚觉察出我的不对劲，问我怎么了。我说没事，让她扶我去楼下的康复中心做恢复训练。尚未完全愈合的肋骨压迫着我的神经，胸口疼痛得如同吞了块烙铁。我强忍着不吭声，在痛苦的煎熬中体会自虐的快感，然后带着遍体淋漓的大汗在极度疲累中倒头睡去。醒来后又开始重复刚刚过去的一天。

周岚哭着抱住我问到底发生了什么事，我张着嘴却一个字也说不出来。

医生检查了我的各项指标，发现我身体恢复得比预想中要快，可是呆滞的状态和慢人一拍的反应又昭示着我的不正常，最后主任医师吐出两个字：心病。

周岚无奈之下，打电话求助他的叔叔。老周问清情况后，给我带来了一样东西——几乎有砖头那么厚的笔记本。

"这是韩长庚出院时放到我这儿的，他本来想把它和那枚硬币一起交给你，但是不确定里面的内容适不适合你看，就给我送来了。我觉得你有必要看看。"

"这东西能治好他的病？"周岚问。

"能不能治好就要看他心里怎么想了。"老周拍拍侄女的手，指着自己的胸口说，"此心安处是故乡。"

姑且把这块砖头叫作《刑警笔记》吧，因为它不但囊括了韩长庚七年来能够搜集到的所有关于校园坠楼案的资料，同时也记录了他追凶七载的心路历程。

其中最触动我的一段记述是，韩莹莹坠楼后不到半年，韩长庚就和老婆离婚了。原因是他们双方都无法原谅自己对女儿的疏忽，同时也无法原谅对方对女儿的疏忽。彼此相看两厌，不如一别两宽。十多年的夫妻情分一朝散尽。其间没有爆发争吵，没有相互指责，平淡得近乎水到渠成。字里行间透着对未来的迷茫和心灰意冷。如同走在路上，突然没有了光。

除了校园坠楼案的记述，笔记中的大部分篇幅都留给了小瑕。尤其是小瑕跟着妈妈和崔克昌父子重组新家的部分，远比我自己了解到的多得多。说实话，关于这部分内容，我是再三鼓足勇气才把它看完的。

也是直到这时，我才理解了韩长庚为什么没有把这本笔记直接交给我，而是给了师父老周。如果我不是因为小瑕的失踪出现了严重心理障碍，我猜老周不会把它拿出来。

笔记里的这部分内容使我想起二叔曾经问过我："你认为人性本善还是人性本恶？"

当时我的回答是，无论舍生取义还是大奸大恶，我可能都做不到。但是在平常生活中，我要是做了一件好事就会开心很久；如果做了坏事，我会良心不安连觉都睡不好。以己推人，我认为世上的绝大多数人都是善良的。

我记得说完后二叔淡淡地看了我一眼，眼神中似乎别有深意。我想我现在读懂了他的眼神，是在提醒我不要忘记那剩下的极少数人，他们的血液里流淌着人性的恶。

闲下来，我仍会拨打小瑕的手机，虽然依旧关机，但我每天都会固定拨打两次，这已经成了习惯。

更多的时候，我把心思投入到案件中。我在想那个连续杀死沈娇、邓彪和金生水的凶手到底是个什么样的人。虽然那天晚上我看到了他的容貌，但不知道他是谁，他来自哪里，又要去向何方，以及他连续杀死这么多人的动机是什么。

尤其令我感到困惑的是，凶手为什么每次杀人都是先电晕再溺死？前两起还好说，毕竟现场具备相应的条件，一个是公园里的水塘，一个是家中的浴缸。金生水呢？为什么一定要把他溺死在仓库办公室的养鱼缸里？那个鱼缸的长度倒是足够，可是鱼缸上沿距地面差不多是一个成年人的高度，开口宽度不到45厘米，小于成人的肩宽。凶手是把人电晕后抬起来侧身倒插进鱼缸的，为什么要费这个事？

大致来说，如果不同事物之间存在某个共同特征，那么就可以根据它推断出具有相同特征的其他事物的大体发展趋势。统计学就是这么来的。电击和溺亡，就是这些案件中具有鲜明指向性的共同特征。可是它指向了谁呢？

门响了一下，一颗光头探进来，见周岚正在用毛巾给我擦后背，又缩了回去。接着，传来几下礼貌的敲门声，李言若无其事地推门走进来，笑嘻嘻地道："你们继续，我什么都没看见。"

我抄起枕头扔过去："刚做完恢复训练，一身的汗，医生又不让洗澡，岚岚给我擦擦背，有什么见不得人的？"

李言接住枕头，一副恍然大悟的样子："原来如此，是我想多了，还以为打扰你跟弟妹亲热呢。"

一声"弟妹"把周岚叫得满面通红，和李言招呼也没打就端起水盆低头跑出去了。

我看向他手里的档案袋，皱眉道："查到什么重要资料了，要用这种方式把她支出去？"

李言把档案袋抛给我："你要的崔永卓的死亡证明和相关资料，这东西有年头了，我师父亲自回所里翻了半天才找到的。"

崔永卓是在早晨上学的路上去捡被风吹到河里的帽子，意外失足淹死的。出事地点距家门口很近，步行不超过五分钟，是崔永卓每天上学都要经过的固定路线。出事时间是早晨7:40，平时崔永卓走到学校大约要十分钟多一点。

没有人目击到崔永卓落水的瞬间，溺水情景是人们结合实际情况和当天的大风天气做出的推断，应该距事实很接近。

当时在远处疏浚河道的船工听到了落水的声音,并看到有人在水面上挣扎,不过等赶过去救援的时候已经晚了。崔永卓被工人捞上来时,手里仍紧紧抓着帽子。崔永卓的同学说,那顶帽子是不久前崔永卓爸爸买给他的生日礼物,崔永卓非常喜欢,天天都戴着它上学。

出警人邢跃进证实了上述说法。

档案里有当时法医拍的照片,一个浑身水湿的10岁左右男孩平躺在河堤上,双眼紧闭、肤色惨白,身上的校服和裸露在外的手臂粘了不少泥污。男孩身边放着同样湿透的书包和一顶蓝色的儿童太阳帽,帽檐上方印有红色的蜘蛛侠卡通图案。

我一张张翻阅着照片,脑子里不禁想象崔永卓和小瑕当年在同一片屋檐下生活的情景。突然间,我的手颤抖起来,这是一张崔永卓头部侧面的特写。我看到崔永卓左侧脖颈的皮肤上有一小块微微发白的损伤创面。如果是以前,我一定会认为那块还没有黄豆粒大的创面是死者生前被蚊子叮了个包,用手挠过后被指甲划破了浅浅的一层皮造成的。

我抛开手里的照片,拿起手机疯狂拨打小瑕的号码,剧烈的心跳令手机数次从我的掌心滑落。李言被我吓了一跳,过来帮我按下免提键,连问怎么了。

我没时间理会他,在心里默默祈求上苍让我能够打通。

上苍感受到了我的诚意,小瑕已经关机半个多月的手机今天竟然开机了。在对方接通的瞬间我迫不及待地大声冲着话筒喊道:"小瑕,崔克昌没死,他就是杀死沈娇和邓彪的凶手,你是他的下一个目标!"

电话那头沉默了片刻,传来一个陌生男人的声音:"你猜对了。"

小瑕

01

"你猜对了。"

崔克昌说完,把我的手机抛下高高的水塔,眼看着落在地面上摔成碎片,回头问道:"小瑕,我们多久没见了?"

"11年。"我说。

"11年了。"崔克昌低低地重复了一句,走过来坐在水塔边缘,俯瞰下面的风景。秋日的百里河澄澈悠远,宁静的水面闪着银亮亮的波光,萋萋荒草湮没了蜿蜒的河堤,野生向日葵的花海迎着阳光开得灿烂,唯独不见昔日的人间烟火。

"沧海桑田啊。"崔克昌叹息了一声,然后微笑着看向我,"这么久没见,你就算不喊我爸爸也该叫我一声崔叔叔吧?"

崔叔叔——多么遥远的称呼。

我转头看向身旁这个熟悉的陌生人。11年时间彻底改变了他的样子,脸上的皱纹又多又密,松弛的皮肤形成巨大的眼袋和下坠的眼角,加上一头花白的头发,任谁看去都不相信他今年才四十出头。与之相反的是气色变好了,身体也壮了,再也看不出当年枯瘦如痨病鬼般的影子。唯一没变的是,他的眼睛里依旧蕴藏着危险的光。

崔克昌似乎知道我在想什么,挽起袖子露出胳膊,从前密集的针眼不见了，变成结痂脱落后浅浅的斑。

"毒品也能戒掉吗？"我问。

"难，非常难，除非有大毅力。"崔克昌干脆解开衬衫，露出赤裸的上身，他的胸前、小腹，包括肋下，到处都是密密麻麻的刀疤，愈合后的伤口如一条条蚯蚓爬满了全身，触目惊心。

"腿上也有，只要是手能够得到的地方，都有。每次毒瘾发作的时候我就割自己一刀，用流血和疼痛掩盖毒发的痛苦。"

我冷笑着回应："有毅力的话就不会染上毒瘾了。"

崔克昌点点头，没有否认："但是我知道自己还不能死，我牵挂的人太多。"他慢慢系上衣扣，低声说："小瑕，我真的一直把你当我的女儿……"

不等他说完，我尖笑起来："所以用你女儿的身体换你的毒品？"

一丝凄苦的神色出现在崔克昌脸上："毒瘾发作是你想象不到的痛苦，不是精神萎靡浑身乏力那么简单。除了不停地呕吐，有时还会失禁，最要命的是全身每个地方都痛，从头顶到脚尖，从皮肤到骨髓，身体里的每一个细胞都痛，是那种能让人昏厥的剧痛。偏偏你又昏不过去，你的意识既是涣散的同时又是清醒的，这时你唯一想要的就是打一针。为了这一针什么都可以做，哪怕让你杀人，或者出卖自己的灵魂。其实……"

崔克昌顿了一下，声音低沉下去："下雪那天你不该跟着我去红房子的，你不该让张小海看见你。自从那天看见你，他就不再卖给我那东西了，无论出多少钱都不卖。"

"他让你用我去交换？"

崔克昌沉重地点头："我悔恨当初做了那样的决定……"

我再次失笑起来："所以你给我买价格昂贵的羽绒服、生日蛋糕和MP3？别说得那么好听，我不是你的女儿，你我之间没有血缘关系。我在你眼里不过是件可以交换的商品而已。你买那些东西也不是为了弥补自己内心的愧疚，而是为了你下一次交换时的心安理得。可是你知道这件事的后果吗？"

"别说了……"

"你的宝贝儿子不明白你为什么给我买那么多东西,他不明白你为什么每次都是单独带我出去玩却把他撇在家里,他不明白你为什么对我这个外人比对他这个亲儿子还要好。呵呵,他一直都觉得你是真心地对我好呢……"

"别说了!"

"你为什么不把自己吸毒的事情告诉他?你告诉了的话他就不会嫉妒我,不会嫉妒妈妈,不会认为是我和妈妈抢走了原本你对他的爱。他甚至连妈妈肚子里的孩子都嫉妒,他怕这个未来的弟弟或妹妹出生后把你对他仅存的一点父爱夺走。你知道他干了什么吗?你知道我妈妈为什么会流产?是你的宝贝儿子,崔永卓,他阻止了这个孩子的出生……"

"不要说了——"

崔克昌暴躁地打断了我,随即大口地喘了几下气,把声音平静下来:"你说的这些我都知道。我知道小卓嫉妒你,也嫉妒你妈妈肚子里的孩子,你妈妈在医院里说她是怎么摔倒的时候我就知道是小卓干的了。我知道小卓曾经在我的房间里偷走过一个电击器,后来被你拿去保管了,这些小卓后来都告诉我了。我承认你妈妈流产这件事是小卓做得不对,但是——一切都是我引起的,是我对不起你和你妈妈。你想报复的话就报复我好了,无论如何,你不应该报复到小卓身上。"

"我没有……"我喃喃道。

望着下面缓缓流淌的百里河,恍惚间感觉四周的风大了起来。我仿佛看见11年前的自己正走在河堤上,快步向前面小卓的背影追去——20米……10米……5米……3米……我清楚地看见小卓后颈的皮肤被大风吹起了一层细密的鸡皮疙瘩。

我深吸了口气,攥紧手中的电击器就要刺出去。突然间,一只大手猛地捂住了我的嘴,将我向旁边的小巷里拖去。

"不要出声。"一个声音在我耳边低低地响起。同时,手里的电击器被夺走。

不知过了多久,十分钟?半个小时?也许只有短短的五分钟,我亲眼看着小卓脚下一滑,跌入河中。水面上有一顶蓝色的印着蜘蛛侠图案的帽子在涟漪中缓缓打着转。

时间仿佛在这一刻停止了流动。我的眼泪流淌下来,这不是我想要的结果。

远处传来疏浚船的马达声。

依稀间,我听到心里有个声音对自己说:"去上学吧,忘掉你刚才看到的一切,今天发生的事情与你无关。"

我努力回忆方才那人的长相,但毫无印象。能确定的是,我之前从未见过他。与崔克昌永远冰冷的手掌不同,这个人的手掌很温暖。

那是我第一次见到梁朴。

02

崔克昌的声音悠悠响起:"我听说小卓出事的那一刻,我就怀疑跟你有关。即便如此,我也没想到要杀死你给小卓报仇。就像刚才说的,我一直把你当成我的女儿……"

"别再侮辱这两个字了。"我讥笑道,"你不杀我不是因为心软,而是想通过张小海代替你来报复我。"

崔克昌沉默了片刻,说:"这是你妈妈告诉你的吧?确实,我的身体被毒品搞坏了。你妈妈怀孕后我之所以那么高兴,因为那是我这辈子的最后一个孩子。不过有件事你想错了,张小海去报复你不是我唆使的。实际上我的第一个报复目标就是他,就算你不杀死他,最后我也会杀了他,因为就是他引诱我吸毒。"

说到这里,崔克昌忽然露出诡异的笑:"知道吗?小瑕,从某种程度上说,小卓的死拯救了我,让我急火攻心迷失了心智,当我醒来的时候发现不知不觉中走进了深山。那里的村民收留了我,但无法帮我戒掉毒瘾。我不想去戒毒所,因为那样会留下案底,所以只好自己来。记不清多少次,我都以为自己已经死了,即使自残产生的痛感也难以掩盖毒瘾发作带来的痛苦。好在老天保佑我终于活了下来,精神也慢慢恢复了。回想起从前,就像做了一场梦。如今梦醒了,我也该为自己讨回公道了。张小海依然在干老本行,找到他并不难。不过我不想立刻就杀了他,那样太便宜他了,我得让他切身感受一下我承受过的痛苦。再说一个贩毒的人自己却从没吸过毒,这怎么说得过去?于是我找机会从背后偷袭了他,然后,我足足守了他半个月,确认他上瘾了才离开。我给他注射时没有让他看见我的脸,不过我可能有些疏忽,被他看到了我手臂上的针眼。这些针眼大多是当年他帮我注射时扎的,排列很整齐。我猜他可能是通过针眼认出了我,在找不到我的情况下,就去找你报复了。我发誓,那绝不是我的主意。"

无论是谁的主意,结果都已经注定了。如果真的可以穿越回从前,世上就不会有那么多悲剧上演了。人生的很多转折往往就在一念之差。

我和韩莹莹踩着路灯的光影走在回铁路中学的路上,一边谈论着刚刚看过的电影《听风者》与原著小说的区别。

还有一周就要开学了,今天是暑假结束前的最后一个周末。本来定的是明天返校后再去看电影,但是天气预报说明天有大雨,于是改在了今晚。

快到校门口的时候,忽然听到有人喊我的名字。回头看去,路边的树荫下走出来一个身材瘦高的中年男子。随着他走出阴影,我看到了那张面色青白的狭长马脸。

"几年不见,小瑕都长成大姑娘了。"张小海邪笑着说,"你还记得红房子吗?"

瞬间,我的脑海一片空白,一种来自灵魂深处的战栗蔓延全身。

"占用你半分钟时间行吗?就说两句话。"张小海嘴上和我说着话,眼睛却看向韩莹莹。

韩莹莹见状自觉走开。

张小海凑过来,上下打量了我好一会儿,才沉下脸说:"如果不想让你的同学和老师知道你的过去,明天中午在你们学校的实验楼等我。"

慌乱和恐惧使我牙齿颤抖得说不出话来。

"答应的话点头就行。"

不远处韩莹莹担忧的目光促使我点了下头,然后急急逃开。

"那人是谁?感觉……"韩莹莹把"不像好人"几个字咽了下去。

我摇头,不知怎么回答。我此刻只希望她没有听到张小海说的那句话。

当夜,我辗转反侧,我希望时间静止,我希望黑夜永恒,我希望明天永远不要到来。

然而,第二天还是无可阻挡地到来了。

大雨滂沱。一道撕裂长空的闪电划破眼前的昏暗。我痛苦地蜷缩在地上,看着张小海一步步向我走近。

我到底高估了自己的能力,以为凭借手里的电击器就能偷袭对方。谁知连对方的衣角都没碰到,就被一脚踹在肚子上。我的身体飞了起来,落地的瞬间呼吸都窒住了。

张小海捡起掉在地上的电击器看了看,哼了一声,随手扔到一边,然后抓住我的头发把我从地上提起来,又是一脚。这一脚直接把我踹到了身后的墙上,我感觉后背像是被全速行驶的卡车猛地撞了一下,接着重重跌倒在地。过了十来秒钟,我才从溺水般的窒息中缓过气来,刚刚咳了一下,剧痛便随着呼吸在全身漫延开来。

耳边听到逐渐加重的呼吸,我艰难地抬起头,看到张小海正迫不及待地解自己的腰带。他的手在微微颤抖,解了好几次才把腰带扣解开。我拼命缩着身体后退,很快就退到了墙角再无可退。

那一刻,我不知哪里来的勇气和力量,猛地扑上去抓起地上的注射器用力一挥,也不知扎到了哪里,只见张小海嗷的一声捂着下身跳了起来。我向后闪躲时手掌无意中按到一样东西,感觉是根半米来长的铁管,顺手抄起来向张小海的膝盖抢过去。张小海躲了一下没有完全避开,铁管砸在他的迎面骨上,疼得他差点跪下。他俯身来抢我手里的铁管,我哪敢让他抢到，没头没脑地一顿乱抡，混乱中感觉砸中了对方好几下。张小海终于放弃了纠缠，骂了句脏话，提着裤子跑出门去。

我全身的热血已经涌到了头顶，想都不想地爬起来就追了出去。走廊的光线更加幽暗，我没注意到张小海是往哪边跑的，好在脚步声没有消失。我顺着声音快步追上去，刚转过楼梯拐角就看到了一条逆着光的身影。我把全身的力气都灌注到手中的铁管上，狠命地砸了下去。耳边听到一声只发出一半的短促惊呼，那条身影便直挺挺地向后栽倒，中间被身后的楼梯护栏挡了一下，接着栽出护栏掉了下去。随后，传来一声落地的闷响。

热血渐渐消退，我觉察到了异状。对方的身高似乎比张小海低了一截，而且刚才那声惊呼听起来好像是个女声。我慢慢走到护栏边，一点一点把头探出去，先看到了一角熟悉的校服，然后是不自然弯曲的双腿，平躺的上身，摊开的手臂，最后是……一张无比熟悉的脸孔。

我的世界在大雨中沉沦。

"她自己失足从楼上掉下来了。"嘈切的雨声中，梁朴的声音听起来那么遥远。

我呆呆地看着躺在地上的韩莹莹。她的眼睛睁得很大，似乎在望着天。我期待她的鼻子皱起来，然后眼角慢慢下弯，两只眼睛弯成一双月牙，最后笑着对我说："你哭什么，幼稚。"可是她的眼睛执着地望着天空，雨水落上去也不眨一下。一缕殷红从她的身体下渗出，又迅速被雨水冲散。

梁朴过来遮住我的眼睛："别看。"

我用力扒开他的手。

"回家去！"梁朴第一次对我疾声厉色，神情凶狠得像一头狼。

"不。"我浑身颤抖着，竭力鼓足勇气。

"记得过生日时，你让我许的愿吗？"梁朴忽然幽幽地道。

我说不出话，脑海里闪过黑暗中摇曳的烛光。

"我愿以永世沉沦，换我的小瑕一生平安喜乐，凡一切苦厄，皆归我身。"梁朴一贯木讷呆板的脸上浮出生动的笑容。

"你已经失去了最好的朋友,如果你不想再失去我的话——现在就回家。"梁朴没有问我为什么没有向他求助,而是捧起我的脸,在我额头上用力亲吻了一下,然后目光逐渐变得凌厉,"记住,你从来没有来过这里!"

我浑身僵硬,望着他脸上的笑容,脚下不自觉地一点点后退,直到脸颊脱离他温暖的手掌。

那天,我忘记了一件事,它成为我终生无法弥补的遗憾,我想梁朴也一直期待着这件事——听我亲口叫他一声爸爸。

"尽管我很不情愿,但也不得不承认,梁朴确实比我更适合做你的爸爸。"崔克昌叹息着说,"他清理了你和张小海打斗的痕迹,抹除了地上的脚印。开始我以为他只是想把现场伪装成韩莹莹失足坠楼的样子,我还在想要不要提醒他一下,警察可没有他认为的这么笨。"

"当时你在现场?"

"从你走进实验楼的时候起,我就在了。只是距离有点远,听不清你们说什么。"崔克昌笑起来,"我的话并不矛盾,张小海确实不是在我的教唆下去找你的。我离开他之后,跟踪目标就换成了你。顺便说一句,《听风者》的确比《谍影重重4》好看。接着说梁朴吧,虽然现在告诉你有点晚,但是梁朴为你做的事情,我觉得还是应该让你知道——在清理完现场后,梁朴把自己的指纹按在了你击打韩莹莹的那根铁管上。当然,在那之前,他先擦掉了你留在上面的指纹,然后把它藏在了你们学校的自行车棚里。我很奇怪,他为什么不把这么重要的证据销毁?自行车棚虽然到实验楼有段距离,但藏起来还是有被发现的风险。直到他把戴在脖子上的一枚硬币……"

崔克昌指了指我:"就是你戴的这个。梁朴把他的那枚硬币放到了韩莹莹的身下,我这才明白他决心替你顶罪了。把凶器藏到自行车棚看上去尽管有些不合理,但是警方如果找不到凶器,就不会结案。这不能怪梁朴考虑不周，毕竟当时留给他的时间太短，他不可能把你和张小海出现的所有痕迹彻底清理干净。比如张小海遗落在现场的烟头，他就没有注意到。万一被警方穷追猛打下去，迟早会查到真相的。所以梁朴留了后手，先把韩莹莹伪装成自己失足坠楼，被警方看破后再承认是他对韩莹莹起了歹心，这样一来就顺理成章了。"

泪水从紧闭的眼角流淌下来，我深深地呼吸，努力不让自己哭出声来。

"不过这样做还是有很大的破绽。我在跟踪你的那些日子里顺便了解了一下梁朴这个人，没想到他的声誉实在太好了。他不抽烟不喝酒不打麻将，这些还好说，世上只顾埋头挣钱没有丝毫癖好的人一抓一大把。但是他身为高中班主任老师居然免费给学生补课，这就有点没天理了。而且我听说他为了照顾你，连主动追求他的女人都拒绝了。你说拥有如此口碑的老好人突然对自己养女的同班同学起了色心，警察会相信吗？"

我心中掠过一个念头，猛地瞪大眼睛向他看去："那个谣言是你散播的？"

崔克昌露出残忍的笑意："既然梁朴愿意牺牲自己的名誉替你顶罪，我自然不能让他的苦心付诸东流。他出现的纰漏，我帮他弥补，好让他彻底坐实这项罪名。"

我再也控制不住，哭了出来："你为什么要这样陷害他？他连你的面都没见过，连你是谁都不知道，你为什么要这么诋毁他？"

"你以为报复一个人就是把他杀掉吗？对待有些人确实应该如此，比如金生水和张小海。但是真正要想毁掉一个人，光让他消失是不够的。人是社会性动物，总要生活在一个群体里。对梁朴这样的人来说，被自己身边的群体排斥远比死亡更可怕。想到自己死后还要被所有知道自己的人唾骂，我猜梁朴这时候就算身在地下也不安心吧？"

"你这个魔鬼！"

"是你让我变成了魔鬼。小卓是我一生最大的希望，你毁了他，所以我也要毁掉你的希望。"

我慢慢沉静下来:"你为什么要杀死金生水?"

"因为金生水才是害得我家破人亡的罪魁祸首。当年他觊觎我的财产,设局让张小海引诱我吸毒,趁我毒瘾发作无力抗拒的时候,他逼我签下低价转让名下所有产业的合同。张小海不过是他养的一条狗,专门给他的私人会所提供客人吸食的毒品。说来好笑,我找了金生水这么多年却不知道他的会所倒闭后居然跑去放了高利贷,原来邓彪被我砸烂手脚也不肯说的幕后老板就是他。当初为了避免节外生枝,我还好心地替沈娇还了六千块贷款。要不是他怀疑我没死,找律师查邓彪前妻的下落打算把我钓出来,到今天我还蒙在鼓里呢。"

"他怀疑你没死是什么意思?"

"张小海既然认出了我,金生水自然也知我回来了,不除掉我他怎么睡得着觉?你不觉得韩莹莹坠楼后自己的生活太平静了吗?你认为梁朴死了就能平息我的恨意吗?你那一针把张小海扎得尿了一个月的血,他为什么不来报复你?那个时候没有人打扰你,是因为金生水和张小海正带人四处追杀我,大家都无暇顾及你罢了。至少三次,我差点死在他们手里。只是没想到你高二突然辍学,然后就消失了,连家里的房子都还给了梁家。你知道我得知这个消息时有多失落吗?而当九命猫视频出现后,我再次见到了你,你知道我有多么欣喜欲狂吗?"

"因为小卓,你有理由恨我,可是你为什么要杀死高阳?"

"这事你怎么知道?那年你才6岁。"

"你还记得月野兔吗?"

"什么兔?"

"代表月亮消灭你!忘了吗?你还给我买过一组月野兔的卡通玩偶。不过我说的是一张不干胶贴画,是高阳亲手贴在他的摩托车上的。结果在他失踪的第二天,我帮你擦车的时候发现,你撞裂的车灯上粘着半张月野兔贴画,车头保险杠也蹭上了红色的油漆,高阳的摩托车就是红色的。而且,你说发大水那晚你去了西郊的仓库,刚好和高阳要去的铁合金厂是一个方向。"

"你那么小就能记住这么多事情?"

"这是我在你家的旧影集里找到的。"我拿出一直珍藏在身边的老照片。

"这是我上高中的时候,这张照片怎么在你手里?"

"高阳是你的同学,也是你的发小,你结婚时他还是你的伴郎,你那宝贝儿子来我妈妈的补习班也是他介绍的。既然有这么多年的感情,你为什么要杀了他?"

"哈哈哈……你这么聪明,怎么连一些简单的问题都想不明白?你以为你妈妈的补习班被查封是巧合吗?检查组为什么早不来晚不来,偏偏赶上发大水那天下来检查?"

"原来是你举报的?"

"不把你们逼上绝境,高阳怎么会按照我的计划经过西郊那条暴发洪水的河?高阳要是不死,我怎么娶你妈妈?"

我手脚冰冷,全身难以抑制地颤抖,望着眼前苍老丑陋的面孔,我握紧暗藏在手中的电击器突然间向他刺去——落空了!崔克昌一把捏住我的手,把电击器夺了过去。

"我说过,我比任何人都熟悉行业产品的性能,包括如何使用。"崔克昌笑着在手里颠了两下电击器,随手扔下了水塔,随后看向我说,"你能忍到现在才动手,真是让我吃惊。对了,爬梯靠近登顶的位置断了一级,那上面有锯过的痕迹,也是你为我准备的吧?"

我在心中叹息了一声,脑海里浮现出陈律踩断爬梯那一刻眼中流露的惊恐。

"你平白无故杀了那么多人,晚上真能睡得着觉吗?"

"你不是也刚刚在半个月前杀了张小海吗?不过你真的很聪明,粉尘爆炸的方法也能现学现卖,不但完全破坏了现场,还湮灭了尸体上的电击痕迹。哦,我可能忘了告诉你,我在杀死沈娇、邓彪和金生水的时候用的也是这个东西。"

崔克昌变魔术似的从自己身上摸出一个一模一样的电击器,他指着自己左侧脖颈说："我选的位置都是这里，因为你是左撇子。还有，我是把他们电晕后溺死在水里的，和你当初对待小卓的方法一样。所以在警方眼中，你是这起连环命案的嫌疑人。"

"沈娇和邓彪遇害的时候我有不在场证明，至于金生水，我根本就不认识这个人。"

"那有什么关系？这次不成还有下次。警方迟早会根据这些案件的共同特征追根溯源到小卓身上，你以为你能逃得掉吗？这些年来，你是我活下来的全部意义，我会用我的余生与你纠缠不休，但我不会杀了你。我要你永远活在黑暗和恐惧中，睁开眼是看不到前路的长夜，闭上眼看到的就是我这头无处不在的魔鬼。"

这大概是一个人最深的恨意了吧？诅咒般的每一个字都散发出冰冷刺骨的寒意。我情不自禁地打了个寒战，不由得怀念起那个温暖的臂弯。

我低下头，看向水塔下方的向日葵花海，金灿灿的花冠在大地上映出光的方向。仿佛间，我看见陈律痞痞的笑容和老照片里的形象慢慢重合在一起，变成我初见时的模样。

我笑了一下："左撇子是可以模仿的。你无法用它嫁祸我，我却能嫁祸给你，因为除了那些人——我也是你杀的。"

在崔克昌惊愕的目光中，我拉开衣领，露出左侧脖颈的电击伤，那是我决定赴这场死亡约会前自己电击的。

我最后看了一眼手中的老照片，在上面轻轻吻了一下，然后捏起胸前的硬币，身体慢慢倾倒，向灿烂光辉的向日葵花海坠落……

尾声

01

"以后世上再也没有天一公司喽。"坐在宽大的火山石茶几对面的范主任感慨地道。

不清楚为什么,国内大多数律师事务所负责人的称呼都叫作主任。据说现在律师行业也内卷得厉害,这位范主任年纪还不到五十,笑言十年前开始他就留上了地中海发型。

天一公司的董事长兼总经理王金利到底应了医生的预测,没有熬到月底。他这一死,整个公司财产刨除应付账款、银行借贷和员工遣散费等成本后,被几个女儿女婿瓜分一空。范主任带着手下业务骨干协助劳资、审计、税务、银行等部门忙活了半个多月,才算把相关的手续厘清。对于如此规模且运营状态尚算良好的公司,子女们居然没有人愿意继承,很多人对此感到奇怪。

"其实这才是聪明人的做法。"范主任说,"王金利的几个女儿女婿没有一个从事建筑安装行业相关的。在这个行业里混,重要的不是你的公司实力有多强,资质如何了不起,而是看你的人脉。有钱有资质的公司多了,拿不到合同有什么用?王金利是做工程承包起家的,摸爬滚打了几十年,行业里没人不知道他;而外人冷不丁地进来连这里面的门道都摸不着。金生水为什么要把公司转给王金利?就是这个原因。当初崔克昌主营的是安防行业，说白了就是王金利负责盖房子，崔克昌负责搞装修，业主则是同一拨人。公司到了王金利手里相当于扩大业务范围，所以才有了如今的规模。金生水刚接手的时候说公司名字跟自己名字相合，天一生水，水就是财，结果还不是要转手？他这种人想发财只能去捞偏门，传统行业他是玩不转的。"

"您知道金生水是做哪行的？"

"私人会所嘛，外面都叫红房子，当年谁不知道？一小碗人参雪蛤汤要价一千六百八，放在今天也是天价了，其实人参和雪蛤都是养殖的。你别这么看我，这价格我也消费不起。是赵小曼的父亲跟金生水熟，听说早年间还救过金生水的命。有次他请赵小曼就读的艺校校长吃饭，拉了我作陪，这才有幸喝了一碗天价蛤蟆汤。"

既然提到金生水，我顺便问了一下前阵子对方受托调查廖娟下落的事。

范主任显得很疑惑："凡是和客户重大利益相关的事情大多都在我脑袋里装着，可是这个叫廖娟的我完全没印象。不过公函里既然提到了是债务纠纷，我就让人去查了一下。结果发现廖娟是开烟酒零售店的，这和天一公司能有什么债务纠纷？而且那家店也关了。我问了公司总经办，对方说公章跟合同章都对，但公函不是他们发的，也完全不知道这回事，这时再打当初联系我们的那个电话也打不通了。我觉得这里面可能有事，如果不是恶作剧的话，就是有人想借我们律所的名义显示自己的存在。我不想不明不白地被人当枪使最后惹得一身骚，就停止了调查。"

范主任起身找出那份公函给我看，叹着气说："现在已经成为历史了，就算有人私刻或者盗用公章也无所谓了。"

我笑道："您对这家公司挺有感情啊。"

范主任轻轻摇了摇头："说对王金利这个人有感情倒是不假，毕竟合作了这么多年，而且他不在了我就少了个大金主嘛。至于这家天一公司，我没什么好感。"

我没懂他的意思："王金利和他的公司不是一回事吗？"

范主任迟疑了片刻，说："赵小曼这个人你知道吗？"

"她是崔克昌的前妻。"

"我第一次接触到天一公司就是通过赵小曼。在那之前，赵小曼父亲开的鑫源公司是我们律所的长期合作客户。她父亲去世后，赵小曼接手了鑫源公司，只经营了一年就倒闭了。赵小曼就是那时候找到我，请我帮她调查公司倒闭的原因。"

"她把自己的公司干黄了，她自己不知道原因？还特意找你调查？"

"还记得我刚才说的干这行最重要的是什么吗？"

"人脉。"

"赵小曼缺的就是这个。鑫源公司是她父亲一手创办的，她父亲中风卧床后就把公司交给了崔克昌经营。赵小曼家就她一个孩子，从小学的是艺术类专业，没接触过这个行业，离婚的时候她父亲已经去世四年了，突然接手公司不懂经营导致破产按说也正常。问题是公司生意在她父亲手里时是非常红火的，崔克昌接手后又把业务量翻了好几番。可是她离婚时发现，崔克昌还给她的公司是亏损的，而且一连亏了好几年，连员工工资都拖欠两个月了。公司倒闭后她越想越不对劲，怀疑崔克昌暗中转移了公司资产，所以请我帮忙调查。"

"结果呢？"

"赵小曼猜对了。就在赵小曼的父亲去世后不久，鑫源公司的业务就开始出现萎缩。与此同时，市面上突然冒出了十来家空壳公司。那两年行业内至少三成的市场份额被这些空壳公司抢走，而且所有客户都是之前鑫源公司的多年合作对象。自从这些空壳公司出现后，鑫源公司就再也没和这些客户签过一笔订单。但是由于空壳公司的自身属性，很难查到它们真正的资金流向。换句话说，赵小曼明知是崔克昌变相掠夺了她父亲公司的资产，也拿人家没办法，因为注册空壳公司并不违法。"

02

在城南一家商场五楼的露天茶座，我终于见到了赵小曼。这是个姿色平庸保养得宜的女人。忘了问范主任赵小曼是学什么艺术的，反正我没在她身上感觉到多少艺术气息，不过多年养尊处优的生活倒是使她比常人多出了几分雍容的气度。

"听说崔克昌死了？"这是赵小曼见到我问的第一句话。

"嗯。"我点头，解释说，"因为要结案了，有些信息不够完善，所以今天约您出来聊一聊。"

"想知道什么？"赵小曼脸上没有丝毫表情变化，让我想到初见廖娟时的情景。

"就谈谈崔克昌给你留下的印象吧。"

"聪明，非常聪明。他是我爸招聘的业务经理，我爸很看好他，否则也不会把他介绍给我了。因为我对经商不感兴趣，也不喜欢跟人应酬，我爸就把他当接班人培养。自从我妈去世后，我爸的身体越来越不好，一年要住两次院。上次在电话里跟你说过，其实我俩认识不到半年就结婚了，婚礼办得仓促，主要是为了冲喜。谁知事与愿违，我爸的病非但没好，两个月后又突然中风了，不得已只好把公司交给他。其实我爸的意思是打算过几年再传给他的。虽然我不懂经营，但知道当时公司的业务在全市是数一数二的，这是我爸亲口告诉我的。只不过安防行业主要针对开发商、施工队、物业和保安公司这些大客户，平时不显山不露水，而且我爸为人低调，不喜欢讲排场，所以外人看不出公司的规模。到了他手里，嫌原来的办公室简陋，非要换成临街商铺，说提升公司形象对未来发展有好处。我懒得管这些，就随他去折腾。没多久我怀上了小卓，紧接着我爸就过世了。"

提到了小卓，我在心里措了下词，问道："听说你是主动放弃孩子抚养权的？"

"你是听张春生说的吧？"

我点头。

"他是不是说我仗着家里有钱有势抢回了我爸的公司,还把崔克昌净身出户给撵出去了?"

我当然不能把张春生说过更难听的话讲出来,只好继续点头。

"这个老骗子!老色鬼!老混蛋!"

赵小曼突然破口大骂起来,引得茶座里的人纷纷朝这边张望,赵小曼毫不示弱地朝那些人瞪回去。没人愿意招惹她,大家各自转回头,却把耳朵支得高高的。

赵小曼用力呼吸了几下将情绪平复下去,降低了声音说:"当初文化局给下属单位采购一批安防器材,张春生从中牵线在我家拿的货。当时我刚离婚不久,还以为他好心照顾我生意。谁知一共不到30万的货款,他张嘴就要5万块钱回扣,被我拒绝了,按照行价给他提了百分之三的点。从那以后他就恨上我了,有机会就败坏我的名声,而且用的是文化人的那一套,把崔克昌吹捧得有情有义,来反衬我的冷血刻薄见异思迁。他那么大岁数了还到处搞女人,却满口仁义道德把自己包装得跟圣人君子一样!净身出户?那水岸江南的别墅是哪来的?真要是净身出户的话,崔克昌就该睡到大街上去。"

我瞪大了眼睛,脑子里一会儿是张春生鹤发童颜侃侃而谈的儒雅形象,一会儿是这个老家伙被老婆带着娘家人一路追打的狼狈场面。

"其实自从我怀上了小卓,崔克昌就不再碰我了,经常找各种借口在外面留宿,有时宁可在公司过夜,也不回家住。我以为是因为我怀孕不能同房的原因,就忍下了。没想到孩子生下来之后,整整三年,他一次也没有碰过我……后来送小卓上幼儿园时,我认识了现在的老公。他也是离婚的,孩子判给了他老婆,一个月只有四天探视期,错过这四天他老婆不让他跟孩子见面。他工作忙,经常错过探视期,只好有时间的时候站在幼儿园的栅栏外看看孩子。一来二去的,我们就熟悉了,开始了交往。半年后,我决定离婚。跟崔克昌提起这事的时候,我有些愧疚,脑子里想的全是当初他在医院里忙前忙后照顾我爸的情景。他却没说什么,甚至没在财产划分上计较。我爸的公司是他主动还给我的,还说他原本什么都没有,如今所有的一切都可以给我,他只要孩子的抚养权。当时感动得我大哭,差点就不跟他离了,想到他带着孩子总得有个住的地方,就把水岸江南的别墅留给了他。后来一想起这事我就想抽自己,真是自作多情!他早就在等这一天的到来,从头到尾就没喜欢过我,当初拼命追求我就是看上了我爸的公司,我和我爸都被他骗了。婚后他故意疏远我是为了让我有机会和别人好上,就算我不主动提出离婚,早晚他也会提出来的。不错,小卓的抚养权确实是我主动放弃的,因为我老公的孩子也是男孩,我们想再要个女孩,所以带着小卓很尴尬。至于崔克昌还给我的公司是什么样子,想必你们早就调查清楚了吧。"

"鑫源公司的事范主任告诉我了,崔克昌这么做对你不公平。"

"那有什么办法?范主任都说告不赢他。"

"你没想过其他办法吗?"

赵小曼抬头向我看过来:"其他什么办法?"

我沉默片刻,问:"你认识金生水吗?"

赵小曼面无表情地说:"不认识。"

我继续问:"红房子呢,你去过吗?"

赵小曼的眉头蹙起来,似乎在思索这几个字,过了一会儿,摇头说:"没印象。那是什么地方?"

我把身体靠回椅背,长久地凝视对面的女人。

当年离婚后不久,赵小曼发现崔克昌还给自己的公司只剩下个空壳子,内部资产早已被精通商业技巧的崔克昌掏空,而且无法通过法律途径追讨。由于不甘心父亲的一生心血就这样被对方掠夺,赵小曼找到父亲在世时的朋友——当时经营红房子私人会所的金生水商议报复。

她要求金生水不择手段打击崔克昌令其破产,这个过程中的所有获益全部归金生水作为酬谢。于是,金生水指使张小海主动接近崔克昌,诱使其吸毒成瘾。

也许是疯狂的报复行为给赵小曼带来了前所未有的快感,令她沉迷其中不可自拔。在崔克昌败光家业后，赵小曼仍不肯罢手，同时嫉恨得到崔克昌关爱的蒋君萍母女，她要求彻底毁掉这家人。自此，张小海不再卖给崔克昌毒品，而是要求以小瑕的身体作为交换——也许，这只是张小海为了满足兽欲的私人要求。

但结果都是一样的。无法克制毒瘾的崔克昌被迫答应张小海的要求，事后悔恨不已，但下次毒瘾发作又是如法炮制。崔克昌只好在其他方面加倍补偿小瑕，却由此激发了儿子崔永卓的妒意。由于担心即将出生的弟妹抢走自己仅存的一点父爱，崔永卓从背后电击怀孕的蒋君萍致其流产，而这一切又没能逃脱小瑕的眼睛……

可惜，这只是我关于赵小曼作案动机的无法证实的猜想。

此时，面前这个气度雍容的女人正神色漠然地望着窗外。突然间我也失去了说话的兴趣。我们面前的冷饮丝毫未动，玻璃杯外壁凝满了露珠，流淌下来在桌面上汇成小小的河。

03

早上接到老妈打来的电话，问我有没有过冬的棉衣，没有的话就给我寄过来。我嫌麻烦就胡乱应付说有。挂了电话看到手机上显示的日历，这才惊觉今天是立冬了。想着去年的棉衣确实有点薄，好几次出外勤都冻得我直打哆嗦，就干脆绝了翻箱倒柜的心思，打算趁今天轮休去商场买件新的。

刚出门，就接到了老周的电话，让我晚上去家里吃饺子，还用暧昧的声音悄悄告诉我岚岚也在，听得我心里直长草。

自从我伤愈出院后，和周岚还没见过面，连个电话都没打过。不知怎么回事，我俩好像都有点刻意回避对方。原本说好了彼此这辈子当哥们儿处的，可是上次她提前预支年假跑到医院照顾了我一个多月，除了觉得这人情欠得有点大，我总感觉自己内心深处的某个地方在悄悄融化。

既然躲不过今晚要见面，索性大方一点，正好要去商场，那就顺便给她买件礼物，权当感谢她这一个月的辛苦了。

可是真的到了商场，又开始犯愁不知买什么。心意这东西往往也是根据价格来决定的，周岚虽然不是那种物质女孩，但你送根鹅毛和送件鹅绒大衣，对方的心情肯定不一样。买大衣似乎不太合适，想来想去还是送套化妆品吧，正好我知道她常用化妆品的牌子。

打定了主意，便往化妆品专柜走，还没找到心里想的那个牌子，忽然肩膀被人拍了一下："小陈——"

我回头愣了片刻，才认出是高雨的老公孙庆民，他肩上背着一只女士坤包。我朝旁边睃寻一眼，果然看到高雨正在近处的柜台前试护手霜。

"你们这是？"

"一个老同学周六给他父亲办寿宴，我们周六没时间，就提前过来把礼金随了，顺便逛逛商场。你来这儿是查案？"

我笑道："哪有那么多案子？我今天休息，过来买件衣服，对了，老太太身体还好？"

孙庆民叹道："糊涂的时候比过去多了，整天念叨着高阳为什么不回家，以为她儿子还在世呢。"说着，回头看了一眼高雨，似乎想要招呼对方，随即对我说，"算了，你去忙吧，不用跟她打招呼了。以后有机会去我们那儿想着找我喝茶。"

"您那药茶连糖都不放，我可消受不了。"

说实话，我也不太想跟高雨照面，主要是她的性格太偏激。犹豫了片刻，我从怀里取出一张塑封的老照片："帮我把这个给她吧。"

孙庆民接过去看了一眼，顿时张大了嘴巴。

"小瑕临走时留下的，她让我有机会交给你们。"我的情绪低落下来，似乎一直支撑着身体的什么东西也随着老照片一起交出去了。

给自己买完棉衣后，我没再回到化妆品专柜，尽管算算时间也知道高雨两口子早该走了。在女装柜台转了一圈，我给周岚买了一件羊绒大衣，介于紫色和酒红色之间,是她喜欢的颜色。由于是个知名品牌,价格不菲,几乎划空了我的银行卡。我却没有丝毫心疼的感觉,反而隐隐有种报复般的快感。

在顶楼餐厅随便对付了一顿午饭,我提着两个大袋子下楼。去停车场取车时又意外地见到了孙庆民。

他大老远就迎过来:"没存你的手机号,要不是还记得你上次来时开的车,就找不着你了。"

"找我有事?"

"是她找你。"

说话间,高雨从哈弗车的另一侧走出来,手里拿着那张老照片。

我冲她点点头,她又像第一次见到我时那样立着眼睛紧紧地盯了我半天,才轻轻叹了一声:"太像了。"

我和高阳长相肖似,是在看到那张老照片时才知道的。那一刻,我明白了以往和小瑕在一起时为什么总能感觉到她似乎对我有种莫名的亲近感,也明白了高雨两口子和顾大姐初见我时为什么有那种奇怪的反应了。

尽管如此,眼下面对高阳的姐姐我还是有些尴尬:"你们等我这么久,不会就是为了多看我一眼吧?"

"小瑕是不是已经……"高雨迟疑了一下,说,"不在了?"

我点点头。

高雨没有问小瑕怎么死的,沉默了几秒钟,说:"我弟弟确实有写日记的习惯。他从初一开始写,最开始是学校老师的要求,为了锻炼学生们写作文的能力。我弟弟却坚持下来了,到他出事时足足写了五六十本,装了满满一箱子,后来全都被我烧了。那些日记里或许记载了小瑕生父的信息,但我从来没看过。"

我怎么也没想到对方等在这里是为了跟我说这些,尤其听到她说把记载小瑕生父信息的日记烧了,不禁心生不悦。

"蒋君萍是逃婚出来的。"高雨没有觉察到我的脸色难看,或许觉察到了,但并不在乎。她接着道,"她是省城人,却偏偏跑到咱们市的老龙湾海边跳崖自杀,恰好被我弟弟救了,第二年有了小瑕。"

"那高阳……"

高雨冷冷地说:"我弟弟和小瑕没关系。我知道小瑕有过这个怀疑,但我可以明确地告诉你,小瑕的父亲不是我弟弟。这也是我为什么反对他和蒋君萍在一起的原因,我不希望高家平白无故地多出个别人的孩子。"

高雨的手指抚过老照片上弟弟的脸庞,似乎触动了心中某块柔软的地方,眼睛慢慢变得湿润,声音也终于柔和下来:"蒋君萍——这不是她的原名,她的原名叫李芳怡。这个名字小瑕都不知道。我弟弟说,她改这个名字取的是'有匪君子,萍水相逢'的意思。其实我弟弟是个优柔寡断的性子,想爱又不敢爱,难为蒋君萍等他那么多年了。"

有匪君子,有美好品行的君子。蒋君萍心中的这个君子是谁?我不知道,只觉得有淡淡的哀伤掠过心头。踌躇半晌,我终究没有告诉高雨照片里那两个男人之间发生的故事。

04

"李……什么?"

"李芳怡。"

"对,是叫李芳怡。"坐在名贵的红木办公桌后面的卢总终于想起了这个名字,随即无声地笑了一下,神情有些不屑,"当年不是她逃婚,而是我主动退婚,对外说她逃婚是为了顾全女方家的颜面。"

如今出任港务集团船运公司总经理的卢伟回忆起20年前那段令他蒙羞的经历。当年卢伟在姑姑的介绍下认识了小他五岁的李芳怡。彼时李芳怡刚上大四,父亲是省博物馆的副研究馆员,母亲和卢伟的姑姑都是同一所中学的老师,而且卢伟的妹妹恰好是李芳怡的大学同学,对彼此的家庭都称得上知根知底。

双方见面后都很满意。当时卢伟刚刚晋升为商务主管,是整个船运公司最年轻的中层管理干部，也是公司的重点培养对象。卢伟则对李芳怡的美貌惊为天人。相处了多半年，亲事就定下了，男方家里不但下了聘礼，连婚房都早早装修好了，两人约定等李芳怡毕业了就结婚。

然而就在举行婚礼的前一天晚上，卢伟突然收到一盒家庭摄像机使用的小型录像带。那时候的数码科技尚不发达，存储卡内存做不了太大，能够记录长视频这种超大容量的存储媒介只有今天极少见到的磁带。

卢伟疑惑着把录像带放进自己的DV，播放出来的竟是一段自己未婚妻的性爱录像。最让他无法容忍的是拍摄这段录像的地方，居然就是自己的新房。而在此之前，卢伟和李芳怡还没有发生过关系。两人相处期间他曾经要求过几次，都被拒绝了，李芳怡说要把最好的自己留到新婚之夜。卢伟为此还颇受感动，却万没想到对方暗地里的作风如此不检点，一怒之下连夜赶到女方家里，当着全家人的面把录像带扔到李芳怡脸上，当场宣布退婚。

第二天的婚礼女方自然无人出席，变成了场面尴尬的单方面男方家里的亲友聚餐。为了顾全女方同时也是为了自己的脸面，卢伟没有道出实情，只含糊地说是女方提出的退婚。

过了不到一周，卢伟听说了李芳怡离家出走的消息，就在他去退婚的那天晚上，而李家至今连报警电话都没打过。原因是以知识分子家庭自诩的李芳怡父亲觉得出了这种伤风败俗的事情实在有辱门楣，让他的老脸没地方搁，公开放出话来与李芳怡断绝父女关系，还严禁自己的老伴和亲友寻人。

卢伟没想到自己藏着掖着的事情就这么被李芳怡的父亲抖搂出来，不禁又气又急。虽然他也余怒未消，却更担心李芳怡出事，连忙报了警，同时发动身边的亲朋好友四处寻人。但均如泥牛入海，杳无音讯。

20年弹指一挥间，当初那场沸沸扬扬的退婚丑闻早已埋入历史的尘埃，要不是我的提醒，卢伟几乎连李芳怡的名字都记不起来了。

看到我为难的表情，卢伟知道我要问什么，摇头说："我不知道那盒录像带是谁送来的。当天晚上来的朋友很多，闹哄哄的，突然有人发现这盒带子出现在门口的鞋柜上,就顺手交给了我。幸亏当时我的DV在卧室里充电,所以没有其他人看到带子里的内容。录像里的男人全程都没有露脸,只拍到他的左手虎口处有道V字形的伤疤,我认识的人里没一个有这特征的。"

顿了顿,卢伟补充道:"当时新房的钥匙,只有我和李芳怡有。"

我想了想,说出"蒋君萍"这个名字。

卢伟沉吟了一会儿,说:"李芳怡的母亲好像姓蒋。"

临走前,我拿出一直被小瑕视如珍宝的福字硬币。

卢伟接在手里翻看了半天,忽然笑道:"想起来了,澳门回归那年我去旅游,在当地的赌场玩了两把,可惜运气不好都输了。这是输剩下无法兑换筹码的零钱,好像有两枚,回来后我就顺手给了李芳怡,这个怎么还打了孔?"说着,随意地把硬币抛在桌子上。

我站起身,把那枚仍在桌面上转动的硬币拿起来,小心地放回口袋。

"李芳怡?当然有印象,别说我们同寝室了,外系有几个不知道她的,我们那届的校花嘛。唉,大家同样都是百分之八十的水,可是看完人家那表面张力,别人就没法看了。"

已经是两个孩子妈妈的张艳回忆起20年前的大学同窗顿时变得神采飞扬,咯咯笑着说:"你也知道,我们女人嘛,天生都是小心眼儿,尤其那会儿年轻,见不得别人比自己长得好看。可是不知怎的,面对李芳怡,我们几个就是生不出嫉妒的心思。她往那儿一坐什么都不干,本身就是一幅画,连我们女人都觉得秀色可餐。到底是知识分子家里出来的,那气质想学都学不来。不过……"

想到李芳怡后来的遭遇,张艳叹了口气:"我也说不上是不是她长得太漂亮的原因,还是人的心底终究藏着自己都察觉不到的阴暗。大家表面上看着和和气气,好得跟亲姐妹似的,但实际上好像没有谁愿意真正和她交心。这种感觉上学时不明显,毕业后就彻底暴露出来了,包括我也一样。后来回头想想,当时她身边连一个真正知心的朋友都没有,要是有个人劝劝，哪怕能听她倒倒苦水，估计也不至于要去自杀。反倒是她出事后，我听说还有人幸灾乐祸的。其实那种事放到现在还叫事吗？但是在当年……"

张艳摇摇头，不愿再说下去了。

我有些纳闷："你们怎么知道是……那种事的？"

"卢伟的妹妹说的，她和我们一届，不同系。因为新娘子跑了，婚礼没办成，卢家人脸上无光，当妹妹的为了维护哥哥的面子就把这事传出来了。刚开始大家还不信，她妹妹就赌咒发誓，说他哥哥为了找人还报了警，但警察说这是生活作风问题，不是强奸，无法立案。"

我从手机里调出一张照片给她看："这个人你有印象吗？"

张艳看了一眼，说："这张脸太普通了，属于扔人堆里就找不着的那种，就算见过也留不下什么印象。他是谁？和李芳怡有关吗？"

"你再仔细想想。"

"就算当初见过，到现在也20多年了，再仔细想也没用。"

"我找你们当年的辅导员确认过，大四下学期的时候你们系主任手里有个项目因为人手不够，她就推荐你和李芳怡去帮了一段时间忙。照片上这个人当时就是你们系主任的科研助理。"

"这事我有印象。那时候我们的辅导员还是由专业老师兼任的，当时还叫政治辅导员呢。不是因为我们系主任人手不够，而是大四下学期其他人都去实习找工作，只有我和李芳怡哪都没去。李芳怡等毕业典礼过后就能结婚，不着急找工作，我是因为学分没修够没心思去实习。说是去帮忙，其实就是辅导员见不得我们轻闲，把我们弄过去给人家跑腿打杂，复印个资料什么的，到毕业那个课题叫什么名字我们都不知道。"

"你们的系主任对你俩还有印象，你们去的第一天就把门口放投影仪的架子碰倒了，正好砸到了这个科研助理。"

张艳再次端详起照片，眉头渐渐皱起："你这么一说有点印象了，当时好像还给那人砸出血了，李芳怡带他去医务室包扎的。那个架子是方管焊的，倒下来的时候有个犄角砸在了他这个位置。"

张艳在自己的左手虎口处比画了一个V字形。

"后来你在其他场合见过这个人吗?"

"我好像……真的见过,但不是特别确定。就在那天之后的第二天还是第三天,反正是个周末,我们寝室的其他人都回来了,大家张罗着去校门口的一家饭店聚餐。因为我们都是女生,为了讲话方便就要了个包房。中间上厕所的时候,我看到紧挨着我们的隔壁包房里只坐了一个人,那人半侧着身,我没瞅见正脸,但他的身形衣服都和这个人很像,左手这里还缠着纱布。而且……"

"而且什么?"

"那天李芳怡没回寝室,她说要去新房看看。我们以为她约了卢伟,就没起哄跟着去当电灯泡,啊……天呐!原来就是他!"

辞别张艳后,我一个人在路上走了很久,直到累得实在走不动了,就不管不顾地在路边的马路牙子上坐下。

我点了一支烟,拿出手机默默地端详。一支烟抽完,我最后看了一眼照片中的梁朴,按下删除键。

夕阳坠落在长街尽头,余晖照在对面一扇橱窗上,一缕金色的光映入眼角。我下意识地走过去。是家花店,橱窗里摆放着一支金灿灿的向日葵。旁边的卡片上写着,向日葵,别名向阳花,花语是沉默的爱。

夜幕降临,璀璨的霓虹点亮了城市的灯火,熙熙攘攘的人群从身边走过,他们有的欢喜,有的落寞,有的倨傲,有的谦卑,有的得意,有的谄媚……

唯有我,站在人潮川流不息的街头,泣不成声。

番外

"查实了,金生水就是张小海的幕后老板,东西都起回来了。"小武从外面回来,兴高采烈地向严鹏报功,"他那家仓库的地下室里藏了那么多毒品,居然不安排打手,只让一个打更老头看着,金生水也真放心得下。"

"那个打更老头知道仓库里有地下室吗?"

"呃,不知道。"

"那不得了,连天天守在仓库里的打更老头都不知道有毒品,外人怎么可能知道?越是戒备森严越是惹人怀疑。虚则实之,实则虚之,金生水这手玩得好着呢。"严鹏回头问坐在身后的大张,"那个黄毛最近又吐出点什么干货没有?"

"没有。我感觉他把知道的都说了,没吐出新的证明他肚子里实在没货了。"

"还是再加把劲,至少把他非法校园贷的上线田……田什么来着?"

"田文雄,已经在通缉了。"

"对,得把他的底问出来。这家伙太机警,当初咱们前脚刚把黄毛带走,他后脚就溜了,说明他身上恐怕不止这点事,弄不好还有别的案子。"

"回头我再试试。"

队长钟庆魁走进来,"啪啪"拍了两下手掌,让大家都安静下来,然后大声说："大家伙儿抓紧整理手上的材料,下班前要是能汇总到我这儿,晚上聚餐。"

屋子一片欢声雷动。破了这么大的案子,确实值得庆祝一下。只有坐在对面的韩长庚没什么反应。

这是我出院后第一次见到韩长庚,本以为他会从长达七年之久的谜案困扰中解脱出来,却发现这家伙的状态和之前没什么变化,既没有历经磨难后勘破真相的放松和喜悦,也没有骤然失去人生目标的空虚和迷茫。他依然很少与人交流,他的神情依然严肃专注,仿佛随时在战斗。

但我知道,他的战斗已经结束了。因为崔克昌——这个血液里流淌着人性之恶的魔鬼,死了,死在了那片不属于他的美丽的向日葵花海。临死前,崔克昌对疑惑他为什么要自杀的警员说,小瑕是他活着的全部意义,小瑕不在了,他活下去的意义也就没了。

钟队出去后,韩长庚点了支烟,起身到外面走廊去抽。我犹豫了一下,跟了出来。

韩长庚瞟了我一眼,扔过来一支烟,说:"想问什么?"

我把烟拿在手里下意识地捻着:"你怎么知道当时小瑕和崔克昌在南岗子水塔见面?"

"我在报告上都写了,是小瑕给我发了短信。内容很长,想知道自己看报告去。"韩长庚吐了口烟,懒懒地说,"我赶到的时候崔克昌还没死,正挣扎着往小瑕身边爬,我是看着他咽气的。"

我艰难地喘息良久,终于问出:"小瑕当时……怎么样?"

韩长庚沉默了一下,说:"很安详。"说着,从怀里取出一枚福字硬币,我伸手去接,却接了个空。

"这枚就不给你了。"韩长庚说,"我要把它放到莹莹的墓穴里,我想莹莹不会拒绝。"

我默默地点点头。

韩长庚吸了一口烟,忽然转头看着我说:"还记得你曾经问我,为什么要把小瑕和沈娇在绿岛公园见面的视频传给你吗?"

我回忆了一下，道："你当时说有两个原因，但只告诉了我第一个。因为我和小瑕是校友，我对梁朴这位曾经的班主任有感情，让我加入调查可能会发现一些你发现不了的东西。我一直想问你，第二个原因是什么？"

韩长庚把抽到半截的香烟扔到地上，用鞋尖碾碎，慢慢地说："当年警方认定梁朴是校园坠楼案凶手的重要依据，除了粘有梁朴指纹的凶器和莹莹的内衣外，还有一段录音。那是两个男生在学校厕所里的对话，被我们的警员无意中听到用手机录下来的。对话内容提到了一部韩国电影《熔炉》，用电影里面聋哑学校老师性侵学生的情节来暗示梁朴曾对小瑕实施性侵。因此校园坠楼案的调查被引向歧途，梁朴也因此蒙冤自尽。那两名对话的男生一个声音很年轻，另一个是正处于变声期的学生。告诉我，他是谁？"

我闻言霍然一惊，抬头看向韩长庚。

韩长庚的眼睛里闪着刀锋般的光芒，声音冷若寒霜："告诉我，陈律，当时和你对话的那个处于变声期的学生是谁？"

全书完

走两步退一步

发展"+1技能",对**精力**、**能力**、**时间**、**判断力**有较高的要求,在个人的**心理承受能力**方面,也有不低的门槛。

我们在第一章体会到的负面情绪,在探索陌生领域时,有可能感受到更多。因为这个过程是默默努力,不会有业绩证明我们做得好,也不会有领导给出反馈,告诉我们做得对还是错,最让人迷茫和痛苦的是,行业风向三个月、半年就会转变。

用现在的视角为将来铺路,没有**确定性**,没有**成就感**,并且容易质疑自己。

然而这是正常的节奏,闭着眼睛走路,拄拐再省力,难免有失误摔坑的时候。

幸运的是,摔了可以站起来。我们的社会支持系统可以在物资和精神两个方面给予支持。

当我们抱着这样的心理准备,再去蹚这段"两步进一步退"的路,会好走一些。

后记

这本书的灵感,来源于朋友的诉苦。

朋友跟我诉说工作带来的痛苦时,我常常努力去安抚,尽己所能提供一些解决问题的办法。但是想想自己从2008年参加工作、带团队以来,大多数时候是平淡的,偶尔会很快乐。不少朋友觉得我很奇怪,问我:工作让我痛苦,为什么你不会?

我仔细回忆后发现,朋友提及的工作痛苦和无力感,大多源于无法对抗压迫,情绪备受冲击,行动又失去控制,明知道别人对自己不好,发再大的脾气也无力改变,甚至连脾气都不能有,似乎自己只能逆来顺受,这才是持续痛苦的原因。

至于朋友问的问题,我不是不会痛苦,只是痛苦的时间很短,常常将脾气转变为工作动力,把困难碾压过去。

跟不同的朋友聊得多了,我意识到自己可能有能力提供一些帮助。出于写作者的习惯,我这几年慢慢整理出一些助人办法,梳理成课程目录,自娱自乐。有时候朋友向我求助,我会翻查自己的方法论,结合朋友的情况,提供一些反馈。

希望这本书成为你人生中的那本"迈出第一步"的改变之书。

参考文献

[1]Maslow A H . A Theory of Human Motivation[J]. Psychological Review, 1943, 50:370.

[2]Murray H , Murray H , Murray E , et al. Explorations in personality[J]. Oxford University Press, 2008.

[3]Leibowitz HW . Perceptual dissimilarities and confusions among colours[J]. Journal of the Optical Society of America, 1959, 49(8): 746-753.

[4]Starling EH , Bayliss WM . On the chemical regulation of the functions of the body[J]. The Lancet, 1902, 159(4094): 339-341.

[5]Winnicott DW . Collected papers: Through paediatrics to psychoanalysis[M]. London: Tavistock Publications, 1958.

[6]Kohut H . The analysis of the self: A systematic approach to the psychoanalytic treatment of narcissistic personality disorders[M]. Chicago: University of Chicago Press, 1971.

[7]Freud A . The ego and mechanisms of defense[M]. New York: International Universities Press, 1966.

[8]Neff LA , Karney BR . Boundary management in personal relationships: An integrative review and conceptual framework[J]. Journal of Family Theory & Review, 2017, 9(4): 455-482.

[9]Freud S . The instinct of aggression[C]//Strachey J. The standard edition of the complete psychological works of Sigmund Freud. London: Hogarth Press, 1915: 139-154.

[10]Lerner HG . Honor your anger: How transforming your anger style can change your life[M]. New York: John Wiley & Sons, 2002.

[11]马歇尔·卢森保.非暴力沟通：沟通的艺术[M]. 北京：大象出版社, 2007.

[12]Vygotsky LS . Thinking and speech[C]//The collected works of L. S. Vygotsky. Vol.1. New York: Springer US, 1987: 39-285. (Originally published in 1934).

[13]Pavlov IP . Conditioned reflexes: An investigation of the physiological activity of the cerebral cortex[M]. Oxford: Oxford University Press, 1927.

[14]Kate K , Alexia A . Emotional logic: How to use your feelings to help your life[M]. Carmarthen: Crown House Publishing, 2010.

[15]Freud S . Inhibitions, symptoms and anxiety[M]. London: Hogarth Press, 1926.

[16]James W . The principles of psychology[M]. New York: Holt, 1890.

[17]Csikszentmihalyi M . Flow: The psychology of optimal experience[M]. New York: Harper & Row, 1990.

[18]Watson JB , Rayner R . Conditioned emotional reactions[J]. Journal of Experimental Psychology, 1920, 3(1): 1-14.

[19]Bandura A . Social learning theory[M]. New York: Prentice Hall, 1977.

[20]Ellis A . Reason and emotion in psychotherapy[M]. New York: Birch Lane Press, 1994.

[21]Hayes SC , Strosahl KD , Wilson KG . Acceptance and commitment therapy: The process and practice of mindful change[M]. New York: Guilford Press, 2012.

[22]Winnicott DW . Ego distortion in terms of true and false self. The Maturational Processes and the Facilitating Environment: Studies in the Theory of Emotional Development[J]. International Journal of Psychoanalysis, 1960, 41(3): 140-152.

[23]Erikson EH . Identity: Youth and crisis[M]. New York: Norton, 1968.

[24]Duffy ME . The psychological experience of being lost[J]. Journal of Environmental Psychology, 2018, 55: 6-16.

[25]Freud S . The unconscious[C] // Strachey J (ed). The Standard Edition of the Complete Psychological Works of Sigmund Freud. Vol. 14. London: Hogarth Press, 1915: 159-215.

[26]Jung CG . The transcendent function[C] // Jung CG (ed). Collected Works of C.G. Jung. Vol. 8. London: Routledge & Kegan Paul, 1916: 67-91.

[27] Freud S . Instincts and their vicissitudes[C] // Strachey J (ed). The Standard Edition of the Complete Psychological Works of Sigmund Freud. Vol. 14. London: Hogarth Press, 1915: 109-140.

[28]Freud S . The Ego and the Id[C] // Strachey J (ed). The Standard Edition of the Complete Psychological Works of Sigmund Freud. Vol. 19. London: Hogarth Press, 1923: 1-66.

[29]Freud S . On narcissism: An introduction[C] // Strachey J (ed). The Standard Edition of the Complete Psychological Works of Sigmund Freud. Vol. 14. London: Hogarth Press, 1914: 67-102.

[30]Winnicott DW . The Maturational Processes and the Facilitating

Environment[M]. New York: International Universities Press, 1965.

[31]Freud S . Three Essays on the Theory of Sexuality[C] // Strachey J (ed). The Standard Edition of the Complete Psychological Works of Sigmund Freud. Vol. 7. London: Hogarth Press, 1905: 123-246.

[32]Winnicott DW . Ego Distortion in Terms of True and False Self[C]. In: The Maturational Processes and the Facilitating Environment. New York: International Universities Press, 1960.

[33]Kohut H . The Analysis of the Self[M]. New York: International Universities Press, 1971.

[34]Goffman E . The Presentation of Self in Everyday Life[M]. New York: Anchor Books, 1959.

[35]Mitchell SA. Relationality: From Attachment to Intersubjectivity[M]. Hillsdale, NJ: Analytic Press, 2000.

[36]Freud S . Lectures on psycho-analysis[M]. Norton, 1915-1917.

[37]Adler A . The Practice and Theory of Individual Psychology[M]. London: Routledge & Kegan Paul, 1927.

[38]Mayman M . Passive Aggression: Theory and Treatment[M]. Jason Aronson, 1976.

[39]Twenge JM . The narcissism epidemic: Living in the age of entitlement(2nd ed.)[M]. Atria Paperback, 2018.

[40]Nisbett RE , Wilson TD . Telling more than we can know: Verbal reports on mental processes[J]. Psychological review, 1977, 84(3):231-259.

[41]Stryker S , Burke PJ . The past, present, and future of an identity theory[J]. Social psychology quarterly, 2000, 63(4):284-297.

[42]Goleman D . Emotional intelligence[M]. New York: Bantam Books, 1995.

[43]Kahneman D . Thinking, fast and slow[M]. Penguin, 2011.

[44]Duckworth AL , Peterson C , Matthews MD , et al . Grit: Perseverance and passion for long-term goals[J]. Journal of personality and social psychology, 2007, 92(6):1087-1101.

[45]Jung CG . Modern man in search of a soul[M]. Harcourt, Brace and Company, 1933.

[46]理查德·道金斯. 自私的基因[M]. 北京：中信出版社, 2012.

[47]王·阿伦森. 社会性动物[M]. 上海：华东师范大学出版社, 2007.

[48]鲁特格尔·布雷格曼. 人类的善意[M]. 北京：北京联合出版公司, 2022.

[49]Bandura A . Self-efficacy: The exercise of control[M]. W.H. Freeman and Company, 1997.

[50]Roemer L , Orsillo SM . An acceptance-based behavior therapy for generalized anxiety disorder[M]. Guilford Press, 2007.

[51]Gilbert P . Compassion and cruelty: A biopsychosocial approach. In: Gilbert P (ed.) Compassion: Conceptualisations, research and use in psychotherapy[M]. London: Routledge, 2005.

[52]Breines , J. G., & Chen , S . (2012). Self-compassion increases self-improvement motivation. [J]. Personality and Social Psychology Bulletin, 38(9), 1133-1143.

[53]Zajonc RB . Attitudinal effects of mere exposure [J]. Journal of personality and social psychology, 1968, 9(2p2): 1-27.

[54]Aronson E , Linder D . Gain and loss of esteem as determinants of interpersonal attractiveness [J]. Journal of experimental social psychology, 1965, 1(2): 156-171.

[55]Byrne D . The attraction paradigm [M]. New York: Academic Press,

1971.

[56]Freedman JC , Sears DO , Carlsmith JM . Social Psychology[M]. 5th ed. New Jersey: Prentice-Hall, 1985:212.

[57]Skinner BF . Science and human behavior [M]. New York: Macmillan, 1953.

[58]Lazarus RS . Emotion and adaptation [M]. New York: Oxford University Press, 1991.

[59]Reis HT , Patrick BC . Attachment and intimacy: Component processes[C]//Handbook of social psychology, 3. Boston: McGraw-Hill, 1996:374-419.

[60]Fredrickson BL . The role of positive emotions in positive psychology: The broaden-and-build theory of positive emotions[J]. American psychologist, 2001, 56(3): 218-226.

[61]Freud S . Introduction to psychoanalysis[M]. New York: W. W. Norton & Company, 2014[1916].

[62]埃林·扎米特·拉迪. 找回生活的秩序感：易被忽略却重要的150件小事[M]. 北京: 中信出版社, 2019.